暨南中文名家文丛

主编 程国赋 贺仲明

刘大杰集

蔡亚平/编

人民出版社

青年时期的刘大杰

文藝與現代生活

暨南大學文學院院長 劉大杰講 戴光晰記

要瞭解文藝與現代生活的相互關係，必須先從文藝的本質講起；文藝是一種藝術，所以又叫做文藝，它有種種不同的形式：最重要的詩詞，小說，散文，和戲劇。文藝是作家苦悶的象徵；人生葛藤的表現，而感情則為文藝的靈魂，思想則為文藝的基礎。當一個作家在最痛苦最悲哀的時候，他的感情的火焰在內心燃燒得最激烈的一刻，也就是要表現文藝的慾望達至最強烈的時候。

文藝是由文字造成的藝術，雖然有着各種不同的形式，但是表現人生反映社會的目的總是相同的。

人生的苦悶與葛藤，在文學的歷史上所表現的，我們可看出三個時期；

（1）人與神之爭——可以但丁的神曲為當時的代表作品，神曲所表現的是人與神的鬥爭，因為這時候神權高於一切，人們都以為神力是不可抗的，一切都逃不了

劉大杰擔任暨南大學文學院院長期間發表的《文藝與現代生活》
（《滬江文藝》創刊號，1949 年 1 月）

总　序

程国赋　贺仲明

　　作为中国第一所由政府创办的华侨学府，暨南大学从创办开始就与中华文化传承传播息息相关。学校的前身是 1906 年清政府创立于南京的暨南学堂，后迁至上海，1927 年更名为国立暨南大学。抗日战争期间，迁址福建建阳。1946 年迁回上海，1949 年 8 月合并于复旦大学、交通大学等高校。新中国成立后，暨南大学于 1958 年在广州重建，"文革"期间一度停办，1978 年在广州复办。暨南学堂的创办，与清政府"宏教泽""系侨情"的考虑密切相关。"暨南"二字出自《尚书·禹贡》："东渐于海，西被于流沙，朔南暨，声教讫于四海。"意即面向南洋，将中华文化远播到五洲四海。2018 年 10 月 24 日，习近平总书记视察暨南大学并发表重要讲话，肯定学校"作用独特"，指示学校"把中华优秀传统文化传播到五洲四海"。

　　暨南大学中文系成立于 1927 年，距今已有 94 年的发展历史，是暨南大学成立最早的院系之一。自此以来，中文系以其深厚的人文底蕴和国学基础，以传播中华文化为己任，坚持"宏教泽而系侨情"的办学宗旨，培养和造就了一代代人文英才，成为暨南大学办学历史上有着重要地位和影响的学系。

　　在中文系的发展历史上，名家荟萃，群星闪烁，1949 年以前的各个时期，夏丏尊、方光焘、龙榆生、陈钟凡、郑振铎、许杰、刘大杰、梁实秋、沈从文、李健吾、钱锺书、洪深、曹聚仁、王统照、何家槐、沈端先（夏衍）等一大批名彦学者亲执教鞭，授业解惑。1958 年暨大在广州重建后，萧殷、黄轶球、何家槐、郭安仁（丽尼）、秦牧等著名专家、学者、作家在中文系任教。可谓鸿儒硕学，流光溢彩，有云蒸霞蔚之盛。这些专家、学者不仅有着很深的学术造诣和学术成就，而且拥有浓厚的家国情怀。在随学校几度搬迁的过程中，在暨南大学坎坷曲折的办学历程中，一代又一代暨南大学中文系的师生以爱国爱校、坚忍不拔、顽强拼搏、不折不挠的精神践行着"忠信笃敬"的暨南校训。以抗日战争时期发生在暨南园的"最后一课"为例，1941 年 12 月 8 日，太平洋战争爆发。日军坦克开进上海租界，并炮击停泊在黄浦江上的英美军舰。这天早晨，学校举行会议，作出了悲壮而坚毅的决定："当看到一个日本兵或一面日本旗经过校门时，立刻停课，将这所大学关闭。"何炳松校长含泪向教师们宣布后，大家分头准备上课。上课铃响了，学生们如往日一样坐在座位上。教师们宣布了学校的决定，学生们脸上呈现出坚毅的神色，静静地坐着，听老师在讲台上严肃而镇静地讲授"最后一课"。在郑振铎撰写的《最后一课》（收入《蛰居散记》，上海出版公司 1951 年版）中，他用沉重的笔调记下了暨南大学百年历史上最为悲壮也最为神圣的一幕：

我不荒废一秒钟的工夫，开始照常的讲下去。学生们照常的笔记着，默默无声的。

这一课似乎讲得格外的亲切，格外的清朗，语音里自己觉得有点异样；似带着坚毅的决心，最后的沉着；像殉难者的最后的晚餐，像冲锋前的士兵们似的上了刺刀，"引满待发"。

然而镇定、安详、没有一丝的紧张的神色。该来的事变，一定会来的。一切都已准备好。

谁都明白这"最后一课"的意义。我愿意讲得愈多愈好；学生们愿意笔记得愈多愈好。

讲下去，讲下去，讲下去。恨不得把所有的应该讲授的东西，统统在这一课里讲完了它；学生们也沙沙的不停的在抄记着，心无旁用，笔不停挥。……

没有伤感，没有悲哀，只有坚定的决心，沉毅异常的在等待着；等待着最后一刻的到来。

远远的有沉重的车轮辗地的声音可听到。

几分钟后，几辆满载着日本兵的军用车，经过校门口，由东向西，徐徐的走过，当头一面旭日旗，血红的一个圆圈，在迎风飘荡着。

时间是上午 10 时 30 分。

我一眼看见了这些车子走过去，立刻挺直了身体，作着立正的姿势沉毅的合上书本，以坚决的口气宣布道：

"现在下课！"

学生们一致的立了起来，默默的不说一句话，有几个女生似在低低的啜泣着。

没有一个学生有什么要问的，没有迟疑，没有踌躇，没有彷徨，没有顾虑。个个人都已决定了应该怎么办，应该向哪一个方面走去。

赤热的心，像钢铁铸成似的坚固，像走着鹅步的仪仗队似的一致。

从来没有那么无纷纭的一致的坚决过，从校长到工役。

这样的，光荣的国立暨南大学在上海暂时结束了她的生命。默默的在忙着迁校的工作。

这天早上，王统照教授给学生讲的是大学一年级国文课，内容是陆机的《文赋》。徐开垒从学生的角度记述了"最后一课"对他心灵的震撼和终身的影响：

这天他的脸色非常严肃，课堂上一片静寂，而我们回头从阳台上望下去，康脑脱路上却是一片乱哄哄，但见日本军队卡车正在马路上横冲直撞，卡车的喇叭声像鬼哭狼嚎。王统照老师像法国著名作家都德的短篇小说《最后一课》里的韩麦尔先生那样认真地坚持讲课，在到剩下最后一刻钟时间，他才终于放下课本（讲义），讲课程以外的话了。

他的神情是这样严峻，在他黑瘦的脸上，从玳瑁边眼镜里射出极其严肃的眼光，用十分沉痛又十分关切爱护的口气对我们说：

"同学们，刚才何校长与我们许多教师商量，决定向全校师生员工发出通知：学校从现在开始，停办了！因为日本军队已经开始进入租界！我们决不能让敌人来接管我们的学校！今天这一节是最后一课，我们现在要解散了！"……

多么沉痛的现实！多么使人刻骨铭心的难忘印象！这时我又忽然听到王统照先生对我们讲话了：

"同学们，你们都很年轻，都二十岁不到吧？我们的日子正长，青年人要有志气，要有能冲破黑暗的精神，学校可能内迁，你们跟不跟学校到内地去，何校长说过了：这要看每个人的家庭环境来定，不要勉强。问题在不论留下来，还是跟着内迁，都要有个精神准备，这就是坚持爱国，坚持抗日！……"（徐开垒：《何炳松校长的爱国主义精神》，载刘寅生等编：《何炳松纪念文集》，华东师范大学出版社1990年版）

后来，何炳松曾对人谈及当时的情况，说："与学校同仁共同经过'一·二八'之变，经过'八·一三'之变，又经过'一二·八'之变。我们忍受，我们镇定，我们照应该做的步骤，默默地做去。我们没有丢自己的脸，没有丢国家民族的脸。在事变已过，局势大定以后，总是邀少数友好喝一次酒。我们斟了满满的一大杯'干了吧！'一饮而尽。"（阮毅成：《记何炳松先生》，载刘寅生等编：《何炳松纪念文集》，华东师范大学出版社1990年版）正所谓仰天俯地，无愧于心！暨南百年，屡遭磨难，三度停办，数易其址，而终保华侨高等教育而不断，实有赖于是。

　　暨南大学中文系前辈学者的学术精神和家国情怀滋养、鼓励着一代代的中文人。在几代人的共同努力下，目前，暨南大学中文学科获得快速发展，在学科建设、人才队伍、教学、科研、社会服务等各方面均取得突出的成绩，截至2021年，本学科拥有一级学科博士点、博士后流动站、国家文科基础学科人才培养和科学研究基地、文艺学国家重点学科（2007年）、广东省一级攀峰重点学科。其中，国家文科基础学科人才培养和科学研究基地是全校唯一一个同类的研究基地；本学科拥有国家教学名师、长江学者特聘教授、青年长江学者、国家"万人计划"哲学社会科学领军人才、青年拔尖人才、教育部新世纪优秀人才等国家级人才20人次，广东省高校珠江学者特聘教授、广东省"千百十工程"国家级、省级培养对象等省级人才25人次，其中，长江学者特聘教授、青年长江学者、国家"万人计划"哲学社会科学领军人才、教育部新世纪优秀人才、广东省高校珠江学者特聘教授、广东省"千百十工程"国家级培养对象等人才称号的获批，均实现我校在同一领域的突破；目前本学科在研的国家社科基金重大项目14项，近五年新增国家社科基金项目62项；在2020年第八届教育部高等学校优秀成果奖评选中，中文系教师共获得一等奖1项，二等奖3项，这是全校迄今为止第一个教育部高等学校优秀成果奖一等奖，实现我校在科学研究领域的重要突破；近年来本学科教师发表论文715篇，其中在《中国社会科学》《文学评论》《文艺研究》《中国语文》等权威期刊发表论文125篇；入选首批国家级一流本科专业，在2020年软科中国最好学科排名中，暨南大学中文学科进入全国前5%，在全国排名第九。2020年9月，依托暨南大学文学院，中华文化港澳台及海外传承传播协同创新中心被教育部认定为省部共建协同创新中心，这是全国侨务系统第一家，同时也是广东省第二家人文社科类省部共建协同创新中心，协同创新中心的认定对于向港澳台和海外传播中华文化、对于包括中国语言文学学科在内的暨南大学文科的发展将起到很好的推动作用。

暨南大学中文系薪火相传，生生不息。目前，学科处在一个重要的发展时期。中文学科入选广东省高水平大学建设的行列，入选"冲一流、补短板、强特色"重点建设的学科。在国家双一流建设以及广东省高水平大学建设的征程中，暨南中文人将在前辈学者打下的扎实基础上不断开拓，力争将学科建设提上一个新的台阶。

为了纪念曾经在暨南大学中文系工作、任教过的前辈学者，为弘扬他们的学术精神和家国情怀，经中文系系务会集体讨论，决定编撰"暨南中文名家文丛"。暨南大学中文系前辈中优秀学者云集，我们无法悉数纳入，只能依据一定的选取原则。具体有三：一是学术或创作成就卓著；二是与暨大中文系渊源深厚；三是业已辞世。在此原则上，我们选取了夏丏尊、方光焘、龙榆生、郑振铎、刘大杰、许杰、王统照、何家槐、秦牧、萧殷等10位教授，编撰文集。其他许多名家大家，只能留遗珠之憾了。我们编撰该文丛的目的，既表达我们对前辈学者的崇高敬意，同时也希望更多的后来者知晓来路，立足当下，展望未来。这套丛书由中文系10位年轻老师主持编撰，分两年出版。

最后说明一下编选体例。版本方面，我们采用初版本和善本相结合的方式。编选上，尽量保留原文风格，但对一些术语、译名上的差异，以及异体字、标点符号等，则按照现在标准给予修订。个别逻辑错误或文字疏漏，也进行了补正。

"暨南中文名家文丛"的编撰得到中华文化港澳台及海外传承传播协同创新中心和广东省高水平大学经费的支持，得到人民出版社的大力支持，特此致谢。

2021年10月于广州

目 录
CONTENTS

前　言 ……………………………………………………………… 001

上编　学术论著 ………………………………………………… 001

魏晋学术思想界的新倾向 ………………………………… 002

中国古典文学与现实主义问题 ………………………… 021

中国古典文学史中现实主义的形成问题 …………… 030

关于《中国文学发展史》的批评 ……………………… 041

关于蔡琰的《胡笳十八拍》……………………………… 055

再谈《胡笳十八拍》 ………………………………………… 067

关于曹操的人道主义 ……………………………………… 083

论陈子昂的文学精神 ……………………………………… 086

杜甫的道路 …………………………………………………… 099

柳宗元及其散文 ……………………………………………… 107

李煜词话 ………………………………………………………… 116

黄庭坚的诗论 ………………………………………………… 118

《儒林外史》与讽刺文学 …………………………………… 130

贾宝玉和林黛玉的艺术形象 ………………………………… 140

下编 文学创作与批评 …………………………………… 149

支那女儿 …………………………………………………… 150

盲诗人 ……………………………………………………… 167

新　生 ……………………………………………………… 179

约莉女士 …………………………………………………… 197

花美子 ……………………………………………………… 220

春　草 ……………………………………………………… 226

枇杷巷 ……………………………………………………… 244

歌　鸟 ……………………………………………………… 264

关于《野性的呼唤》………………………………………… 267

中国新文化运动与浪漫主义 ………………………………… 276

文艺与现代生活 …………………………………………… 291

前　言

　　1948 年 11 月至 1949 年 9 月担任暨南大学中文系主任、文学院院长的刘大杰先生，是我国著名的文学史家，也是富于才华的现代新文学作家和翻译家。

　　刘大杰（1904—1977），曾用笔名大杰、湘君、雪容、绿蕉、夏绿蕉、修士等，湖南岳阳人。其曾祖做过大官，遭太平天国之乱后家道中落，到他出生时，家中生计已难以为继。他幼年失怙，寄养在外祖母家，未接受过正规的小学教育，只在七八岁时读过两年私塾。十三岁时进入一家贫民工艺厂做工，得到同厂一名彭姓职员在学习上的义务帮助。十四岁时，刘大杰考入武昌旅鄂中学，这所学校由曾国藩的祠堂改建，专收旅居在武汉三镇的湖南商人的穷苦子弟。①

　　对于中学时光，刘大杰回忆："学生都是湖南人，大半是贫寒子弟，对于求学的心事很真切……月考或是期考取了第一，在我们当时的头脑里，认为是世界上最光荣的事体。所以在那时候，我们晚上是时常偷偷地从床上爬起来，点着洋烛，看代数，读英文……记得在第三年二学期的时候，就教《迈尔通史》的原本，英文是读的《双城记》。"② 可以看出，他在中学时代勤勉好学，也打下了很好的英语基础。

---

① 参见刘大杰：《我的半生》，《书报展望》第一卷第三期，1936 年 1 月 10 日。
② 刘大杰：《中学生活的一片段》，《青年界》第七卷第一号，1935 年 1 月。

1922年，刘大杰考入武昌高等师范，进入中文系。除修读几门中文必修科目，他其余时间多用来学习英语，陆续阅读了哈代、欧·亨利等人的作品。时任中文系主任的黄侃主讲《说文解字》、音韵学和《文心雕龙》等，另有一位胡光炜（小石）先生主讲中国文学史。在同级同学受到几位先生熏陶，埋头研读汉赋、《文心雕龙》、唐诗宋词时，刘大杰更喜爱阅读胡适、鲁迅、周作人、郭沫若、郁达夫等人的论文创作和翻译作品，被系主任视为"新派"。

1924年，郁达夫到武昌高师中文系任教，在其帮助和影响下，刘大杰走上文学创作的道路："记得是进高师的第三年第二学期，郁达夫先生到学校里来教文学了，我那时正从家里逃婚出来，手中一文钱也没有，痛苦的寄居在学校里一间小房里。心里充满着说不出的压迫的情绪，好像非写出来不可似的。于是便把逃婚的事体作为骨干，写了一篇万把字长的似是而非的小说，那篇名是《桃林寺》。我送给达夫先生看，他说'还好的'，他立即拿起笔来写了一封介绍信，寄到《晨报副刊》了。十天以后，小说果然连续地登了出来，编辑先生寄来十二块钱，外附一封信，很客气地叫我以后常替《晨报副刊》写文章。这对于我的精神，是一个多么大的震撼呀！"①从此他开始积极从事新文学写作，并取得丰硕成果。在青年时期，刘大杰创作的小说戏剧作品集计有《渺茫的西南风》《黄鹤楼头》《支那女儿》《白蔷薇》《盲诗人》《昨日之花》《她病了》《十年后》《长湖堤畔》《三儿苦学记》等。他的作品触及当时中国的一些社会问题，得到郁达夫的好评，称其为"一位新时代的作家，是适合于写问题小说、宣传小说的"，是"有未

---

① 刘大杰：《追求艺术的苦闷》，载郑振铎、傅东华编：《我与文学——〈文学〉一周年纪念特辑》，生活·读书·新知三联书店 2012 年版，第 67 页。

来的希望的作家"。①

　　1926 年，在郁达夫和郭沫若的鼓励之下，刘大杰赴日留学，于次年考入早稻田大学研究科，从事欧洲文学的学习和研究。在日本数年，他系统地了解世界文学，深受托尔斯泰、陀思妥耶夫斯基、易卜生、福楼拜、左拉、萧伯纳、惠特曼等大文豪的影响，并从事外国文学的翻译和介绍。先后翻译了托尔斯泰的《高加索的囚人》和《迷途》、菊池宽的《恋爱病患者》、有岛武郎的《宣言》、屠格涅夫的《两朋友》、显克微支的《苦恋》、陀思妥耶夫斯基的《白痴》、雪莱的《雪莱诗选》、杰克·伦敦的《野性的呼唤》（与张梦麟合译）等。并撰有《托尔斯泰研究》《易卜生研究》《表现主义文学》《德国文学大纲》《德国文学简史》等著作。

　　1930 年留学回国后，刘大杰担任上海大东书局编辑，负责《现代学生》杂志外国文学和翻译作品的审稿。1931 年起长期执教于高校，先后任复旦大学、安徽大学、大夏大学、济南大学、四川大学、上海临时大学、暨南大学等校教职。他风度翩翩，才识兼茂，讲课广征博引，阐发精微，语言风趣，每能让听课同学留下深刻印象。

　　在高校任职期间，刘大杰将主要精力转移到中国古代文学的教学与研究上，20 世纪 30 年代后期完成的《魏晋思想论》（中华书局 1939 年版），是他治文学史的前奏。之后，他在中国文学史课程讲义的基础上撰写了《中国文学发展史》上、下卷，由中华书局分别于 1941 年、1949 年出版。刘大杰的文学史著作视野宏阔，文采流丽，极具个性特征。"这两部著作，前者对我国古代一宗特定人文现象进行综合考察，深刻揭示出魏晋士人的思想风貌和精神结构；后者用西方的进化论和社会学来探寻中国文学的演变轨

---

　　① 郁达夫：《读刘大杰著的"昨日之花"》，《青年界》第一卷第一号，1931 年 3 月 10 日。

迹，更是体现刘先生学术研究特长的一代名著。"①

刘大杰与暨南大学结缘于 20 世纪 40 年代。1946 年，暨南大学由福建建阳迁回上海，上海临时大学并入暨南大学，时任临大文法科主任的刘大杰随之到暨大任教。7 月，闻一多在昆明被国民党特务枪杀，暨大教师在常德路一所中学里开追悼会，刘大杰在会上作了报告，他慷慨陈词，愤怒抗议国民党的法西斯暴行。当时暨大在真如的校舍全毁于炮火，虽从敌伪房产中分配了一些学校用房，但仍不敷应用，尤其教师的宿舍无法解决，刘大杰寄居在沪西地区，每次去学校只好雇三轮车代步。一天，在去学校途中，三轮车与汽车相撞，他被撞出车外数米之远，左手臂折断，血流如注，伤势颇重。幸有暨大的学生经过，及时将其送往医院救治。② 1948 年，刘大杰受聘担任暨南大学中文系主任和文学院院长，他主持院系事务，调谐同仁关系，为恢复正常教学秩序作出贡献。

上海解放不久，市军管会于 1949 年 7 月接管暨南大学，任命刘大杰为校务委员。同年 9 月，暨大一部分并入复旦，他亦调入复旦大学。③

新中国成立后，刘大杰仍从事中国文学史的教学与研究工作，在《文艺报》《光明日报·文学遗产》《文学评论》等报刊上发表多篇见解独到的文章。如《中国古典文学与现实主义问题》《关于蔡琰的〈胡笳十八拍〉》《再谈〈胡笳十八拍〉》等文，均引起学术界的广泛注意和讨论。

1977 年 11 月，刘大杰逝世于上海华山医院，享年七十三岁。出身寒微的他，"始于文学创作，继而从事于外国文学的翻译和介绍，终则潜心中国

---

① 陈允吉：《追怀刘大杰先生》，《古典文学知识》2014 年第 4 期。

② 参见徐公：《刘大杰将成折臂翁》，《海星》第 25 期，1946 年 10 月 8 日。

③ 参见陈允吉：《刘大杰传略》，北京图书馆《文献》丛刊编辑部、吉林省图书馆学会会刊编辑部编：《中国当代社会科学家》第五辑，书目文献出版社 1983 年版，第62—63 页。

文学史的教研工作、创作活动"①，为文学献出毕生精力。此后数十年内，他的遗著《魏晋思想论》《中国文学发展史》《红楼梦的思想与人物》等，均被海内外出版机构重付梓刻。

　　本书上、下编分别为"学术论著"和"文学创作与批评"，共选录刘大杰具有代表意义的作品二十五篇，以期使读者体会到刘先生蕴含于其中的敢于争鸣、追求真理的思想光芒，以及善良、独立而坚韧的文化品格。每篇作品所据底本均为初刊本或初版本，除个别异体字、标点符号依当代习惯进行调整外，文中内容悉遵原作。

---

　　① 　林冠夫、林东海：《缅怀与思考——纪念先师刘大杰先生》，《文学遗产》1999年第4期。

| 上编 |

学术论著

魏晋学术思想界的新倾向 *

一、浪漫主义与老庄复活

魏晋时代，无论在学术的研究上，文艺的创作上，人生的伦理道德上，有一个共同的特征，那便是解放与自由。这种特征，与其说是自然主义，不如说是浪漫主义。自然主义用之于当日的玄学，似乎很适宜，但还没有如浪漫主义那样能包括人类的全部活动、全部表现。浪漫主义是以热烈的怀疑与破坏精神，推倒一切前代的因袭制度、传统道德和缚住人心的僵化了的经典。用极解放自由的态度，发展自己的研究，寻找自己的归宿，建设新的思想系统。因为这样，经学、玄学、文艺及宗教都得到自由的发展，比起前代那种死气沉沉的空气来，魏晋是呈现着活泼清新的现象的。

从建安到永嘉，这一百多年中，是中国政治动摇最利害的时代，也可以说是汉民族单独发展的最后期。从此以后，东晋偏安江左，成为中国古代文化中心的大江北部，为外族所据，中原文物，摧残殆尽。在这一时期内，前代学术道德的腐败，都暴露出来，再不能维系读书人的信仰了。君主以篡夺残杀相尚，仕宦以巧媚游说相欺。于是一般士大夫，都竞尚虚无，谈玄说理，探讨人生之究竟；保性全真，以求安身立命之道。有的嬉笑怒骂，行近癫狂。有的袒裼裸裎，违叛礼法。因此《老》《庄》《周易》之学，成为当时读书界的经典了。

吕蒙入吴，吴主劝其学业。蒙乃博览群籍，以《易》为宗。常在孙策座上酣醉，忽卧于梦，蒙诵《周易》一部，俄而起惊，众人皆问之。

---

* 本文为《魏晋思想论》第二章（中华书局 1939 年版）。

蒙曰：向梦见伏羲、文王、周公与我论世祚兴亡之事，日月贞明之道，莫不穷精极妙，未该玄旨，故空诵其文耳。众座皆云吕蒙呓语通《周易》。(《述异记》)

这个故事，很可以看出当时士大夫对于《周易》的爱好。白日做梦，还在读它，可见他们专心于此，并不是出于游戏态度。魏晋时代，士大夫爱好《老》《庄》的，一定也爱《周易》。如王弼、向秀一面注《老》《庄》，一面又注《周易》。魏晋有几位皇帝，也很欢喜研究这本书。因为在儒家的经典内，只有《周易》稍稍带一点神秘性，容易同《老》《庄》发生关系，因此便合了魏晋人的脾味。

至于《老》《庄》，可以说是魏晋人士的灵魂。我们看《魏志》和《晋书》，在社会上稍稍出色一点的人物，无不是精通《老》《庄》之学。时流学士，俱以谈玄说道闻名于时。父兄之劝诫，师友之讲求，莫不以推求《老》《庄》为第一事业。在《世说新语》内，可以看见许多有趣味的故事。魏晋人的读《老》《庄》，正如汉人的读五经。汉人通经致用，魏晋人也将道家的精神，应用到政治、军事、人事各方面去，如魏文帝、晋简文帝之流，都仰慕道家的无为政治，刘劭的《人物志》，将这种精神应用到选举的标准上。"钟会伐蜀，与王戎别，问计将安出。戎曰，道家有言，为而不恃，非成功难，保之难也。"由此可以知道他们临行军的时候，也是要记着道家的学说的。至于当日的人生观，完全建立在《老》《庄》的基础上。有时再混合一些列子、杨朱、陈仲子等人的思想，因此造成当时各种各样的怪僻生活。

老庄哲学是乱世的产物。他们看破了人间的种种丑恶，对于现实的文物制度全不满意，而理想着回到原始的无争无欲的自然状态去。他们在意识上，虽是积极地反抗现实批判现实，但在行动上，却是消极地逃避现实。所以他们的学说，只能解救一个人的精神，对于社会政治的改革，民生的救济，却没有好处。但是他们有很高的智慧，细密的体验与观察，了解天地万物是自生自化，并无所谓造物之主，也没有有意志的天帝。这样子，天人感应、阴阳五行的思想，不能存在，迷信也就站不住了。反对一切因袭的文物制度，于是在心灵或是行为上，都可以得到自由了。魏晋的玄学，就是这种老庄思想的复活。宇宙论、政治论、人生论各方面，都是以老庄思想为其根底，有的把它说得更透彻，有的加以补充，也有的加以修正的。总之，老庄书内的各种意见，到了魏晋，是发挥得更圆满更明显了。向秀、郭象是魏末晋初的人，他们注《庄子》的时候据《世说新语》上说，当时注《庄子》的已经有几十家。再经过两晋，自然更多了。到了东晋，已有人用佛经解释《庄子》。那些注本自然是雷同的多，所以容易消灭，但是现在保存在《隋书·经籍志》内关于《老》《庄》注本的目录，那数目还是可惊。

魏晋虽是一个自由研究学术的时代，可惜他们的著作，丧失的多，流传后世的少。我们研究的时候，很感着困难，只好根据当时人的注书，和年代稍后各书所引用的文字来作研究的材料。不用说这些材料是极其贫弱的，然而我们除了依着这些材料推论他们的思想以外，再没有办法。

二、经学玄学化

建安以后，儒学的权威虽是倒了，但是那些玄学家们并没有轻视孔子，对于经学也还没有完全放弃。他们努力把老庄的学说，灌到经学内去，把儒道二家的思想，加以沟通和调和。何劭的《王弼传》中叙裴徽与王弼的问答说：

> 徽问弼曰：夫无者诚万物之所资也，然圣人莫肯致言，而老子申之无已者何？弼曰：圣人体无，无又不可以训，故不说也。老子是有者也，故恒言无所不足。（《魏志·钟会传》注引）

《世说新语》的《文学篇》内，有同样的一段故事，说得较为清楚：

> 王辅嗣弱冠诣裴徽。徽问曰：夫无者诚万物之所资，圣人莫肯致言，而老子申之无已何耶？弼曰：圣人体无，无又不可以训，故言必及有。老庄未免于有，恒训其所不足。

由这一段话，我们可以看出当日人士对于这问题的苦闷，同时孔子在他们的脑中，还树立着圣人的权威。老庄大概是今日的马克思、列宁之流，作文谈话，非此不可。一个讲无，一个讲有，这是怎么的呢？因此王弼采起调和的论调，说孔、老二家，都知道"无"为万物之所资，一个说出一个不说出而已。表面是调和，实际是老子胜利的。

何晏的态度，也是如此。《世说新语·文学篇》引《文章叙录》云：

> 自儒者论以老子非圣人，绝礼弃学，晏说与圣人同，著论行于世也。

他著的论就是《道德论》。他原来本要注《老子》的，后来看见王弼注的《老子》太精了，知道胜不过他，便把自己的意见整理起来，成为《道德论》。可惜这些文章丧失了（在张湛的《列子注》内保存了一点点），我们无从知其底细。他的主旨，我们可以推测他是调和孔老之学，把绝礼弃学的老子，说得同孔子一样，给当日怀疑苦闷的青年一个解答。孔子是圣人，早已不成问题，老子与圣人同，老子自然也变成圣人了。玄学家的工作，第一步是调和孔老，提高老子的地位，与孔子平等。到了后来，老庄的地位巩固了，再来把孔子一脚踢倒。孔子踢倒的时候，也就是经学最衰微，礼法破坏最厉害，道学最风靡天下的时候。

他们要调和儒道，最重要的工作，是把道家的学说灌到经学里去。《论语》与《周易》是儒家哲学的两大基础，于是他们就从此下手。何晏有《论语集解》，王弼有《论语释疑》《论语集解》，虽是编集汉代儒家的意见，但何晏用道家的学说去解释的时候也是有的。如："回也其庶乎屡空"，他注说：

> 一曰，屡犹每也，空犹虚中也。以圣人之善道，教数子之庶几，犹不至于知道者，各内有此害也。其于庶几每能虚中者，惟回怀道深远。不虚心，不能知道。子贡无数子病，然亦不知道者，虽不穷理而幸中，虽非天命而偶富，亦所以不虚心也。（皇侃《论语义疏》）

王弼的《论语释疑》虽是失传了，偶然见引于皇侃的《论语义疏》及邢昺的《论论正义》。他释"志于道"说："道者无之称也，无不通也，无不由也。况之曰道，寂然无体，不可为象。是道不可体，但志慕而已。"何晏、王弼开了这风气，许多人都跟着这路走。如以注《庄子》出名的郭象，谈佛谈道的孙绰，都做过解释《论语》的这种工作。郭象撰有《论语体略》二卷，《论语隐》一卷。他在"颜渊死，子哭之恸"下面注云：

> 人哭亦哭，人恸亦恸，盖无情者，与物化也。

又在"修己以安百姓，尧舜其犹病诸"下面注云：

> 百姓百品，为国殊风。以不治治之，乃得其极。若以修己以治之，虽尧舜必病，况君子乎？今见尧舜非修之也，万物自无为而治，若天之自高，地之自厚，日月之明，云行雨施而已。

这完全曲解了儒家的意见，而强迫加以道家化了的。所谓无为而治，正是道家的政治哲学。修己以治是有为，以不治治之乃是无为。再如嵇康的《周易言不尽意论》，钟会的《周易尽神论》，阮籍的《通易论》，或是诠释，或是研究，而无不是以道家思想为其主论的基础。

在这方面的成绩，王弼要比何晏大。他的注《易》工作，使他在当时的学术界上，建立了一个新系统，对于后代的学术界，发生了极大的影响。他的伟大处，是能够用平实的道家义理，去说明《周易》的原理作用与变化，推倒在汉代流行的阴阳五行、灾异機祥的邪说。他大胆地把神鬼的面具剥开，将《周易》的真面目从迷信内救出来，使它成为一本哲理书，不要使它永远成为方士们的经典。他在《周易略例》中，很明白地表现了他的意见。《明象》说：

> 夫象者何也？统论一卦之体，明其所由之主者也。夫众不能治众，治众者至寡者也。夫动不能制动，制天下之动者，贞夫一者也。故众之所以得咸存者，主必致一也。动之所以得咸运者，原必无二也。物无妄然，必由其理。

他讲的因静制动，因寡制众，就是老子所讲的"无为而民自化，好静而民自正"，"万物得一以生，王侯得一以为天下贞"的道理。"物无妄然，必有其理"，这理便是老子所讲的道与自然。

他在《明象》内又说：

> 繁而不忧乱，变而不忧惑。约以存博，简以济众，其唯象乎？乱而不能惑，变而不能渝，非天下之至赜，其孰能与于此乎？故观象以斯，义可见矣。

他告诉我们，万物虽是变化繁复无端，但并不乱并不惑，我们只要用简约之法，便可以存博济众了。他说的《易》，便是这种以简御繁、以静制动的道理。他在《明爻通变》篇内又说：

> 夫爻者何也？言夫变者也。变者何也？情伪之所为也。夫情伪之动，非数之所求也。故合散屈伸，与体相乖。形躁好静，质柔爱刚。体与情反，质与愿违……故苟识其情，不忧乖远，苟明其趣，不烦强武。能说诸心，能研诸虑，睽而知其类，异而知其通，其唯明爻者乎。

爻之变化，是情伪之所为，并无神鬼的意味。我们只要能达情伪通变化，便可应动静，观吉凶了。他在《明象》一篇内，说得更明显。《易》内的象，就是种种不同的现象。在这些不同的现象中，暗示给我们不同的意义。你可以触象生情，我可以见象生意。"言生于象，故可寻言以观象；象生于意，故可寻象以观意。"象是活动的，人也是活动的。有了现象，就有意义；有了意义，便可用它解剖疑难，决定吉凶。如果死守着一定的现象，规定着一定的意义，如何能达情通变呢？故他说："立象以尽意，而象可忘也。重画以尽情，而画可忘也。是故触类可为其象，合义可为其征。义苟在健，何必马乎？类苟在顺，何必牛乎？爻苟合顺，何必坤乃为牛？义苟应健，何必乾乃为马？而或者定马于乾，案文责卦，有马无乾，则伪说滋蔓，难可纪矣。互体不足，遂及卦变。变又不足，推致五行。一失其原，巧弥愈甚。纵或复值，而义无所取，盖存象忘意之由也。"他这种大胆的革命态度，是极可佩服的。汉儒说《易》的大毛病，就是存象忘意。死守着一定的现象，生吞活剥地把灾异機祥之说凑进去，自然是伪说滋漫巧弥愈甚了。他的好处，是能因象会意达情通变。由象数《易》变为义理《易》，使僵死的《易》变成有生命的《易》了。于是《周易》在中国的学术界上，成立了一个新系统。如宋儒张载、苏东坡、伊川、程子之流的说《易》，都是受他的影响的。

继续着王弼的注《易》工作的，是东晋的韩康伯。他是简文帝门下的谈客，精通《老》《庄》《周易》之学。经上经下是王弼注的，《系辞》和《说卦》是韩康伯注的。在《系辞》注内，韩康伯更充分地发挥了老庄的学说。可以说《周易》到了他的手里，完全老庄化了。

"一阴一阳之为道"，他注云：

道者何？无之称也。无不通也，无不由也。况之曰道，寂然无体，不可为象。必有之用极，而无之功显。

又"仁者见之谓之仁，知者见之谓之知"，韩注云：

仁者资道以见其仁，知者资道以见其知，各尽其分。

又"百姓日用而不知，故君子之道鲜矣"，韩注云：

君子体道以为用也。仁知则滞于所见，百姓则日用而不知，体斯道者，不亦鲜矣。故常无欲以观其妙，始可以语至而言极也。

又"阴阳不测之谓神"，韩注云：

> 原夫两仪之造，万物之动，岂有使之然哉。莫不独化于大虚欤尔而自造矣。造之非我，理自玄应；化之无主，数自冥运，故不知所以然……

这里所讲的"无""道""自生自化"，都是道家的学说。汉儒所讲的象数機祥，到这时候是一点影子也没有了。这对于汉儒的经学，是一种伟大的革命。这种革命，在保守汉儒残垒的晋代儒家，看了是不满意的，如范宁的恶骂，顾夷的《周易难王辅嗣义》一卷，我们到现在，还可看到一点，就是那位名理派的清谈家孙盛，对于王弼的《易》注也表示了不满意的论见。他说：

> 《易》之为书，穷神知化，非天下之至精，其孰能与于此。世之注解，殆皆妄也。况弼以附会之辨，而欲笼统玄旨者乎？故其叙浮义则丽辞溢目，造阴阳则妙赜无间。至于六爻变化，群象所效，日时岁月，五气相推。弼皆摈落，多所不关。虽有可睹者焉，恩将泥乎大道。(《魏志·钟会传》注引何劭《王弼传》)

孙盛说他丽辞溢目，并非实语，摈落阴阳五行灾异之说，却是实情。然而我们觉得他的注《易》的好处，他的注《易》的价值，就在这一点。孙盛是东晋名理派的清谈大家，他虽是精通老学，对于道家的思想，并不赞成。本来在魏晋的清谈界，玄论名理二派的思想行为，以及谈论的内容，一向就站在对立的地位。孙盛对于王弼的《易》注发出那样的批评，并不为奇。关于这一点，我将在《魏晋的清谈》那一章里，较为详细地叙述。

王、何之流，虽说在晋朝就被人痛骂，甚至说晋朝的亡国，也要他们担负责任，其实这是冤枉的。如何亡国，只要看看《晋书》，便可略明大概。章太炎说："五朝所以不竞，由任世贵，又以言貌举人，不在玄学。"(《五朝学》)这话是对的。玄学与清谈，其发展自然互有影响，互有因果，究竟不能把它看作一件事体。至于时流的狂放浪漫，荒误政事，任世贵务荒淫，这更不能一概包到玄学里去，要玄学家负责任。我们平心而论，王、何在魏晋的学术界，是有思想的头等人物，以革命的态度，把前代腐化了的经学，转变了一个新方向。

《四库提要·周易注》下说：

> 阐明义理，使《易》不杂于术数者，弼与康伯深为有功。祖尚虚无，使《易》竟入于老庄者，弼与康伯亦不能无过。瑕瑜不掩，是其定评。诸儒偏好偏恶，皆门户之见，不足据也。

这话说得比较公平，然而我们也不能完全承认。用老庄学说解《易》，这并不是过，只可以说是一种进步，一种思想的自由。钱大昕在《何晏论》中说："若辅嗣之《易》，平叔之《论语》，当时重之，更数千载不废……魏晋说经之家，未能或之先也。"又朱彝尊说："'孔颖达有言，传《易》者更相祖述，惟魏晋王辅嗣之注，独冠古今。'汉儒言《易》，流入阴阳灾易之说，弼始畅以义理。"（《王弼论》）这两家的批评，完全从学术思想上立论，总算是最平允的了。

三、佛学的发展

佛教传入中国，前史多记载始自东汉明帝。但细细推察佛教传入的时代，应该还要早一点。明帝永平八年，答楚王英的诏中说："楚王英尚黄老之微言，尚浮屠之仁祠。洁斋三月，与神为誓，何嫌何疑，当有悔吝，其还赎以助伊蒲塞桑门之盛馔。"（《后汉书》本传）由楚王英的祀浮屠与明帝诏中所引用的佛语看来，那么佛教的传入中国，必在明帝以前，否则不能这么快地就能得到王公贵族的信仰，教典中的术语，也不能很快地引用到政府的文书内去。因为这一点，我们觉得西汉哀帝时代大月氏使臣伊存授《浮屠经》的事，是较为可靠的。此事初见于鱼豢的《魏略·西戎传》：

罽宾国、大夏国、高附国、天竺国，皆并属大月氏。临儿国《浮屠经》云，其国王生浮屠，浮屠太子也。父曰屑头邪，母曰莫邪。浮屠身服色黄，发青如青丝，乳青毛蛉，赤如铜。始莫邪梦白象而孕，及生，从母左胁出，生而有结，堕地能行七步。此国在天竺城中。天竺又有神人名沙津。昔汉哀帝元寿元年，博士弟子景卢受大月氏王使伊存口授《浮屠经》，曰复立者其人也。《浮屠》所载临蒲塞、桑门、伯闻、疏问、白疏闻、比丘、晨门，皆弟子号也。《浮屠》所载，与中国《老子经》相出入。（《三国志》裴松之注引）

除《魏略》外，其他如《世说新语》注、《魏书·释老志》《隋志》《太平御览》夷部，都载有这件事。内容虽偶有不同，而其时代则都一致。哀帝元寿元年，正当西历纪元前二年，那么佛教传入中国，是在西汉末叶。从这时候到楚王英祀佛，已是六十几年以后的事，在佛教的发展史上看起来，这是很可能的了。

明帝以后，佛教渐渐流布，研究的信奉的也渐渐多起来了。到了桓帝，在宫中正式设立黄老、浮屠之祠。《后汉书·本纪论》说："饰芳林而考濯龙之宫，设华盖以祠浮图、老子。"《西域传》论佛教也说："楚英始盛斋戒之祀，桓帝又修华盖之饰。"皇帝信佛，臣僚士子都会跟着走上那条路的，如襄楷一面研究道家书，一面研究佛理。《后汉书·西域传》也说："桓帝并祀佛老，百姓稍有奉者，后遂转盛。"适应着这种环境，于是译经的事业兴盛起来了。初期翻译经典的如支谶、安清之流，都是桓帝时代的人。

佛法初来中国，多系口传，国人尚难解其真义。于是与当日流行的道教，彼此混杂，互相推演。当时信教者与传教者，都未能将佛道二教分辨清楚，多视为出自一门。楚王英、汉桓帝的并祀佛老，襄楷的兼读佛道家书，都可看出佛教传入中国的初期，与道教结合，几乎成为一体。因为当日那些托名黄老的方术道士，除讲服食、导养、丹鼎、符箓之术以外，也讲神鬼、报应、祠祀之方。而佛徒最重要的信条为神灵不灭、轮回报应之说，又奉行斋戒祭祀。故双方容易调和结合，而成为种佛道不分的综合形式。袁宏《后汉记》说：

> 以为人死精神不灭，随复受形。生时所形善恶，皆有报应。故所贵行善修道，以炼精神而不已，以至无为而得为佛也……然归于玄微深远，难得而测。故王公大人，观生死报应之际，莫不瞿然自失。

佛徒所讲的这些教义，极容易被道士们附会利用。桓帝延熹八年襄楷上疏说："又闻宫中立黄老、浮屠之祠，此道清虚，贵尚无为，好生恶杀，省欲去奢。今陛下嗜欲不去，杀罚过理，既乖其道，岂获其祚哉？"可知当日人们的心目中，把黄老、浮屠看作是一种相同的道术了。汤用彤说："佛教自西汉来华以后，经译未广，取法祠祀。其教旨清净无为，省欲去奢，已与汉代黄老之学同气。而浮屠作斋戒祭祀，方士亦有祠祀之方。佛言精灵不灭，道求神仙却死，相得益彰，转相资益。"（《汉魏两晋南北朝佛教史》第四章）他这种意见，是极其正确的。由此我们也可知道佛教传入中国初期的情形了。

汉代末年有支谶、安清、安玄、竺佛朔、康孟祥、竺大力诸人的译经，有牟子的讨论佛义的《理惑论》，于是佛教本身的意义渐渐显明，从方术道士的手下，解放出来而入于自立之途了。由当日笮融大造浮屠之祠，并没有如楚王英、汉桓帝那样兼祀黄老的事看来，这趋势是很显明的了。汉代祀黄老本与阴阳道术糅杂不分，到了魏晋，老庄的哲学独立发展起来，与道教徒假托的黄老分道而驰，一为民间信仰的宗教，一为魏晋时代学术思想界的正统了。在这种变化时期，佛学也脱离道士的附庸，而与老庄的玄学相辅而行，大为清谈之士所爱好。于是佛学的发展，又进于一个新的阶段了。

三国两晋，是政治长在动摇、人民生活最痛苦的时代，也就是最适合于宗教发展的时代。遁世超俗之风日盛，出家为僧的人也就多起来了。这三百年来的佛经翻译，虽不能同后代比美，但支谶、安清维祇难、竺律炎、竺法护、僧伽跋澄、昙摩难提、竺佛念诸人，都有很好的成绩。如释道安、支道林、竺法深、释慧远之流，都是当日最有名望的高僧。他们不仅宣扬佛理，并且精通中国的哲学，所以为时流所敬重。佛徒在汉末三国时代，在读书界并没有地位，到了西晋，渐露头角，阮瞻、庾敳与沙门孝龙为友，桓颖与竺法深结交，开了名士僧人交游的风气。到了东晋，这风气日盛。僧人加入清谈，士子研究佛理，我们只要看一看，简文帝门下出入的僧人无不是谈客，那些名士式的谈客，无不同佛徒往来的事，就可知道那时的情形了：

　　殷中军被废，徙东阳，大读佛经，皆精解，唯至事数处不解，遇见一道人，问所签，便释然。（《世说新语·文学篇》）

　　殷中军读小品，下二百签，皆是精微，世之幽滞。尝欲与支道林辩之，竟不得，今小品犹存。（同上）

　　三乘佛家潜义，支道林分判，使三乘炳然。诸人在下坐听，皆云可通。支下坐，自共说，正当得两，入三便乱。今义弟子虽传，犹不尽得。（同上）

　　支道林、许掾（许询）诸人共在会稽王斋头，支为法师，许为都讲（时讲《维摩诘经》）。支通一义，四坐莫不厌心。许送一难，众人莫不忭舞。但共嗟咏二家之美，不辨其理之所在。（同上）

由这些记载看来，当时读书界研究佛学的风气是非常流行的。即是佛理深微，一时不易了解，坐在讲台下面，仍是听得津津有味。如殷浩是当日一个精研佛典的有名之士，他有所不懂，还要去请教道人。这一面证明佛理的玄妙，一面证明当时学者研究佛学的认真。再如孙绰论报应有征调和释孔的《喻道论》，郗超论佛法内容的《奉法要》（俱见《弘明集》），都是东晋名士的研究佛学的著作。在这种情形之下，佛学除了那种宗教的力量以外，又给予中国哲学界一种思想上的影响了。

在当日清谈界的佛徒里，名望最大的是支道林。一时名流如谢安、王羲之、殷浩、刘惔、孙绰、许询、王洽、王濛、王脩、谢朗、袁弘诸人，都同他交游，来往密切。对他的学问言辞，无不是一致推重。王濛说他"寻微之功，不减王弼"。郗超说他："林法师神理所通，玄拔独悟，数百年来，绍明大法，令真理不绝，一人而已。"（《与亲友书》）在这些言语里，可想见林公在当日名士间的地位了。

支道林的受时流推重，并不是因为当日佛法兴隆之故。最重要的原因，是他精通佛理，又善《老》《庄》，能够将佛道二家之学调和发挥，益见精采，加以他精谈善论，故清谈名士，都乐与往还。他后来因为得了那领袖群流的地位，对于佛法的传布，自然是得了许多便利的。使佛理同中国的哲学发生关系，支道林是极重要的一个人。

　　《庄子·逍遥篇》旧是难处，诸名贤所可钻味，而不能拔理于郭向之外。支道林在白马寺中，将冯太常共语，因及《逍遥》，支卓然标新理于二家之表，立异义于众贤之外，皆是诸名贤寻味之所不得，后遂用支理。（《世说新语·文学篇》）

　　王逸少作会稽，初至，支道林在焉。孙兴公问王曰：支道林拔新领异，胸怀所及，乃自佳。卿欲见不？王本自有一往隽气，殊自轻之。后孙与支共载往王许，王都领域，不与交言，须臾支退，后正值王当行，车已在门，支语王曰，君未可去，贫道与君小语，因论《庄子·逍遥游》，支作数千言，才藻新奇，花烂映发，王遂披襟解带，留连不能已。（同上）

可知支道林对于《庄子》特别有研究。《世说新语·文学篇》注引其《逍遥论》曰：

　　夫逍遥者明至人之心也。庄生建言大道，而寄指鹏鷃。鹏以营生之路旷，故失适于体外。鷃以在近而笑远，有矜伐于心内。至人乘天正而高兴，游无穷于放浪，物物而不物于物，则遥然不我得。玄感不为，不疾而速，则逍然靡不适，此所以为逍遥也。若夫有欲当其所足，足于所足，快然有似天真，犹饥者一饱，渴者一盈，岂忘蒸尝于糗粮，绝觞爵于醪醴哉。苟非至足，岂所以逍遥乎！

　　他在这里用佛家所讲的空观，来释明逍遥的真意义。空观的境界，便是物物而不物于物的境界。达到了这种境界，才是真正的逍遥。若有所待，有所凭借，只是饥者一饱，渴者一盈的暂时满足，并不能达到真正逍遥的地步。《世说新语·文学篇》又说他通《渔父》一篇，才藻俊拔，那一定也是用佛理来解释的，可惜那妙论不传了。

　　同时，支道林又用老庄之学去解释佛理。他在《大小品对比要钞序》中说：

　　夫般若波罗密者，众妙之渊府，群智之玄宗，神王之所由，如来之照功。其为经也，至无空豁，廓然无物者也。无物于物，故能齐于物。无智于智，故能运于智……般若之智，生乎教迹之名。是故言之则名生，设教则智存。智存于物，实无迹也。名生于彼，理无言也。何则？至理冥壑，归乎无名，无名无始，道之体也。无可不可者，圣之慎也。苟慎理以应动，则不得不寄言。宜明所以寄，宜畅所以言。理冥则言废，忘觉则智全。若存无以求寂，希智以忘心，智不足以尽无，寂不足以冥神。何则，盖有存于所存，有无于所无。存乎存者，非其存也。希乎无者，非其无也。何则？徒知无之为无，莫知所以无。知存之为存，莫知所以存。希无以忘无，故非无之所无，寄存以忘存，故非存之所存。莫若无其所以无，忘其所以存。忘其所以存，则无存于所存，遗其所以无，则忘无于所无。忘无故妙存，妙存故尽无。尽无则忘玄，忘玄故无心。然后二迹无寄，无有冥尽，是以诸佛因般若之无始，明万物之自然。众生之丧道，溺精神乎欲渊。悟群俗以妙道，渐积损以至无。设玄德以广教，守谷神以存虚。齐众首于玄同，还群灵乎本无。

他这里所讲的本旨，还是一个"无"，不过比老庄所讲的较为深微玄妙一点而已。那内面所用的"齐物""无名""谷神""道体"等等名词，全是《老》《庄》书里用滥了的。在这种地方，我们可以看出他这种解释，使一般人容易了解佛理。其次他是把中国的哲学容纳到外来的思想里去，使他们混合调和而易于流布。如释慧远引《庄子》以讲实相义，竺法雅、康法朗的创格义，释道安用三玄比附佛学，都是有这种意义的。

在超现实的那一点上，佛道二家思想的根底，是有些相同的。所以当日的名士沙门，都是讨论空无的真义而能彼此契合，互相发明。我们看看释道安、竺法深、竺法汰、支道林、释慧远所讲的本无，其出发点与老庄学派所讲的并无二致。

释道安明本无义，谓无在万化之前，空为众形之始。（《中论疏记》引）

法深法师云：本无者未有色法，先有于无，故从无出有。即无在有先，有在无后，故称本无。（同上）

庐山远法师本无义云，因缘之所有者，本无之所无。本无之所无者，谓之本无。（慧达《肇论疏》）

竺法汰与郗超论本无义，皆行于世。（《高僧传》）

这几位名僧，都在探讨本无之义，正与老庄学派取一致的步调。所谓"无在万化之前"，"从无出有"，正是老子所说的"天地万物生于有，有生于无"的意思。本无，即是以无为本，也就是道家所讲的宇宙的本体。由此观之，佛学自西汉末年传入中国，经过汉末魏晋长期间经典的翻译，名僧的研讨，到东晋时候，在中国的学术界发生显著的影响了。东汉时代佛教只是方术道士的附庸，到这时候沙门得与名士同游，哲理得与《老》《庄》互证了。彼此调和，彼此推演的结果，无论在思想上艺术上，都渐渐地染了佛学的色彩了。

四、怀疑精神与辩论风气

儒家独尊的权威崩溃了，诸子百家之学就兴盛起来。任你什么学说，什么思想，可以自由地表现。在这种空气里，学术界产生了怀疑的精神，辩论的风气。这种精神与风气，对于学术思想，都是极有利的，在前代学术统制的局面下，缺少这种风气，于是学术界就现出僵化的现象来。

曹髦虽是皇帝做得不久，死得那么惨，但他却是一个有思想的读书人，有极丰富极大胆的怀疑精神。《魏志》本纪说："帝幸太学，问诸儒曰：'孔子作彖象，郑玄作注，虽圣人不同，其所释经义一也。今彖象不与经文相连，而注连之何也？'庾峻对曰：'郑玄合彖象于经者，欲使学者寻省易了也。'帝曰：'若郑玄合之，于学诚便，则孔子曷为不合，以了学者乎？'峻对曰：'孔子恐其与文王相乱，是以不合，此圣人以不合为谦。'帝曰：'若圣人以不合为谦，则郑玄何独不谦耶？'峻对曰：'古义弘深，圣问奥远，非臣所能详尽。'"这虽是一件小事，很可表现当时人已经把孔子的地位降低了，孔子虽称圣人，也不过和郑玄之流相等。这种问题，在汉代儒家独尊的时代，是决不会有的。

再本纪又说："讲《易》毕，复命讲《尚书》。帝问曰：'郑云，稽古同天，言尧同于天也。王肃云，尧顺考古道而行之，二义不同，何者为是？'博士庾峻对曰：'先儒所执各有乖异，臣不足以定之。然《洪范》称三人占从二人之言，贾马及肃皆以为顺考古道，以《洪范》言之，肃义为长。'帝曰：'仲尼言，唯天唯大，唯尧则之。尧之大美，在乎则天。顺考古道，非其至也。'峻对曰:'臣奉遵师说,未喻大义。'"庾峻实在是太可怜了。像他这种服从多数奉遵师说的态度,如何能满足像曹髦那样有思想的青年。在这里一面表示曹髦读书的用心,肯怀疑,肯发问,一面又可以看出他对于那些乱七八糟的经解很不满意。

又本纪说:"帝又问曰:'夫大人者,与天地合其德,与日月合其明,思无不周,明无不照。今王肃云:尧意不能明鲧,是以试用。如此,圣人之明,有所未尽耶?……若尧疑鲧,试之九年,官人失叙,何得谓之圣哲?……当尧之时,洪水为害,四凶在朝,宜速登贤圣。舜年在既立,而久不进用,何也?……又时忠臣,亦不进达,乃使岳扬仄陋,而后荐举,非急于用圣恤民之谓也。'峻对曰:'非臣愚见所能逮及。'"庾峻的回答虽是简单明了,却非常可笑。平日儒家把三皇五帝的功德,说得天花乱坠,现在到了曹髦的脑里,一切的权威和偶像,都崩溃得粉碎了。不仅把孔子的圣人地位降了级,就是尧帝那么大的权威,也被他批评得一钱不值了。对于古代的信仰,起了激烈的怀疑,崇拜偶像的宗教情绪也冷淡了,于是只好在现实的世界,来建立自己的新生,创立自己的信仰,寻找生活的趣味与归宿了。在当日的学术界像曹髦这样怀疑精神的青年,当然是很普遍的。因怀疑而发出疑问,因疑问而发生辩论,因辩论而有真理,这是学术思想界进步的现象。这现象是学术文化统制时代所没有的。

其次如"无"与"有","无为"与"有为",儒道的同异,孔释的同异,老子是不是大圣,养生有不有效,宇宙的本体是什么,人生的意义是什么。这些问题,在当日学术界,都是使青年们怀疑而苦闷着的问题。正如今日的唯物唯心观念论辩证法之类相像。怀疑的提出来,有的口辩,有的著书,你辩我驳,学术界因此便有了生气。何晏主张圣人的情感是静止的,无所谓喜怒哀乐,受了外物的刺激,而没有反应。当时一般名士如钟会之流,都赞成这种意见,王弼却不同意,他提出了反对的论调,说圣人的情感与凡人相同，所异者是应物而无累于物。这两派意见的辩论，结果似乎是王弼得了胜利。

王弼用老学注《周易》，这是一个学术界论战的好题目。反对的，赞成的，或以文驳，或以口辩，闹到东晋末年，还没有闹清楚。在《晋书·纪瞻传》内，也有一段讨论《周易》的故事，很可看出当日学术界辩论的风气。

> 瞻与顾荣同赴洛，在途共论《易》太极。荣曰："太极者，盖谓混沌之时，蒙昧未分。日月含其辉，八卦隐其神，天地混其体，圣人藏其身。然后廓然既变，清浊乃陈。二仪著象，阴阳交泰，万物始萌，六合阐拓。《老子》云'有物混成，先天地生'，诚《易》之太极也。而王氏云'太极天地'，愚谓未当。夫两仪之谓，以体为称，则是天地；以气为名。则名阴阳。今若谓太极为天地，则是天地自生，无生天地者也……"瞻曰："……夫天清地平，两仪交泰，四时推移，日月辉其间，自然之数，虽经诸圣，孰知其始。吾子云'蒙昧未分'，岂其然乎。圣人，人也，安得混沌之初，能藏其身于未分之内。老氏先天之言，此盖虚诞之说，非《易》者之意也……王氏指向，可谓近之。古人举至极以为验，谓二仪生于此，非复谓有父母。若必有父母，非天地其孰在？"荣遂止。

顾荣的意思，说王弼注《易》，还没有把老子的"有物混成先天地生"的学说全部放进去，对于他那种调和与妥协的态度，表示不满意。纪瞻却以父母之说把他说服了。这里暂不论其是非，本来这是非也就无从断定。但是他们在旅行的途中，就讨论这种学术问题，说得津津有味，由此可知当日讨论学术的空气是很浓厚的了。

其次，在嵇康的集子里，我们更可以看出这种风气。他先有《养生论》，向子期就作《难养生论》来驳他，他又作《答难养生论》一篇去反驳。张辽叔有《自然好学论》，嵇康不赞成，作《难自然好学论》。时人有《宅无吉凶论》，嵇康作《难宅无吉凶论》。那边又来一篇《释难宅无吉凶论》，嵇康再作一篇《答释难宅无吉凶论》回答过去。他们的是非和内容，我们暂不必提，但是他们来来往往的辩论，那态度非常平和，措辞非常客气，没有一点谩骂的习气。比起我们今日的文学哲学论战来，那态度真是要高明多了。他们双方都是谦虚地发表意见想求得一个真理，彼此绝对不现出一点横暴。这种空气，是魏晋学术界极可宝贵的精神。

当日的清谈集会，也是讨论学术最好的机会。那情形同我们今日的文艺茶话笔会有点相似，不过人数稍稍少点而已。其兴趣的浓厚，辩论的热烈，我们只要看看《世说新语》，就可略明大概。如荀粲、傅嘏的论玄理，王衍、裴頠的论有无，阮瞻的论鬼，乐广的论梦，王导的论三理，孙盛、殷浩的论易象，都是有名的论辩。到了东晋中叶，佛学也加入了他们的范围，于是他们清谈的材料，更是丰富了。

总而言之，魏晋的学术思想，是汉代经学的反动，是紊乱时代的反映，是老庄哲学的复活，他们研究学问的态度，是怀疑的、解放的，他们的人生是浪漫的、放任的。这一种精神，我们可以称为浪漫主义的精神。

中国古典文学与现实主义问题 *

最近，我读到苏联批评家雅·艾尔斯布克所写的《现实主义和所谓反现实主义》的论文（译文载《学习译丛》七月号），引起我很多的感想。我平日也常常考虑到这一问题，但一直搁在自己的脑子里，由于这篇论文的鼓动，我想联系中国文学史的研究，对中国古典文学中的现实主义问题，表示一点不成熟的意见。

近几年来，在古典文学研究的领域里，流行着一种非常普遍的见解：一部中国文学史，就是一部现实主义与反现实主义斗争的历史。大家这样说，大家这样写，成为一个非常有力量然而又是非常简单化的公式。把这一公式运用到我国源远流长、丰富多彩的文学史上去，就会遇到种种困难，其结果是不能很好地说明问题，不能真实地分析文学史的具体内容和各个作家不同的性格以及他们的作品的不同的艺术特点。运用这一公式，所得到的不良后果，是多方面的。

（一）**"现实主义"的概念不明确**。古典文学中的现实主义究竟是指的什么？是指的在文学历史发展过程中所形成的一种最进步的创作方法呢？还是如雅·艾尔斯布克所指责的，把现实主义的概念扩得很大，"跟真实性的概念等同起来，甚至跟艺术性的概念等同起来，而现实主义的历史就跟艺术反映现实即反映生活真实的历史等同起来"？因为概念既不明确，文学史家就无所适从，你这样用，他那样用，结果是把现实主义一般化了，看不出现实主义创作方法和现实主义作品的重要特征。

（二）**形成一种新的形式主义**。用马克思主义研究文学历史，是反对

＊　本文原刊于《文艺报》1956 年第十六号（1956 年 8 月 30 日）。

任何一种形式主义的。我们如果承认这一公式：一部文学史，就是一部现实主义和反现实主义斗争的历史，那么在中国几千年的文学史上，就只存在两种派别了，一派是先进的现实主义作家与作品，一派是落后的甚至是反动的反现实主义的作家与作品。于是文学史家就采用最简便的方法，好像破西瓜似的，把中国文学切成两半，这一半是现实主义，那一半是反现实主义。我看到过一部中国文学史，就是用的这种方法。作者这样说：在这一时代里，某某作家到某某作家是现实主义作家，某某作家到某某作家是反现实主义作家。这种方法当然是简便极了，但是并没有解决问题。因为在他们的文章里，没有明确现实主义的概念，在所谓现实主义的作家里，旁人看来，有些似乎不是现实主义的；在所谓反现实主义的作家里，也有些似乎不是反现实主义的。这一种新的形式主义，实际上也是一种庸俗社会学的变形。

（三）**另外一种，是几乎都变成了现实主义的作家。**解放初期，古典文学研究者对于古典文学的评价与肯定，大家都采取非常谨慎的态度。所谓"现实主义"这顶帽子，看得很宝贵，从不轻易送给人。当时有资格戴上这顶帽子的，不过《诗经》、屈赋、汉乐府歌辞、杜诗、白诗、《水浒》等寥寥数种而已。连作家与作品一道合起来，还凑不满一张八人的桌子。当时我自己也感到一种苦闷，觉得我们几千年的古典文学果真如此荒凉的话，那就真是害了无可救药的贫血症。二三年后，情形开始转变，现实主义的尺度放宽了，加进来的作家与作品也慢慢地多起来。最近两年，尺度放得更宽，凡是已经肯定的、正在进行肯定的、将来预备要肯定的作家和作品，都归到现实主义这一边来。因为文学史上只有两条路，不是现实主义，便是反现实主义，古典文学研究者和教师们，自然不能把要肯定的作家和作品，放到反现实主义的阵营里去。这样一来，便利用"古典现实主义"这个抽象名词，加以各种巧妙的解释，把"现实主义"这顶帽子随便戴在许多作品的头上。例如：汉赋反映了一定的社会现实，反映汉帝国的物质基础，是具有现实主义的内容的；阮籍的"咏怀诗"，侧面地讽刺了统治阶级，应当是现实主义的；陆机在某一首诗里，有两句诗反映了社会的面貌，他有一定的现实主义成分；潘岳的"悼亡诗"写得很真实，有现实主义的基础；左思、鲍照的作品表示对门阀制度的不满和怀才不遇的情绪，当然是现实主义的；郭璞借游仙以寄慨，有现实主义的倾向；谢灵运虽出身贵族，他受了统治阶级的迫害，他的诗应该是现实主义的；谢朓的诗李白给他的评价很高，阴铿、何逊的作品，杜甫赞美过，应该归入现实主义的范围；庾信的某些诗句，表现了爱国思想，也是现实主义的；就是宫体文学，也暴露了宫廷贵族的荒淫生活，不能说没有一点现实主义的倾向……这样写下去是写不完的。总之，仿佛变得无往而非现实主义了。这说明一个什么问题呢？说明在无论内容、形式和艺术风格都非常丰富多彩的中国文学历史现象内，要套进一个非彼即此的公式，必然要陷入一种困境。结果肯定的作家和作品愈多，现实主义也就愈多，弄到后来，几乎都变成了现实主义作家，所谓反现实主义的作家却看不见了，所谓"斗争"也就看不见了。只好把一大群彼此艺术风格不同、创作方法不同，甚至互相对立的作家们，因为要肯定他，或者要在某一部分肯定他，又不能归到反现实主义的阵营里去，只好一视同仁地统统装进那一只现实主义的大木桶里。于是现实主义便变成了一顶"八寸三分帽子"，人人可戴。"要末，硬把许许多多重要的艺术现象咒骂一番而列入反现实主义之中；要末相反地，硬把各种极不相同的，相互间有原则性区别的作品，都称作是现实主义的作品"。雅·艾尔斯布克所指出的这种混乱现象，在目前中国古典文学研究里，难道不是一样地存在，一样地流行吗？

把几千年来复杂无比的文学现象，把各种各样不同的作家和作品，简单地理解为现实主义与反现实主义的斗争，好像对于整个哲学史一样，理解为唯物主义与唯心主义的斗争，这种对文学现象的简单理解，是不符合实际的。我们当然承认，在各种美学理论和文学观点里，都具有唯物主义和唯心主义的思想性质，但如果对于文学作品不尊重它们的艺术特征，不好好地加以具体细密的分析，就简单地应用这一规律，结果是不能真实地说明问题，而且必然会陷入另一种形式主义。雅·艾尔斯布克说得好："把哲学和美学理论中斗争的规律性，机械地搬用到艺术中来，这是不可容许的。把现实主义同唯物主义，反现实主义同唯心主义加以这样的类比，就是抹杀艺术的特点。"这两句话值得我们深思，值得我们细心地体会。

现实主义是在文学发展过程中所形成的一种"最有力和最先进的"创作方法。我们说它是最有力最先进的创作方法，正因为它在反映现实、反映社会生活的真实方面，比起其他的创作方法来，能达到更大的深度和广度。但是我们不能说：只有现实主义才能反映现实、表现思想，其他的创作方法就一点不能反映现实，不能表现思想。不过，其他的创作方法，在反映现实、表现思想方面，比不上现实主义所达到的深度和广度，所以现实主义的创作方法是最有力的最先进的。恩格斯说："照我看来，现实主义是除了细节的真实之外，还要正确地表现出典型环境中的典型性格。"这是现实主义的典范的定义。我们必须明确现实主义的概念，在文学史的研究上，才不至于把现实主义一般化、简单化。

我现在想举出两个具体的例子来谈一谈。

第一个是屈原。

屈原，大家都说他是伟大的现实主义者。不错，在他的诗篇里，反映了他的爱国思想，对于当代的黑暗政治，表示了不满和反抗。但我们如果进一步来分析他的作品的艺术特点和创作方法的时候，就可以看出，他并不是一个现实主义的诗人，而是一个浪漫主义（积极浪漫主义）的诗人。最能代表屈原的艺术特点的作品，作者的个性表现得最鲜明的作品，是"九歌"（这是在民歌的基础上加工的），是《离骚》，是《天问》，是《哀郢》和《招魂》（这后一篇作品有人疑为宋玉所作，我以为是屈原所作）。在这些作品里，充满了狂热的感情、丰富的幻想、美丽的象征、神秘的气氛，再加以神话传闻、宗教风俗，上天下地，入水登山，冲破诗歌的格律，创造出参差不齐的新形式，在这些艺术基础上，表现出那种深厚的怀乡爱国之情、生离死别之感，和一个遭受迫害的苦闷的灵魂追求真理追求理想的失败以及最后归于毁灭的悲哀。由于这些，构成了一个完整的艺术风格，一个屈原所特有的艺术风格，这是浪漫主义诗歌的风格，而不是现实主义诗歌的风格。刘勰不能理解这一点，在《辨骚》一文里，说屈原的作品，有诡异、谲怪、狷狭、荒淫四事异于经典，不知道这正是浪漫主义文学的特色。分析屈原的作品，不单是注意他表现了爱国思想和反映了现实，还要注意他是用什么样的创作方法来表现来反映的。如果不这样，就无法说明屈原的作品的精神实质。

其次，我要谈的是李白。

近几年来，报刊上发表了不少研究李白的文章。众口一辞，都说李白是现实主义作家。不错，在他的作品里，确实有些诗句（虽说不多），是反映了战乱和对黑暗现实表示了反抗的。但是，他的创作方法是如何的呢？我们只要对于李白的作品稍稍加以探索和分析，便会知道，李白正如屈原一样，不是现实主义的诗人，而是典型的浪漫主义的诗人。他的代表作品，是《远别离》《蜀道难》《将进酒》《日出入行》《襄阳歌》《梦游天姥吟留别》《庐山谣》《江上吟》《战城南》《关山月》和那些优秀的绝句（这是举例性质，并不是说他的代表作品只有这几篇）。李白之所以成为李白，李白诗歌之所以能成为一种特殊风格，都在这些作品中体现出来。一千多年来，多少人批评他，赞美他，学习他，都是指的这些作品中的李白，都是指的这些作品中的艺术特点。他自己说的"兴酣落笔摇五岳，诗成啸傲凌沧洲"，杜甫称赞他"笔落惊风雨，诗成泣鬼神"，也只有在这些作品里，才真能体会出他那种拔山盖世、惊心动魄的气概，才真能体会出他那种纵横变幻、雄奇飘逸、天马行空、惝恍莫测的精神。在这些作品里，充满着无比的狂热和夸张，丰富的想象，豪迈的气魄，追求个性解放与灵魂自由的高度热情，在每一个读者的心弦上，发生了震撼与共鸣。他呼号，他嘲笑，他追求，他反抗。诗歌的语言，变化莫测而又俊逸清新，音律的迅速变动，形式的长短不一，使我们得到一种"在不整齐中求得整齐，在不和谐中求得和谐"的美感。李白的诗歌艺术，是概括了浪漫主义创作方法的一切特征，反映出他的思想内容的。他反权贵，反战争，对于现实生活的不满，对于祖国山水的热爱与劳动人民的感情，都是通过浪漫主义的创作方法表现出来的。研究李白的作品，如果不从这方面来探索来深入的话，那就真是"得者皮毛，失者风骨"了。

> 西上莲花山，迢迢见明星。
>
> 素手把芙蓉，虚步蹑太清。
>
> 霓裳曳广带，飘拂升天行。
>
> 邀我登云台，高揖卫叔卿。
>
> 恍恍与之去，驾鸿凌紫冥。
>
> 俯视洛阳川，茫茫走胡兵。
>
> 流血涂野草，豺狼尽冠缨！
>
> ——《古风十九》

这首短诗，后面四句接触到安史之乱，李白的研究者重视这首诗，认为它有思想性，那是完全正确的。但是我们要问：这首诗的表现方法，是现实主义的，还是浪漫主义的？毫无疑问，是浪漫主义的。把李白这一类的诗篇同杜甫的"三吏""三别"排在一起，那区别是多么的鲜明。把李、杜都归之于现实主义的行列，这是真实的吗？

　　浪漫主义精神，是李白全部人生、全部艺术的主要动力，他那种"不屈己，不干人"、"安能摧眉折腰事权贵，使我不得开心颜"的豪迈傲岸的性格，同他在艺术中所表现出来的那种反抗一切传统与束缚，追求解放、追求独创性的浪漫精神是完全统一的。从这一点看来，李白是屈原真正的继承者和发扬者。文学史上既然存在着现实主义与反现实主义的简单公式，像屈原、李白这样的作家，不说他是现实主义的作家，说他是什么样的作家呢？事实上，不是现实主义的大作家不单是"曾经有过"，在中国文学史上似乎还不少。屈原、李白以外，曹植、陶潜、王维、韩愈、苏轼一类的作家们，我们是不能随便给他们戴上一顶现实主义的帽子的。他们在艺术上各有不同的特点和不同的方法，在文学史上也曾发生过很大的影响。对于他们的作品，除了采取实事求是的研究态度以外，用任何简单化的公式，都不能解决问题。

　　把浪漫主义同唯心主义加以类比，固然不对，把浪漫主义归于现实主义的范畴，作为现实主义的一种形式，难道又是正确的吗？浪漫主义在各国文学史上，都有它自己的光荣历史和光荣任务。在丹麦批评家勃兰德斯所写的六大本《十九世纪文学的主潮》里，他着重论述了浪漫主义文学的积极意义。他把他的著作称为六幕戏曲，自《法国的移民文学》到《青年德意志》，一直贯穿了反对黑暗传统、追求解放、追求民主自由的强烈的浪漫主义精神。特别使我们不能忘记的，英国的拜伦，法国的雨果，德国的海涅，他们的光辉形象，他们的优秀艺术，他们那种勇猛的反抗战斗的精神，在他们自己的文学史上，都起了非常巨大的进步作用。他们都遭受过时代的迫害，都是一个个地遭受过流放的悲惨的命运的。勃兰德斯这一著作，虽说是一部旧书，但在文学史的研究上，还是值得我们参考的。

　　我们的李白又何尝不是如此？他在思想上反对传统思想的束缚，反对黑暗的现实。他在文学上的成就，一面是创作了许多千古不朽的诗篇，一面是以排山倒海、横扫千军的雄健笔力，把六朝到初唐以来的华靡柔弱的文风，打得落花流水，把那些繁琐、纤巧的形式主义，打得体无完肤。他的斗争的胜利，正说明了浪漫主义的胜利。他的斗争是浪漫主义与形式主义的斗争，而不能理解为现实主义与反现实主义的斗争。

再如晚明的公安派，在反对前后七子的拟古主义运动中，作出了很大的贡献，起了一定的进步作用。但公安派也是浪漫主义的。这一次斗争，只能说是浪漫主义与拟古主义的斗争，同样不能理解为现实主义与反现实主义的斗争。中国文学史上有许多伟大的现实主义作家，但不能说凡是要肯定的作家，都是现实主义的作家；中国文学史上有许多斗争的历史，但不能说那些斗争历史，都是现实主义与反现实主义斗争的历史。正因为现实主义的创作方法，是先进的最有力量的创作方法，正因为现实主义作家与作品，在反映现实、反映生活的真实方面能达到更大的深度与广度，所以我们不能把名实不符的创作方法，也看作是现实主义的创作方法；也不能把在艺术风格上有区别的作家与作品，统称为是现实主义的作家与作品。在这里，我们正是重视现实主义，而不是轻视现实主义。浪漫主义虽说有它们自己的光荣历史和积极作用，但在创作方法上，是比不上现实主义的。正因为如此，屈原、李白的诗篇，在描写生活、反映现实、表现社会历史的本质方面，就达不到杜甫诗歌的深度与广度。

杜甫才是现实主义的诗人。他有深厚的爱国主义与人道主义的思想基础，他有丰富的生活体验，他在贫穷、饥饿、流亡的生活中，受到了实际的政治教育与社会教育。他的思想感情逐步地同人民的思想感情拥抱融和在一起。在这样的基础上，丰富了他的诗歌内容，锻炼了他的诗歌技巧。他的创作方法，超越了他的先辈，进入到一个新的阶段。在《兵车行》《赴奉先咏怀》《羌村》《北征》、"三吏""三别"、《壮游》等优秀无比的诗篇里，取得了现实主义的伟大胜利，而成为安史之乱前后唐代社会生活的一面镜子，前人称杜甫为"诗史"，我觉得是要从现实主义这一意义上去理解的。

我在这里只提到杜甫，并不是说杜甫以外就再没有现实主义的作家。在中国文学史上，诗歌，戏曲、小说各方面，都产生了许多重要的现实主义作家与作品。我上面只提到杜甫，那也正如在前面只提到屈原、李白一样，作为举例而已。

我们的文学遗产是十分丰富的，我们文学遗产中的优良传统也是多方面的。我们如果在文学史上只理解为现实主义与反现实主义的两条路线的斗争，那就会把文学史上各种创作流派的复杂而又矛盾的发展过程，看得过于简单。我希望古典文学研究者（我自己也在内）对于中国文学史上的各种问题，应当采取实事求是的态度，进行研究和分析，反对在过去曾经一度流行过的庸俗观点和简单化的公式。

最后我想借用雅·艾尔斯布克的几句话，作我这篇短文的结语，"社会主义现实主义对古典遗产的接受，是在深刻批判地理解和创造性地吸取它优良的、最有力的各个方面这个基础上进行的。因此，把现实主义和它的历史、现实主义在认识上和教育上的作用、现实主义的美学等等这些对于我们艺术的发展具有十分重大意义的问题作为专门讨论的对象，是极其必要的。"

一九五六年八月十二日

中国古典文学史中现实主义的形成问题*

我在《中国古典文学与现实主义问题》一文（见《文艺报》今年第十六号）中，主要是想说明："我们如果在中国几千年来源远流长、丰富多彩的文学史上，只理解为现实主义与反现实主义的斗争，那就会把文学史上各种创作流派的复杂而又矛盾的发展过程，看得过于简单，并且是不符合实际的。"我同意雅·艾尔斯布克的看法，现实主义是文学发展过程中所形成的一种最先进的创作手法，而不能把现实主义同真实性的概念等同起来，甚至跟艺术性的概念等同起来。他反对苏联某些批评家把古典文学中的革命浪漫主义看作不过是现实主义的一种形式，我也是同意的。在中国文学史上，有现实主义的作家和作品，也有浪漫主义（积极的或是革命的浪漫主义）的作家和作品。我们写文学史或是教授古典文学时，遇到这种情况，不要把它们混同起来；如果彼此不分，就不能真实地说明他们不同的艺术特点。

我们如果承认现实主义是文学发展过程中所形成的一种最先进的创作方法，那末，现实主义的形成和发展，必有它自己的历史道路。研究现实主义的历史道路，是中国文学史上一个十分重要的问题。

雅·艾尔斯布克在他的《现实主义和所谓反现实主义》那篇论文里，费了很多的篇幅，引证了恩格斯、高尔基等人的言论，说明在希腊的史诗和戏剧中，现实主义还没有形成。他的结论是：现实主义的形成，是从文艺复兴初期开始（这一点我不全部同意）。他又说明现实主义不是"一下子就形成的"，是"整个从前的艺术的发展所酝酿而成的"，它的产生要经过

---

* 本文原刊于《文艺报》1956年第二十二号（1956年11月30日）。

"极其漫长而又复杂的过程"。他还说明，现实主义的形成，还与社会环境和历史条件有密切的联系。我觉得他这些话都很好，对于我们研究中国文学史中现实主义的历史道路，有很大的启发，有重要的参考意义。

高尔基在他的《俄罗斯文学史》里，把十四世纪写《坎特伯雷故事集》的乔叟，作为英国现实主义的奠基者，把十八世纪写《纨绔少年》的冯维津，作为俄国现实主义的创始人。由此可见，各国文学发展的历史是不平衡的，所以现实主义的产生过程，在时间上就有很大的差别。中国文学历史，有我们自己的特点，有我们自己的实际情况。希腊的古代文学，优秀美妙，但到后来就不行了，源虽远而流不长。英法各国的文学史，前一段是薄弱的，到了资本主义时代，产生了许多优秀的作家和作品。一面是头重脚轻，一面是后来居上。总的来说，欧洲中世纪的文学是比较冷落的。但在中国则不然，我们的文学史，不仅源远流长，而且丰富多彩，三千多年来，流水一般地一直没有间断过。并且在每一个时代里，都产生过或多或少的大作家。特别是在欧洲希腊以后、文艺复兴以前的那　个冷落时代，我们的文学正在蓬勃发展，只以八、九世纪而论，无论诗歌、散文、小说都有辉煌的成就。但在我们的历史上，却没有欧洲那样的文艺复兴，也没有资本主义社会，我们的文学，从《诗经》到《红楼梦》，几乎全部在封建社会。这些显著的历史特点，我们必须注意，研究中国古典文学，也应当结合中国的实际情况。我们如果说在中国历史上没有资本主义社会，在我们长期的封建社会文学里，就不能产生现实主义，那是不妥当的。彼此的现实主义，由于历史条件的区别，在某些方面当然有些不同，但作为真实地反映现实、反映社会生活的创作方法来看，精神上是相同的。我们今天要研究中国文学史上现实主义的历史道路，当然是一个困难问题，但必须根据我们的历史特点。

宋元以前的古典文学，主要是诗歌，从诗歌方面来说，杜甫、白居易是现实主义的成熟时代，杜甫是伟大的现实主义诗人。安史之乱是唐代政治的转折点，在文学发展上起了重大的转变。大乱以后，表面上虽有一个短期的平定，由于统治阶级的残酷剥削和统治阶级内部的错综复杂的剧烈斗争，人民生活非常穷苦。同时，这一时代由于手工业和商业经济的迅速发展，许多大都市繁荣起来，这就促进了市民阶层的成长。当时的长安、扬州、广州是最繁华的大都市。公元787年，长安已有外商四千人，760年扬州被田神功杀害的外商也有数千人，广州外商的数目更大。城市中的国际贸易达到这种热闹的程度，我们自己的商业发达情况和市民阶层的扩大，也就可想而知。在当代的诗歌中，到处看到长安城、扬州城的歌唱。特别是在当代的许多小说中，市民的生活思想，得到了鲜明的反映。这种客观现实，不仅丰富了当代文学的思想内容，同时也赋予当代文学一种新的社会意义。李长之先生说这时代已有资本主义因素的萌芽，似乎还值得考虑。但是他把这一时代看作是近古文学的序幕，是中国近古文学和中古文学的分水岭（《中国文学史略稿》卷三），找是同意的。因为在这样一个时代里，文学发展上确实呈现出一种新面目，在各方面都有了转变。

（一）诗歌的转变 从杜甫、元结到白居易、元稹、张籍许多重要的诗人，都是非常认真地学习和吸取过去《诗经》和乐府歌辞中的创作方法和现实主义精神，提高了他们作品中的思想性与艺术性。在杜甫他们的作品中，在元结、白居易他们的诗序和书信中，都可以体会到当代诗人们面对现实、深入生活、同情人民的自觉的感情，以及他们对于诗歌改革的进步的要求。在这一基础上，形成了那一时代的有意识的新乐府运动。在新乐府运动中，他们反映了人民的生活和愿望，提出了许多严重的社会问题，特别重要的是反映了阶级矛盾；农民的苦痛生活，几乎成为每一诗人的题材。商人生活和妓女命运在诗歌中有了新的真实的描写。《琵琶行》里那个"门前冷落车马稀，老大嫁作商人妇"的琵琶女，在那个都市经济发达的社会里，赋予了新的典型意义。描写商人生活的《估客乐》，在当代诗人的作品里出现了不少，尤其是元稹那个长篇，把官商勾结和商人唯利是图的性格，作了非常真实的描写。

在诗歌方面的成就，杜甫是伟大的。他的伟大在于他运用不同于戏曲、小说的诗歌形式，在以高度的艺术力量，广泛而又深入地反映生活的真实方面，达到非常的深度和广度。在他前期的作品里，还带有浪漫主义的气息，750 年以后，他逐步转向现实主义。他的现实主义是在文学遗产的基础上积累起来的，是在我们自己的历史条件下产生的。黑暗的政治、残破的社会和人民流离死亡的惨痛现实教育了他，深入的丰富的生活体验和自己的穷困生活启发了他、影响了他，民歌中的创作精神和现实主义因素丰富了他、提高了他，在这样的过程中，杜甫的思想和阶级感情，都起了很大的变化。再加以他自己杰出的诗歌天才、深厚的文学修养以及他的爱国热情、人道主义的思想基础等等结合起来，使他在诗歌上达到卓越的成就。在杜甫的诗篇里，在描写时代面貌、社会生活、人物形象方面，都是很真实很具体的，也是很广阔的。古人称他为"诗史"，在今天体会起来，就是他的诗歌，以高度的艺术手法，描绘了多样的历史人物、历史事件和各地方各阶级人民的生活思想，这些都写得如同历史一般的真实。在前人的诗话里，也提到过连当时的物价，杜甫的诗里也是有的。因为如此，杜甫的诗篇，才能成为那一时代的镜子。

恩格斯的现实主义的定义，不一定是专指十九世纪的现实主义，我以为他是从文艺复兴到巴尔扎克文学发展过程中概括出来的现实主义的一般原则。他讲的对象是小说和戏曲，小说戏曲场面大，人物多，描绘的生活广阔，自然更好发挥现实主义的艺术手腕。中国古典诗歌的形式，短的二十个字，长的也不过几百字，所以不能把要求于小说、戏曲的现实主义，去要求于诗歌。在诗歌艺术上的现实主义，杜甫是有伟大的成就的。

（二）小说的进步　唐代小说叫作传奇，这个名字就赋有新的意义。传奇比起过去的小说来，有了显著的进步。它是在这一时代商业经济发达的基础上发展起来的。它有丰富的社会内容与市民气息，在现实生活的反映上，对旧制度、旧道德作了批判和反抗，对新的美好生活，表示渴望和追求。里面的人物是多方面的，有新知识分子，有官僚，有名门闺秀，有商人，有妓女，有歌女等等。在创作方法上注意到结构和情节的穿插，更重要的是注意到人物心理、性格的描写和人物典型的塑造。特别是在《李娃传》《莺莺传》这些作品中，已具备了强烈的现实主义精神。它们虽说与宋元的话本有所不同，它们的精神是相通的。传奇文学的形式虽是用的古文，但内容是新的，正因如此，这些传奇故事，就成为后一代小说、戏曲的重要题材。同时，宋元的话本在唐代也已经开始了。白居易、元稹听过的一枝花话，一连讲了七八个钟头，津津有味，可见那水平不很低，可惜那底本没有流传下来。在敦煌文库里，我们看到了有说《列国志》的，有说《汉书》的，有说王昭君、孟姜女一类的变文。这些东西都是宋元话本的先声。由此看来，这一时代的小说，确实显示出一个新面目。

（三）文学批评的新成就　中国的文学批评，专篇始于曹丕的《典论·论文》，经过挚虞、陆机、葛洪以至《文心雕龙》和《诗品》的出现，是有很大的进步和成绩的。但对于文学有更明确的主张，富于斗争意义的，那就是白居易。在白居易的书信、诗序和诗歌中，随时发表他对于文学的见解。

归纳起来，有下面这些要点：

（1）文学是教育人群的工具，是传达民意、批判现实的武器。所以文学要有讽喻和寄托。

（2）文学要言之有物，要反映现实，要写得真实，反对形式主义与唯美主义，强调内容与形式的统一。

（3）明确指出文学遗产中的优良传统，严厉地批判了华而不实的六朝文学。

（4）对于李白表示不满，对于杜甫表示推崇。元稹也是尊杜抑李的，不过他和白居易的论点有些不同。

当然，我们不能说白居易这些见解，已经达到了近代现实主义的水平，但他这种思想，基本上是符合现实主义的精神的。

在上面我简单地说明了杜甫、白居易时代的社会环境和文学发展的新面目，这一个时代在文学史上确实是一个新时代，是一个转变的时代。我在上面所提到的那些诗人，虽说都比不上杜甫的成就，但都受到杜甫的影响，都受到杜甫现实主义的影响。在这方面，白居易的成就最为显著。

杜甫、白居易时代以后，现实主义也并不是直线发展的，但它的主要力量，是转向新兴的小说、戏曲方面。从宋至清，由于工商业进一步的发达，大都市更加繁荣，市民阶层日益成长与壮大。小说、戏曲得到迅速发展的社会基础。宋代的话本，反映了市民的生活思想，描写了多种多样的人物，在我们今天所看到的作品里，有许多是很优秀的。从元至清，在戏曲小说史上，产生了王实甫、关汉卿、《水浒》作者、吴敬梓、曹雪芹这些有代表性的现实主义的大作家。

我说杜甫是伟大的现实主义者，是不是太早呢？高尔基把乔叟作为英国现实主义的奠基人，已经到了十四世纪，杜甫还是八世纪的人物。更重要的是欧洲的现实主义都是与资本主义社会发生联系，杜甫时代没有这种历史条件，能不能产生很成熟的现实主义呢？这确实是一个很重要的问题。我觉得要说明这一问题，一方面要从作品本身的成就来看，同时也必须结合中国历史特点和中国文学史的具体情况。中国历史上没有资本主义社会是事实，文学史上有现实主义的作家与作品也是事实。我们现在暂且不谈杜甫，先来看一看王实甫、关汉卿、《水浒》作者、吴敬梓、曹雪芹这几位久已公认的现实主义作家。元朝受外族统治，经济学者、历史学者一致承认自唐宋以来发展的经济，受到严重的破坏，就是资本主义因素的萌芽也是没有的。"在元蒙入侵和统治的时期，由于蒙古征服者残酷地屠杀和奴役中国人民，严重地破坏了农业、手工业生产和文学艺术遗产，致使两宋以来高度发展的封建经济和文化陷于衰敝状态，从而对中国社会的发展起了严重的阻滞作用。"（尚钺主编：《中国历史纲要》第五章）在这样一个社会历史条件下，何以能产生那样多的好戏曲，何以能产生王实甫、关汉卿的现实主义呢？《水浒》的作者，不管是施耐庵还是罗贯中，它产生在元末明初那个大混乱的时代是无可怀疑的，在明朝中叶，有人作了修改。如果说元朝那样没有任何资本主义因素的社会，具备了产生现实主义的历史条件，杜甫的时代就完全没有具备，这是很难令人相信的。

明代是大家公认具有资本主义萌芽的朝代，何以明代的戏曲在现实主义的成就上，反而远不如元朝？明代戏曲家很少有人能比得上王、关、马、白的。《西游记》是明代一部重要的小说，它包含了现实主义基础，还不能说它就是现实主义的作品。我们只要用元明的情况对比一下，就会给我们一个鲜明的印象，在元朝和元末明初那样的社会里，可以产生现实主义的戏曲和《水浒》，到了具有资本主义萌芽的明朝，在这一方面反而远不如元朝；那我们就有理由问：在中国古典文学中，在我们自己历史条件下所产生的现实主义，同资本主义因素的萌芽，究竟有什么必然的联系？

在吴敬梓、曹雪芹的时代，有人说是有资本主义因素的萌芽的；也有人说在明代封建社会孕育出来的资本主义的萌芽，遭到了清代统治者的严重破坏，要恢复转来，需要一个很长的时期。我们即使是承认第一说，也不能讲因为有了这一点点软弱无力的资本主义因素的萌芽，就能产生《儒林外史》和《红楼梦》那样现实主义的作品，如果没有这一点萌芽，就不能产生。这样说，也是很不正确的。

欧洲有资本主义社会，他们的现实主义作家产生在那一个社会里，他们的作品自然是与资本主义社会有血肉的联系。在他们的作品里，反映出他们社会里的政治哲学思想、科学水平、经济情况和社会生活面貌，他们的艺术有他们自己的独特色彩。中国的现实主义产生在封建社会里，有我们自己的进步思想，也有我们自己的独特色彩。民族形式、语言风格、表现方法，和封建社会的生活、道德、风俗、习惯等等，都构成我们自己独特的色彩。我们当然不能说，中国的现实主义同欧洲的现实主义是一模一样，我们受了历史的局限性，有缺点，也有差别，最重要的是在中国文学史上，从来就没有形成现实主义的自觉运动。形成这种运动要等到鲁迅。然而鲁迅是要更进一步的，已经是由现实主义而发展为社会主义现实主义的奠基人了。

因此，在元朝那样残破落后的社会里，尚且能产生现实主义的戏曲和小说，说在唐代产生了伟大的现实主义诗人杜甫，我想是可以的。

其次，我说现实主义成熟于杜甫、白居易时代，是不是说在杜甫以前的文学里就没有现实主义的存在；说杜甫是现实主义诗人，李白是浪漫主义诗人，是不是把现实主义同浪漫主义完全割裂开来，它们之间是不可能结合的呢？那都不是。杜甫以前的诗歌，只能说有一种现实主义的精神或是现实主义的基本条件，还不能说是成熟的现实主义。这种现实主义精神，从《诗经》开始，就一直存留在优秀的民歌中。民歌是发育和滋长这种精神的渊泉。在他们许多代表性的作品中，现实主义的精神非常强烈，基础非常雄厚。特别如《孔雀东南飞》，就是这方面最有代表性的作品。这样的民歌，对文人们的创作给予很大的影响。建安文学之所以有光辉，接受民歌的影响是重要原因之一。建安代表诗人曹植，在他的某些作品里，现实主义的精神虽说很强烈，但他还不能说是现实主义作家。

到了杜甫，在上面说过的多种多样的条件下，把民歌和过去诗人中的现实主义精神，创造性地继承和发展起来，才形成他诗歌中的现实主义的伟大成就。

关于现实主义和浪漫主义的结合和区别的问题，我是这样来理解的。在初民社会的神话传说里，就可以体会出原始现实主义和原始浪漫主义互相结合的创作精神。在古典作家里，同样可以看到现实主义和浪漫主义的结合。时常在一个作家的许多作品里，这一篇与那一篇不同，前期与后期的不同，甚至在一部作品里，同时存在着两种倾向。虽说有这种结合，但在研究文学史的时候，遇到某种倾向特别鲜明的代表作家，仍然要区别开来。因为在文学史上，确实存在过两种流派。这两种流派，各有各的特点。在高尔基的《俄国文学史》里，在布罗茨基主编的《俄国文学史》里，对于浪漫主义的特点，有很详细的说明。布罗茨基举出六点，我认为有五点最重要：

（1）不满现状，渴望找寻一条走出现实环境的道路。

（2）主张艺术创作绝对自由，否定艺术家、诗人应该遵守的任何规则。

（3）对民间创作有高度爱好，把民间创作看成是未经琢磨的天才的表现。因此，浪漫主义者曾把许多民间文学题材进行加工。

（4）发掘那些可以帮助吸收特殊材料、并能在读者心中造成惊人印象的文学样式。故事诗与抒情叙事诗都属于这一类；前者常包含自民间的神话与传说世界中借取来的具有幻想色彩的内容，后者常描写优秀人物生活中的奇异事迹。

（5）浪漫主义作品的语言也完全配合着这种奇特的题材，这类作品的语言是非常辉煌华美的，充满着丰富的对照、譬喻、形容词、隐喻以及为表现强烈感情和鲜明形象所需要的其他手法。

他们所说的浪漫主义，是指的欧洲文学史上的浪漫主义，不能跟中国文学史中的浪漫主义完全相同，如果我们把它作为一般原则来看的话，屈原、李白、《西游记》是基本上符合这一原则的。

　　因此，现实主义与浪漫主义的结合与联系是事实，但对于可以区别的代表作家与作品，在文学史上仍然要区别。高尔基的《俄国文学史》、布罗茨基的《俄国文学史》都是这样做的，别林斯基、车尔尼雪夫斯基的评论文章也都是这样写的。我们怎样区别呢，那就是用他们最有代表性的作品为基础，看他们在创作方法上的主要倾向和艺术上的特殊风格。好比：《红楼梦》和《水浒》在里面都结合了浪漫主义的手法，但我们有必要肯定它们是现实主义的作品，《西游记》具有现实主义基础，但它的创作方法是浪漫主义的，所以应当说它是浪漫主义作品。同样，在屈原、李白的作品里，是具有强烈的现实主义基础的，我在前一篇文章中已经说过："在屈原的诗篇里，表现了他的爱国思想，反映了现实，对于当代的黑暗政治，表示了反抗"；"在李白的诗里，反权贵，反战争，对于现实生活的不满，对于祖国山水的热爱与劳动人民的同情"，这都是指的他们作品中的现实意义和现实主义的思想内容。但是他们表现的时候，是在现实基础上通过浪漫主义的创作方法表现出来的，因此，他们的代表作品便呈现出鲜明的浪漫主义风格。说他们是浪漫主义诗人，并不是否定他们的现实主义基础。关于区别问题，必须以最有代表性的作品为例证，不然，中国古代诗人，一来就是几百首诗或是几千首诗，如果注意到一些次要的作品，就会纠缠不清。好比：研究白居易，如果不以讽喻诗和叙事诗为代表，而注意到那些一百韵八十韵的排律和那些有佛教思想的晚年作品，那是不妥当的。但在我们详细分析白居易的时候，他这些倾向，也都应当指出来。

　　周扬同志说："有的人承认现实主义，就不承认浪漫主义，是没有道理的。我们热爱一切伟大的作品，不论它是现实主义的，还是浪漫主义的。过去许多卓越的现实主义作品往往带有热烈的浪漫主义的气氛，同时，许多卓越的浪漫主义作品，也往往包含丰富的现实主义……社会主义的文艺应当是最富于理想的，它应当是真实性和革命的热情的高度的结合。革命浪漫主义，是我们所需要的。但是我们却常常忽略了这种浪漫主义，在我们的许多作品中，特别地缺少想象、诗意和热情。"（在中国共产党第八次全国代表大会上的发言）真是简明正确，一面是说明了过去，同时又提出来我们今天应该走的道路。

我所讨论的范围，都是属于古典文学的范围。在各国文学史上，现实主义与浪漫主义当然是有结合和联系的，但也确实存在着两种不同的流派。到了我们今天的新社会里，有了马克思列宁主义理论的指导，有了党的文艺政策的领导，我们要走上更进步的社会主义现实主义的大路。

关于《中国文学发展史》的批评 *

一

我在《文学评论》第一期上，读到了胡念贻、乔象钟、刘世德、徐子余四位同志批评我的《中国文学发展史》的文章，他们对我这部不成熟的旧作，提出许多意见，给我很大的帮助和鼓舞，非常感谢。批评文章中指出我这部书的错误观点有三：一、庸俗社会学，二、空谈思想感情，三、形式主义。我对于第一点，表示同意，但对于他们的某些论点，还有不同的看法；对于第二、第三点，我不敢赞同。我把我的意见写在后面，请四位同志指教。

先谈庸俗社会学。在批评文章的第四段中，指出我受了佛理采的影响，在《中国文学发展史》中表现出庸俗社会学的观点，这不仅是真实的，而且也确实接触到了《中国文学发展史》的关键问题。我自己完全明了，《中国文学发展史》的思想基础，受有资产阶级进化论和社会学的影响。它在编写以前，我只初步读过几本马克思主义文艺理论的书，对于这种新思想是表示向往和追求的，但这方面的知识是肤浅的。因此它的结果是：主观上想摆脱唯心主义，并没有完全摆脱，倾向唯物主义，也没有真正地走进去，没有深入的理解。于是这部书便表现出一些庸俗社会学的观点。这一段话，可以作为我自己对于这部书的自我批判的结论。正如批评文章所指出："直接地或单纯地到社会经济基础上去寻找文学发展的原因，根本不能真正说明文学发展史的许许多多从小到大的问题。而这样的作法，无非是

---

* 本文原刊于《文学评论》1959 年第 2 期。

歪曲马克思主义，并加以庸俗化而已。"这批评虽很尖锐，却是中肯的真实的。但从这里正反映出我二十年前写这本书时候的实际思想水平；同时也说明了资产阶级知识分子，如果不接受党的领导，如果不认真地学习马克思主义，只是在表面上倾向马克思主义的话，那么在科学研究工作中就必然会产生错误。解放后，我初步学习了马克思主义和毛泽东文艺理论，看出了这部书的一些缺点和错误，决心把这部书完全改写过。由于时间不够，只做了一些准备工作，没有正式动手。这一点意见，我在新序中是作了说明的。现在印出来的，虽在文字上作了一些修改，补充了一些旧书中缺少的材料，因为改动不大，所以仍然保存着原书的面目。

批评文章指出："庸俗社会学的最大的一个特征，就在于认为，在同一的或类似的社会经济基础之上，产生出同一的或类似的文学艺术类型。于是就有了一个公式，即：有什么样的社会经济基础，便有什么样的文学艺术类型。在这里，庸俗社会学把社会经济基础对文学的制约作用，看作是简单而又直接的。"在《中国文学发展史》中，确实存在着这样的错误观点，并且这些观点，是具有关键性的意义的。

批评文章中谈到实用功能论，基本上也是正确的。说文学的实用功能，应该是"反映现实的功能"，应该是"为阶级斗争服务的功能"，都很正确。但我认为，同时也不能忽略社会环境和物质基础。如果绝对强调阶级斗争为唯一的原因，何以在两汉六朝，阶级斗争并不是不尖锐，何以元明时代的小说、戏曲不能产生。可知两者都要结合来谈，才比较真实。对于我所说的白话小说和杂剧的发展，"有赖于商业经济的发达与城市繁荣的社会基础"加以漠视，也是不大妥当的。

强调君主提倡论和政治势力给予文学的影响，当然是错误的。其实，我在书中叙述到这一点时，并没有把它作为主要原因，都是放在次要或是再次要的地位。但我认为：对于封建社会某些时代的文学的一般繁盛现象，说政治势力完全不发生作用和影响，恐怕也不符合实际。所谓政治势力对于文学的影响，有坏的也有好的，有本质上的区别，也有角度上的区别，不可一概而论，不能笼统抽象地看问题。例如：曹氏父子的影响是好的一面，汉朝和六朝时代的影响，对于形式主义起了推动的坏作用，我在书里都是作了说明的。至于唐代考诗，对于唐诗的一般兴盛，是起了一定的影响的。优秀的文学作品，不是考试的产物，我正和四位同志相同。所以我说："考试因为格于那种歌诵的官样文章与形式的限制，自然难得有精彩的作品，但这种考诗的制度，提倡作诗的风气，加强了诗歌的技巧训练那是无疑的。"（中卷七页）我这种意见，就是从这一个角度加强了诗歌技巧的训练提出来的。批评文章中又说，唐诗的成就，"君主贵族的风尚和以诗取士的考试制度却不是直接的决定的原因。"我并没有说过这是直接的决定的原因。我在书中讲到唐诗兴盛的原因时，第一条是"诗人地位的转移"。我先说明唐以前的诗歌，除了民歌以外，大部分是掌握在君主及贵族文人的手里，他们都是养尊处优，缺少社会生活的体验，尤其缺少下层夯苦人民的思想感情，所以诗歌的思想内容一般是贫弱的。唐代那些有名的作家，都不是君主贵族的特殊阶级，大都来自民间，他们都有丰富的生活与现实社会的体验。最后我结论说："于是文学创作，就冲破了六朝贵族文学的束缚，深刻广泛地反映了人民的生活与感情，丰富和提高了文学的内容与形式。从君主贵族掌握的诗坛，转移到中下层知识分子的手里。是唐诗发达起来光辉起来的最重要的原因。"（中卷四页）我明明指出这一点是唐诗发展最重要的原因，考诗制度我是放在后面另一条说的，我几时说过君主风尚和考诗制度是唐诗成就的直接的决定的原因呢？四位同志可以批评我，说我所讲的最重要的原因不对，有人说是阶级矛盾，都可以讨论。但最好不要改变我的原意，颠倒主次。

强调地理环境论，同样是错误的。我谈到《楚辞》的时候，这样说："地方性对于艺术的关系，在交通便利、文化接触频繁的时代，其重要性自然是消失了，但在交通阻隔的两千多年前的古代，这种关系我们还是不能忽视的。"（上卷九〇页）如果这种说法就是地理环境论，我应当承认错误。其次我觉得谈论《诗经》《楚辞》的特色时，除思想内容以外，民族形式也是值得注意的因素之一。在两千多年前，周、楚是两个大民族，文学上的民族形式，语言因素是相当重要的，其他如宗教、音乐等等，也要起一些作用。这一点恐怕不能完全否定。法捷耶夫谈民族形式时，首先注重语言，再谈到民族气质等等（见《文学与生活》）；车尔尼雪夫斯基则强调地方色彩和民族风尚（见《车尔尼雪夫斯基全集》第十二卷、第一二九页）。别林斯基谈到这一问题时，他说："除了语言，一切表现人民的民族生活和历史生活的东西，反映人民的歌曲、风俗习惯、传统和民族生活的其他特点的东西，都属于民族的特征。"（《民族形式和社会主义现实主义》）这样看来，我分析《诗经》《楚辞》的特征时，谈到语言、音乐、地方色彩等等，并没有大错误。至于《诗经》《楚辞》中的思想内容和创作方法，在《诗经》和屈原的部分里，我都是作了重点的说明的。如果说《诗经》《楚辞》不同特色的表现和来源，只是由于民间创作、现实主义的创作方法（《诗经》）和文人创作、积极浪漫主义的创作方法（《楚辞》）的不同形成的，我提出几个问题来，请指教。

（一）说"国风"中绝大部分是民间创作，这是大家承认的；说整部《诗经》基本上是民间创作，有何证据？

（二）把为谁服务的问题，理解为现实主义和反现实主义的标准，在文艺创作方法上讲来是不是正确的？《诗经》中究竟有多少现实主义的作品？说《诗经》基本上是现实主义的创作方法，这是不是真实的？

（三）《诗经》中的颂和大雅，既非民间创作，何以它们在风格上、形式上，同《楚辞》中的文人创作又那样不同？

（四）颂和大雅既是为统治阶级服务的非现实主义的作品，何以同那些为人民服务的现实主义的小雅国风，在形式上、语言上反而大略相同，有的甚至非常相同（特别是小雅部分）？

这样看来，问题并不简单，不进行深入分析，是容易出毛病的。我认为，谈论它们的特色，除思想内容外，还要注意民族形式，只是单单地提出民间创作、文人创作，单单提出现实主义、积极浪漫主义的创作方法来，看起来似乎很新，其实并不能解决问题。

二

批评文章中指出：《中国文学发展史》的另一错误，是谈作家的思想感情，抽掉了"阶级内容和社会基础"。它的主要论点是：

> 不管是论屈原、司马迁、杜甫或者陶渊明，著者不是把他们的文学作品看作是一定社会基础所产生的，只当作是个人思想感情的反映。把《离骚》《史记》和杜甫的诗歌都看成只是这些作家的个人思想的反映，当然是错误的。至于这些思想感情的社会根源，刘先生并未谈到，似乎文学是和社会没有关系的。（一一二页）

为了讲清道理，不得不摆点事实。请《文学评论》编辑部同志允许我，在这里多举出几个例证，不要加以删减，这实在是不得已的苦衷。

我在第四章"屈原与楚辞"里说：

> 屈原的历史，是他同那一群腐败贵族集团斗争的历史，他的悲剧也就是楚国和楚国人民的悲剧。他许多优秀作品的成长和发展，正是他一生的斗争的成长和发展，也就是那一时代的政治悲剧和他的人生悲剧的真实反映。（上卷九四页）

> 屈原的爱国主义是有人民性的基础的。他的愤恨和痛哭，并不只是关于他个人的升沉得失，他念念不忘的是要保持楚国的独立，是要

挽救楚国的危亡，是要反对腐败的贵族政治，这一切都符合楚国人民的利益。因此他是逐渐地离开了他自己的阶级，而同人民的思想感情融合起来。（上卷一〇六页）

我在第七章"司马迁和史传文学"里说：

司马迁这样广阔的多次的游历，对于他的历史事业和文学事业，起了重要的影响。他欣赏了祖国各处雄奇秀媚的山河景色，参观了各地的名胜古迹，收集了许多古代的文物史料和历史故事，深入地体验了人民的实际生活，考察了社会风俗和经济面貌，了解了山川形势和物产情况，在这样的实践中，不仅丰富了他的生活和知识，扩大了他的眼界，也使他进一步体会到人民的生活愿望和思想感情。（上卷一六九页）

《史记》的文学价值，首先在于它具有丰富的思想内容和深刻的人民性。《史记》在复杂的历史事件的基础上，无情地揭露了社会的矛盾、统治阶级和农民的矛盾以及统治集团内部的种种矛盾，划了专制帝王和贪官酷吏鱼肉人民、剥削人民的残暴行为，画出他们的丑恶面貌，给以有力的讽刺和抨击……在《史记》全书里，充满着反对暴君、暴政、豪强、酷吏的思想，洋溢着热爱人民、关怀人民疾苦的感情。（上卷一七六页）

我在第十六章论杜甫说：

"朱门任倾夺，赤族迭罹殃"，是他眼中的政治现象。"朱门酒肉臭，路有冻死骨"，是阶级矛盾的实质。"彤庭所分帛，本自寒女出。鞭挞其夫家，聚敛贡城阙"，是统治阶级压榨贫民的悲剧。在这十年（长安）的穷困生活里，养成了他细微的观察力，他能够穿透表皮，深入核心……他那双锐敏的眼睛，把种种黑暗的现象看得清清楚楚，他知道了当日的太平盛世，里面已经是腐烂不堪，孕育着严重的危机。（中

卷一一〇页）

从他（杜甫）个人的生活实践，得到对于广大人民穷苦生活的体会、观察与同情。由他个人的饥饿避乱的体验，认识了社会矛盾的实在情况。这一种深入的生活体验，细密的观察与丰富的同情，成为他的现实主义诗歌的重要基础。（中卷一一四页）

杜甫的诗歌，具有强烈的政治性，深厚的人民性和丰富的社会内容，广泛深入地反映了人民的生活和愿望，无情地揭露了封建政治的腐朽本质和阶级矛盾，发扬了爱国主义精神和人道主义思想。（中卷一二三页）

我在第十章里论陶渊明说：

陶渊明的时代，正是晋宋易代的动荡时代，是政治黑暗、阶级矛盾尖锐的时代。他青年时期是有过壮志雄心的，如"少时壮且厉，抚剑独行游"（《拟古》）、"猛志逸四海，骞翮思远翥"（《杂诗》）等诗句，可以看出他的胸怀。他后来同当代的黑暗现实接触，使他的思想、生活起了转变。（上卷二七〇页）

陶渊明退隐田园、寄情山水，一方面因由他的爱好自由的性格，主要是由于那时代的环境。东晋的政治本是紊乱黑暗，到了他的时代更是糟了。招权纳贿，朝政混浊不堪。一般官僚士子，更是攀龙附凤，无耻已极……他对当日的政治社会，表现了强烈的厌恶和反抗，逼得他不得不另找寄托生命的天地。（上卷二七二页）

上面是我书中论屈原、司马迁、陶渊明、杜甫的一部分的文句，这样的例子还有许许多多，只举出这些，就足够说明四位同志说我论述这四位作家时，谈作家的思想感情时，抽掉了社会来源，抽掉了阶级内容，是多么的不真实，说我讨论他们的作品，没有谈到文学和社会的关系，又是多么的不真实。

批评文章中又说："在刘先生看来……他（陶渊明）的思想来源，则是由于净化了各家的思想，是儒、道、佛三家思想的精华。"他们又曲解了我的意思。我说的那段话，是对于陶渊明思想的评价和说明这些思想对他的作品起了一定的影响，我并没有说这是他的思想来源。关于他的思想来源和变化，我在这一段话的前面谈了很多，先谈了他的家庭环境对他的影响，也谈到了他的政治黑暗、阶级矛盾尖锐的时代，说他年青时代是有壮志的，后来同当代的黑暗现实接触，使他的思想起了转变。原书可查，这是非常清楚的。但是，除了上面所讲的那些内容以外，封建社会的地主官僚出身的文人在思想上或多或少蒙受着儒家或是佛道家的影响，也是不可否认的事实。杜甫受有儒家的影响，王维受有佛家的影响，这都是不能否定的。影响的深浅，积极面与消极面，要待于好好的分析。对于那一段话，可以批判分析不深刻，但决不能单单理解为那就是陶渊明思想的来源。

批评文章又说明，抒情诗能够间接地反映社会生活，具有客观的社会基础。又说明，在陶渊明的某些诗篇里，"很容易看出他对现实社会的不满和他所向往的社会生活"。这些话很对，但在我的陶渊明那章里，不仅没有反对这些论点，并且有许多地方正是证明这些论点的。例如："对于荆轲一流人物，他表示深切的叹息，同时是寄寓着自己的愤慨的。"又如："在这些作品里，反映出陶渊明思想的实质，表现出对统治阶级和现实的不满，对劳动人民的同情以及对平等、自由、美好生活的追求和渴望。"又如："在赠羊长史、咏荆轲以及拟古、杂诗、饮酒和读山海经诸诗的某些篇章里，是可以体会到陶渊明的关心时事和悲愤的积极的感情的"。在这些文句里，难道我没有肯定陶诗是反映了社会生活，没有看出他对现实社会的不满和他所向往的社会生活吗？从这一些说明看来，怎么能说我把陶渊明送到了超阶级、超历史的仙境去了呢？

写到这里，我想对这篇批评文章的批评方法，提两点意见：

（一）引用原文，不准确不全面。例如：它在一开始引用我的旧序时，我的原文是这样的："可知文学便是人类的灵魂，文学发展史便是人类情感与思想发展的历史。人类精神的活动好像是神秘的，然总脱不了物质的反映，并且特别要注意到每一个时代文学思想的特色，和造成这种思想的政治经济，社会生活、学术思想以及他种种环境与当代文学所发生的联系和影响。"他们批评时只用前面两句，后面的全不引用，全不注意，而就说我谈思想感情没有社会根据，谈文学不谈社会关系，这是不符合实际的。

又如，我在司马迁那一章开头说：

> ……他们（屈原、司马迁、杜甫）都是人道的战士，爱国的文人；都具有高尚真实的人生品质，圣洁严肃的艺术良心，忍受苦痛的坚强意志，和辛勤刻苦的劳动精神。（他们都是深入生活、深入人民的实践者，也都是渴望光明、反抗黑暗的理想主义者。）他们的生活和艺术紧紧结合在一起，人品与文品表现得非常鲜明。

他们引用我这段话的时候，前面几句引了，后面两句引了，就是中间那两句"他们都是深入生活、深入人民的实践者，也都是渴望光明、反抗黑暗的理想主义者"不肯引。于是就批评我只谈作家的精神意志，不谈生活实践，这又叫我有什么办法呢？

（二）不就事论事，不就书论书。既然是评《中国文学发展史》，就应该就书论书，就书取材。但是四位同志并不如此做。他们从我三十多年前或是二十五六年前出版的，与《中国文学发展史》毫无联系的、我早已批判过否定过的《寒鸦集》《春波楼诗词序》一类的作品中找出材料来批评我；他们谈李义山的爱情诗，不根据新本的改正文字，一定要根据十七年前出版的旧本的已经删去了的文字来批评我。这种方法用在今天的学术讨论中，使我很难体会出实事求是、与人为善的精神。我觉得上面两种批评方法，都不十分妥当。

三

在批评文章的第三段里，指出《中国文学发展史》的另一错误，是形式主义。它分为两部分：一部分是文体论和风格论；一部分说我评论作家、作品时，只有两种方式：甲种专谈形式，不谈内容，乙种是少谈内容，多谈形式。

我先谈后一问题，再谈文体论。

先看甲种：专谈形式，不谈内容。批评文章举的例，是南北朝的赋。（这是本书中最不重要的部分。）

我的原文是这样的："中国文学由魏晋而入南北朝，最明显的倾向，是形式主义的全盛。自王粲、陆机以来，骈俪的风气日益浓厚，到了齐梁，再加以沈约、谢朓、王融一班人的声律论的鼓吹，于是文学更加上一层束缚……他们一面注意骈词俪句，一面还要注意韵律与音节，这样下去，使得文学日趋于唯美与淫靡。诗文是如此，辞赋也是如此。"我接着说在当日的赋里，只有庾信的《哀江南赋》，是一篇好作品，在思想上表现了爱国的感情，在形式上有与诗歌溶合的倾向。接下去我举了几个例子，都是节录的，都只有几句。我这样做，是让读者看看南北朝形式主义文学的真面目，正如今天所说的反面教材。从上面这段评述看来，我是在宣扬形式主义呢？还是在批判形式主义呢？

我们再看乙种：少谈内容，多谈形式，举的例是《史记》。

《史记》是一部文学书，也是一本史学书，史学价值甚至于还在文学价值之上。研究《史记》时，对于它的史学成就加以相当篇幅的评述是完全必要的。在评述史学成就时，关于它的思想内容已经谈了不少，因此在谈到它的文学思想内容时，重复的不能不避免，自然不能太长，实际并不少，将近一千二百字。我觉得主要的问题，不在于多少，而在于谈得正不正确，有不有概括性。四位同志就说这是形式主义。请读者翻开看一下，我写的《史记》那一章，是不是形式主义？

我认为：批评一部书是什么主义，必然那种主义贯串全书，成为那部书的主导思想。我又认为：批评一部书，尤其是一部大书，首先要注意全书的总倾向。要分清主要部分、次要或是再次要部分。不可忽视总倾向，不可以次代主，不可以偏概全。如果肯从这个角度来看的话，说《中国文学发展史》是一部形式主义的书，是不真实的。首先，形式主义不仅不是它的主导思想，而且在主要倾向上，它是反形式主义的。在这本书里，批判了汉赋的形式主义，批判了六朝文学的形式主义，批判了西昆体、江西派的形式主义，批判了南宋格律词派的形式主义，也批判了明七子的拟古形式主义，这种精神是一贯的。你可以说我在这些批判中，还有不够、不深之处，但决不能否定我这种批判的思想意义和一贯的精神。其次，批评一本书，首先要注意它的主要部分。高尔基谈到文学史的意义时，这样说过："看一部文学史，首先要注意它对于每一时代的代表作家作品的分析，这是文学史的主要部分。"我觉得这句话说得很对。中国文学史中的代表作家和作品，我想大概是下面这些内容：《诗经》《楚辞》《史记》、乐府歌辞、曹植、陶渊明、李白、杜甫、白居易、传奇、苏轼、陆游、辛弃疾、话本、关汉卿、王实甫，《三国演义》《水浒》《西游记》《牡丹亭》《桃花扇》《儒林外史》《红楼梦》等等。说我对这些作家和作品，批评分析不正确不深入，或是对于个别作家偏重于形式，我可以接受或讨论，如果说我完全只谈形式不谈内容，或是多谈形式少谈内容，而成为一部形式主义的书，那就不符合实际了。

当然，我必须承认，书中有些地方的分析和评述是不妥当的。庄子的思想没有分析批判；汉赋虽批判了，仍把它作为汉代文学的主体，置于史记、乐府之前；对于词和散曲的某些作家，没有好好地分析思想内容，而偏于形式，这都是不能掩饰的。但这些都是书中的次要部分，不能以次代主，不能以此否定主要部分的总倾向。我认为在主要部分，我是尽了力量来注意它们的思想内容的。因为自己的水平不高、力量不强，谈的思想内容，分析不深、不当，对于某些作家的消极面批判不够（如陶渊明、王维、李白等等），这些都是事实。四位同志如果这样提出："在《中国文学发展史》里，讨论某些次要的作家、作品时，表现出偏重形式的错误和批判不够的缺点。"这样的批评我是同意的。

另外，他们在文章的结尾，说我谈到《诗经》的句法、语言和韵律，也是形式主义，这也不真实。一部中国最早的诗集，形式上的特色，是应该谈到的。今天讨论诗歌的形式问题，报刊上发表了那样多的文章，难道我们可以说是形式主义吗？

其次，谈一谈文体论。他们说我认为中国文学发展的历史，就是各种文体由兴而盛，由盛而衰的转相递嬗的历史，其实，我并没有这样"认为"。我说："某一种文学，在某一时代的兴衰状况，其外在的原因，固然复杂多端，然其本身发展的过程，也是原因之一……当然它们的发展，同历史环境是紧密地联系着的。"（中卷六一七页）我的意思是：文学的发展，原因很复杂，形式（文体）的发展也是原因之一。但形式的发展，不是独立的，必须与历史环境紧密地联系起来，离开了历史环境，就不能谈形式发展。我在这一段话里虽没有说明历史环境的内容，但在书前已几次地说明了。

我在第三章论散文兴盛的原因时说：

> 这种现象的产生（散文的发展），并不是偶然的，它有它的社会原因和文学本身发展的必然性。这种必然性，正是文学给予人类社会的

一种实用功能的表现，新内容决定新形式的表现。（上卷六一页）

　　春秋战国时代，种种兴亡盛衰的事迹，在政治史上都演着激烈的变化……于是有些人从历史的立场，对于那些兴亡盛衰的人类史迹，都记载下来了。要做这繁杂的工作，也不是诗歌的形式所能担任的，因此记事的历史散文，同哲学家的散文一样，蓬勃地发展起来。（上卷六五页）

我在论《古诗十九首》时，先说明四言体的缺点，接着说：

　　因为五言宜于指事造形，穷情写物，所以居文词之要，便成为众人所趋的一种新形体。诗由四言而变为五言。是中国诗歌上形式的进步。（上卷二〇九页）

上面所举的三条，都是我说明文体发展的社会原因。在第一条里，我说文体发展有两个基本原则：（一）是文学给予人类社会的一种实用功能的表现，（二）是新内容决定新形式的表现。这两句话不仅黑字印在白纸上，我还怕读者不注意，特别在那些文字下面加了重点。请问：我是不是把文体发展，看作是一种神秘力量呢？如果谈文体发展，肯定了这两个基本原则，是不是形式主义呢？在第二、三条例证里，不也是说明文体是为社会服务，是新内容决定新形式吗？不是说明文体的兴衰，是有关于表情达意的作用和作家有选择的自由吗？文体能够为社会服务，能够为新内容服务，它就有生命，就会发展，就会兴盛，否则就会僵化，就会衰亡。我的理解是这样的，既然意义不明确，将来修改时，我愿意把一些材料，全部删去。

　　关于风格论，批评文章中，谈得不很明确，现在篇幅不够了，暂请保留一下，有机会再谈。

　　最后我要提到另一个问题。在另外几篇批评我的文章里，说我反对"现实主义和反现实主义"这个概念，说我在《中国文学发展史》里没有运用这个概念，是反历史主义的，是我的文学史中的严重错误。我于一九五六年秋天，确实在《文艺报》上写过两篇文章，表示不同意这个概念，在《中国文学发展史》里，也确实没有运用这个概念，遭到批评是可以理解的。不过这个问题，我觉得还可以细致地讨论一下，不要过早地下结论。

一九五九年三月十八日

关于蔡琰的《胡笳十八拍》*

　　我从前写《中国文学发展史》的时候，关于《胡笳十八拍》作过如下的论断："此诗非蔡琰所为，是后人拟作的，最早是在六朝，迟可能到了隋唐了。"在第 245 期的《文学遗产》上，发表了郭沫若同志《谈蔡文姬的"胡笳十八拍"》的文章，我到最近才看到。郭老的态度是完全肯定的，相信这篇诗是蔡琰的原作。但是我读了郭老的文章以后，仍然相信我从前那种看法。

一、苏轼对于蔡琰诗的意见

　　在《楚辞后语》里，收有《胡笳十八拍》，诗的前面有朱熹的一段序言。序言云：

　　　　《胡笳》者蔡琰之所作也。东汉文士有意于骚者多矣，不录而独取此者，以为虽不规规于楚语，而其哀怨发中，不能自已之言，要为贤于不病而呻吟者也。范史乃弃不录，而独载其《悲愤》二诗。二诗词意浅促，非此词比，眉山苏公已辩其妄矣。蔚宗文下固有不察，归来子祖屈而宗苏，亦未闻此，何耶？

　　在这一段话里，朱熹确是欣赏《十八拍》，进而肯定《十八拍》的。他只是在欣赏的基础上主观地肯定它，没有举出任何证据来，是不足为凭的。如果说苏轼也同样欣赏过《十八拍》，那就不尽然了。我读书不多，但据我所看到的材料，苏轼似乎没有欣赏过《十八拍》，并且对于蔡琰的《悲愤》二诗，也是完全否定的。我现在将我所看到的材料，写在下面，以作参考。

---

　　* 本文原刊于《光明日报·文学遗产》第 263 期（1959 年 6 月 7 日），收录于《胡笳十八拍讨论集》（中华书局 1959 年版）。

一、《答刘沔都曹书》（《苏东坡集》后集卷十四）：

范晔作蔡琰传，载其二诗，亦非是。董卓已死，琰乃流落，方卓之乱，伯喈尚无恙也。而其诗乃云以卓乱故，流入于胡，此岂真琰语哉？其笔势乃效建安七子者，非东汉诗也。

二、《仇池笔记》《拟作》条（曾慥编《类说》卷九）：

《列女传》蔡琰二诗，其词明白感慨，颇类《木兰诗》，东京无此格也。建安七子犹含蓄不尽发见，况伯喈女乎！琰之流离，必在父殁之后，董卓既诛，伯喈乃遇祸，此诗乃云董卓所驱虏入胡，尤知其非真也。盖范晔荒浅，遂载之本传。

三、《东坡题跋》卷二：

今日读《列女传》蔡琰二诗，其词明白感慨，类世传《木兰诗》，东京无此格也。建安七子，犹含蓄不尽发现，况伯喈女乎！又琰之流离，为在父殁之后，董卓既诛，伯喈方遇祸，今此诗乃云为董卓所驱兵虏入胡中，尤知其非真也。盖拟作者疏略，而范晔荒浅，遂载之本传，可以一笑也。

四、《春渚纪闻》卷六《论古文俚语二说》条：

史载文姬两诗，特为俊伟，非独为妇人之奇，乃伯喈所不逮也。

（东坡手帖）

在一、二、三条里，苏轼完全否定了蔡琰作过《悲愤》二诗。（他的论点是否充分，不是今天讨论的范围）这就是朱熹所说的"眉山苏公已辩其妄"的所指。但朱熹并没有这个意思：苏轼否定了《悲愤》诗，而欣赏了肯定了《十八拍》，这是两件不同的事。在第四条里，苏轼的态度，似乎有点改变，因此何义门在《读书记》里说，这可能是东坡晚年之作，不管他的态度改变如何，仍然没有接触到《十八拍》的问题。

"归来子祖屈而宗苏，亦未闻此，何耶？"朱熹在序言里所说的这句话的意思，我想是这样的：晁补之（归来子）很崇拜屈原，对于《楚辞》很有研究，他还编选过《续楚辞》和《变离骚》二书，在他的集子里，有《离骚新序》上中下三篇，有《续楚辞序》一篇，有《变离骚序》上下二篇，这都是"祖屈"的工作。因此朱熹问他说：你既然以屈原为宗，何以要选那一篇《悲愤》，而不选这一篇《十八拍》呢？另外，你既出自苏门，是推尊苏轼的，苏轼对于《悲愤》二诗早已辩其妄而否定了，你何以还要把那篇骚体选进去，而不知道蔡琰有更好的《十八拍》呢？这样看来，苏轼对于《十八拍》是没有表示过意见的，更谈不到欣赏过了。

二、《胡笳弄》确为董庭兰作

在《乐府诗集》蔡琰《胡笳十八拍》的前面，转录了刘商的《胡笳曲序》，序云：

> 蔡文姬善琴，能为离鸾别鹤之操。胡虏犯中原，为胡人所掠，入番为王后，王甚重之。武帝与邕有旧，敕大将军赎以归汉。胡人思慕文姬，乃卷芦叶为吹笳，奏哀怨之音。后董生以琴写胡笳声为十八拍，今之《胡笳弄》是也。

郭老在文章里引了这段序文后，接下去说："这序文里的'后董生'，应该是'后嫁董生'，董生即陈留董祀。'写胡笳声为十八拍'的并不是董生，而是蔡文姬自己，更不是唐开元年间的董庭兰……这虽然是无关紧要的事，但不能不辩。因为如果胡笳声都不是蔡文姬谱出的，那么《胡笳十八拍》的辞更不是蔡文姬作的了。错误之妙就妙在这里，由于一字之差，便可把历史推翻了好几百年。"郭老意见确很新奇，但我觉得还可商榷。

刘商这段序文，文从字顺，条理分明，主语动词也十分明确，如果加字解释，是要失去作者的原意的。蔡琰有没有作过十八拍的琴声，是另外一回事，但刘商序文中所说的董生作过十八拍的《胡笳弄》，又是一回事。

现在要讨论的，不是十八拍的《胡笳弄》是不是董生所作，而是刘商所说的董生，究竟是谁的问题。因为这个问题一解决，前面那个问题，也就跟着解决了。这是不是指的唐代的董庭兰呢？是董庭兰。董庭兰是开元、天宝年间有名的琴师，是房琯的门客。刘商字子夏，是大历年间的进士，贞元中做过比部员外郎、检校兵部郎中。一个是八世纪上半期的琴师，一个是八世纪下半期的诗人，他们的年代很相近。李颀亲自听见过董庭兰弹过《胡笳弄》，李肇《国史补》也说他尤善沈声祝声，就是大小胡笳。到刘商时期，董庭兰作的十八拍的琴谱，仍在社会上流行，刘商必然听到过，所以他在序文里说："今之《胡笳弄》是也。"但刘商序中只说董生，何能直接证明他就是董庭兰呢？可以证明。

胡震亨《唐音癸签》《乐通三》《琴曲》条云：

刘商《胡笳十八拍》自序：拟董庭兰《胡笳弄》作。

这个记载虽很简短，意义却很重要。由于这一句话，可以使我们考虑许多问题。胡震亨虽是明代人，他是一位研究唐诗的专家，他以毕生精力，从事唐诗的收集、整理、校勘和考证的工作。他藏书极为丰富，加以朋友们的帮助，他看到的唐人选集、专集和钞本，有几千种之多。《嘉兴府志》说他："藏书万卷，日夕搜讨，凡秘册僻典，鲁鱼漫漶者，无不补缀扬榷。所著有《唐音统签》。"《唐音统签》共一千三十三卷，是胡震亨数十年来研究和整理唐诗的重要成果。他既是精鉴名家，校勘非常精细，唐诗中一些以讹传讹的将伪作真的作品，他都加以详细地考核和改正。在后人的记载里，还可看到一些这方面可贵的材料。清初编修《全唐诗》，就是以他的《唐音统签》为底本的。他看到过刘商的诗集，一共十卷，到了《全唐诗》，刘商的诗只编为两卷了。因此，胡震亨的记载是很有力的证据，同那些采自杂记小说或出于传闻臆说者完全不同。

刘商《胡笳十八拍》的自序"拟董庭兰《胡笳弄》作"这个记载，给我们提出许多重要问题：

（一）刘商的《胡笳十八拍》前面是有自序的。可是在《乐府诗集》和《全唐诗》中，这段自序都删去了。他的《胡笳曲序》是不是就是胡震亨看到的自序呢？也可能是的。因为刘商的《胡笳十八拍》的最后两句云："出入关山十二年，哀情尽在胡笳曲"，似乎他的《胡笳十八拍》就是《胡笳曲》。如果《自序》就是《胡笳曲序》，那末《乐府诗集》引用它的时候，没有全引，只是节录的。因为在《胡笳曲序》里，并没有说明他自己作《胡笳十八拍》的事，也没有提出董庭兰的姓名来，与《自序》的内容不同。其次，《自序》并不是《胡笳曲序》，在他的《胡笳十八拍》的前面，另有一篇《自序》，现在不存了，胡震亨是看到过的。二者俱有可能，我相信后者。因为刘商的诗题，明明是《胡笳十八拍》，结句中的"哀情尽在胡笳曲"的"胡笳曲"，是泛指的，并不是题名，因此《胡笳十八拍》的《自序》，不是《胡笳曲序》。并且《胡笳曲》本是乐府古题，前人已有拟作的，如吴迈远、陶弘景、江洪等，俱有《胡笳曲》之作，见《乐府诗集》。

（二）刘商在他的《胡笳十八拍》自序中，既指明他的诗是"拟董庭兰胡笳弄作"，而他在《胡笳曲序》中又说："后董生以琴写胡笳声为十八拍，今之胡笳弄是也"。那末后董生是董庭兰，是毫无疑问的了。如果改为后"嫁"董生，把著作权归之于蔡琰，那就与刘商的原意完全不合，同时，朱长文《琴史》中的记载，也并没有什么错误了。

（三）刘商的《胡笳十八拍》，既是拟的董庭兰的《胡笳弄》，那就说明董庭兰的《胡笳弄》是十八拍的琴谱，刘商配的是十八拍的歌辞。到这时候，董曲刘辞才配合起来，从前是有曲谱而无歌辞的。

（四）由此，可知刘商作《胡笳十八拍》时，并没有看到过蔡琰所作的《十八拍》的歌辞。否则他应当拟蔡琰，不应当拟董庭兰，在《唐诗纪事》《乐府诗集》和《全唐诗》中，都没有刘商拟蔡琰的说法。从这一点，又可引出三个问题：

甲、刘商作《胡笳十八拍》歌辞的时候，蔡琰那篇诗有没有产生？是不是已经有人拟出来了，出世不久，还没有在社会上广泛流传，所以刘商没有看到？

乙、蔡琰的那篇诗，实际上就是刘商拟作的。他作过两篇《胡笳十八拍》，一篇归于自己，一篇归于蔡琰。

丙、蔡琰的那篇诗，不是刘商拟作的，还出在刘商以后。

这三说究以何说为可信，我在这里暂不讨论（将在另一篇文章里再作详细的说明），但它们有个共同点，那就是《胡笳十八拍》非蔡琰所作。

三、《胡笳十八拍》是后人拟作的

说《胡笳十八拍》是蔡琰所作，到现在为止没有任何可靠的证据。说它是后人拟作的，除了上面那些侧面的说明以外，还可举出许多可信的理由来。

（一）不见著录、论述和征引　《胡笳十八拍》是一篇一千二百多字的长诗，文字相当艰深，不如三四句的民间歌谣，长期在人民的口头流传是不可能的，必要依靠文人抄写传诵，方可流播保存。由于这种特性，不可能从东汉末年到唐代几百年的长期间，没有一个文人注意到这篇长诗。这篇长诗既为女作家蔡琰所作，加以她的悲剧命运，早引起人们的注意和同情，那末她传播在民间的作品，也就更容易引起人们的重视。但历史事实告诉我们，完全不是如此。首先《蔡琰别传》没有提到《十八拍》中的诗句。《别传》云："春日登胡殿，感笳之音，作诗言志曰：胡笳动兮边马鸣，孤雁归兮声嘤嘤。"这两句诗出于骚体《悲愤》。可见《蔡琰别传》写作的时候，《胡笳十八拍》还没有产生。《蔡琰别传》成书的年代虽不能确定，但《艺文类聚》及《北堂书钞》俱引及之，出于六朝无疑。从《北堂书钞》引用的材料看来，

《别传》似出于《后汉书》之前，大约为魏、晋人所作。

范晔写《董祀妻传》时，把《悲愤》二诗全部载进去了，可知他很重视蔡琰的作品。如果《胡笳十八拍》那篇长诗已经产生，即使不载进去，也应该提到它。既不载，又不提，可知它还没有产生。朱熹说他"弃而不录"，完全是臆说。

南北朝时代，选诗论诗的风气，颇为流行，但从没有人论述过、征引过《胡笳十八拍》，《文选》《玉台新咏》一类的书籍里，看不见它的影子。再如晋《乐志》、宋《乐志》，收罗的乐府调名及文人乐府歌辞，也相当完备，独《胡笳十八拍》这篇长诗，不见著录。韦庄的《秦妇吟》也是一篇长诗，在唐末已传诵一时，并见诸记载，称作者为"秦妇吟秀才"，但一旦散失，尚且千年不见，在敦煌石室中偶然发现以后，才与世人见面。《胡笳十八拍》在当时既不见诸记载，又未传诵一时，又不是什么石窟里发现的，这样一篇长诗，无头无尾地几百年后忽然出现，文字如此完整，首尾如此周全，试问那几百年，它究竟保存在什么地方？甲骨卜辞出丁殷墟，《古文尚书》出于孔壁，《竹书纪年》出于河南汲冢，《秦妇吟》出于敦煌石室，都有它们的来历，都见诸记载，而《胡笳十八拍》独无，岂不可怪！说这样一篇长诗，靠民间口头传播，几百年后，才被人发现，那是完全讲不通的。这一篇抒情诗，故事性不强，不宜于演唱；即宜于演唱，而又受到人民的欢迎，应当愈演唱，在社会上流传就愈广泛，知道的人也就愈多。何以在社会上传播了几百年，竟没有一个文人注意到这篇诗，没有一个文人去记载、去征引它，世界上有这种奇事吗？何况它还是女作家蔡琰作的，那么长又那么好。

（二）**风格体裁不合**　考证诗文的真伪，过于强调风格体裁是不妥当的，但作为考证方法之一，还是有用处的。古人也常用这种方法。用得最早的，恐怕要算班固吧。在《汉书·艺文志》里，有许多这样的例子。如大禹三十七篇注云："传言禹所作，其文似后世语"；又伊尹说二十七篇注云："其语浅薄，似依托也"。再如后汉赵岐删去《孟子》外篇说："其文不能闳深，不与内篇相似"。从风格体裁来看，《胡笳十八拍》确与东汉作品不同。说它是骚体，并不是纯粹的骚体；说它是诗体，东汉并没有这样的诗体。一个题目，分成十八节，组成一篇一千二百多字的长诗，在东汉以及建安诗中何曾见过这样的体裁。张衡的《四愁》，曹丕的《燕歌行》，曹植的《赠白马王彪》，都不是这样的。它那种形式，是骚体和七言诗合流的形态。鲍照的《行路难》，杜甫的《同谷七歌》，大略相似，然而他们两人，隔蔡琰的时代是那么远了。

从语言结构、修辞练句以及使用音律对偶上来看，《胡笳十八拍》比起东汉诗来，更有不同的特征。如第十拍云：

> 城头烽火不曾灭，疆场征战何时歇。
>
> 杀气朝朝冲塞门，胡风夜夜吹边月。

三、四两句练字修辞如此精巧，对仗如此工整，平仄如此谐调，东汉诗中何曾有过？说是蔡琰原诗，流传民间，经过文人修改，也是不可信的。无名氏的民间作品如《孔雀东南飞》《木兰诗》之类，传播民间，经过文人修改，那是可能的。如果是女作家蔡琰的原作，既然有了她的主名，有哪一个文人敢于随便去修改它？即使要修改它，也就要说明发现的来历，校改的原因，见于记载，公于人世。对待蔡琰的作品，和对待无名氏的民间作品的态度，必然有所不同。如果真有人修改它，那就有人注意它，也就必然有人论述和征引。然而一切皆无，这如何解释？再如第八拍的"为天有眼兮何不见我独漂流？为神有灵兮何事处我天南海北头？"第九拍的"人生倏忽兮如白驹之过隙，然不得欢乐兮当我之盛年。"在东汉诗赋中，都没有这种错综的句法。就以较迟的丁廙的《蔡伯喈女赋》来和《胡笳十八拍》比较的话，风格体裁的区别，是多么显著！任何人都可以体会得出来。苏轼评论《悲愤》二诗，一再说"东京无此格也"，如果他评论《胡笳十八拍》的话，那就更要说"东京无此格"了。

明胡应麟《诗薮》外编卷一云：

> 文姬自有骚体《悲愤》诗一章，虽词气直促，而古朴真至，尚有汉风。《胡笳十八拍》或是从此演出，后人伪作。盖浅近猥弱，齐梁前无此调。

> 文姬《悲愤》诗，如"玄云合兮翳月星，北风厉兮肃泠泠，胡笳动兮边马鸣"，又"儿呼母兮啼失声，我掩耳兮不忍听，追持我兮走茕茕"，状景莽苍，诉情委笃。较《十八拍》"我生之初尚无为"等语，何啻千里。

胡应麟也是从风格上来看《胡笳十八拍》的，他说"齐梁前无此调"，我同意他这种看法。再如王世贞《艺苑卮言》云："《胡笳十八拍》，软语似出闺襜，而中杂唐调，非文姬笔也。"又沈德潜《说诗晬语》云："文姬《悲愤》诗，灭去脱卸转接之痕，若断若续，不碎不乱，读去如惊蓬坐振，沙砾自飞。视《胡笳十八拍》似出二手，宜范史取以入传。"这些意见，也都值得我们参考，王世贞所说的"中杂唐调"，尤为中肯。但古人欣赏《胡笳十八拍》的，都是从艺术上着眼，并无具体证据。朱熹是如此，严羽也是如此。严羽在《沧浪诗话》中说："《胡笳十八拍》浑然天成，绝无痕迹，如蔡文姬肺肝间流出"（诗评条）。这只是说明这篇诗写得真实自然，并不能证明一定是蔡琰所作，关于这一点，我在后面将再作说明。

再如第十七拍有云：

> 岂知重得兮入长安，叹息欲绝兮泪阑干！

明卫泳《秋窗小语》《泪阑干》条云：

> 乐府《善哉行》："月没参横，北斗阑干"；晋乐《满歌行》："揽衣起瞻夜，北斗阑干"。《韵书》：阑干，横斜貌，象斗之将没也。六朝

唐人多用之。泪言阑干，乃汍澜纵横之貌，唐诗始有，前未之见。"玉容寂寞泪阑干，梨花一枝春带雨"；"夜深忽梦少年事，梦啼妆泪红阑干"；"苜蓿长阑干，玉容寂寞泪"；"曲罢情不胜，阑干向西哭"；"红粉泪阑干，调弦向空屋"，唐人此例尚多。世传蔡女《十八拍》，有"叹息欲绝兮泪阑干"之句。此诗格调与汉诗不类，即此一语，知非文姬所为，拟作者不可不慎。

在这一段话里，给我们很重要的暗示：一，《十八拍》为前代无名氏的拟作，经过唐人的修改；二，《十八拍》是唐代诗人拟作的。二者都有可能。如果说是女作家蔡琰的原作，唐代诗人作了修改，那是难于相信的。关于这一点，我在前面已经作了说明。至于《越人歌》《招魂》等篇，都与《十八拍》风格体裁不合。它们没有"杀气朝朝冲塞门，胡风夜夜吹边月"那一类的精修细练、对仗工整的句法，没有"泪阑干"那一类的词汇，没有由十几节组成一个长篇的体裁，而这种区别是非常显著的，而且也是非常重要的。至于"为天""为神"的字法，确为汉代所用。拟作者既是有意假托汉人的诗，用了汉人的字法，正是作伪乱真的手段，那是可以理解的。拟作者在这方面虽说用了一些工夫，偶一不慎，仍然露出一些马脚和漏洞来，我在下面就要说明这一点。

（三）**地理环境不合**　《胡笳十八拍》的风格体裁与东汉诗不合，诗中所表现的地理环境也不符合实际情况。当日蔡琰入南匈奴，地点是在山西南部的平阳（今临汾附近）。而诗中有"夜闻陇水兮声呜咽，朝见长城兮路杳漫"之句，十七拍中又有"塞上黄蒿兮枝枯叶干"[①]之句。由山西临汾至陇水、长城，远至二千里，何能朝见长城夜闻陇水？并且明言塞上，尤见

　　[①]　此句根据《楚辞后语》。十七拍云："去时怀土兮心无绪，来时别儿兮思漫漫。塞上黄蒿兮枝枯叶干，沙场白骨兮刀痕箭瘢。"《乐府诗集》脱误十六字。

其伪。蔡琰是一个有学识的女作家，并且有十二年的生活体验，写起诗来，何至如此不真实？何至如此谬误？把这种描写，作为诗歌一般的夸张来解释，是不合理的，其中有好几处实指的地名，决非抽象的夸张可比。如丁廙《蔡女赋》中的"咏芳草于万里，想音尘之仿佛"，才是抽象的夸张，这与"白发三千丈"一类的句法相似，极言其远而已，并无不真实之感。这种句法，同指出陇水、长城、塞上等地名来，是完全不同的。毫无疑问，是拟作者不明了蔡琰入胡的实际情况，不明了当日南匈奴的真实地点，以为蔡琰入胡，也如王昭君出塞一样，是到了塞北的，因而大为铺写塞北的风物环境，以见其真；不知反而露出无可弥补的漏洞来，可见拟作并不是一件容易的事。

我写这一篇文章的时候，同一位历史教授通过一次信，他复信说："汾水流域，自古即为一农业发达之地区，汉末南匈奴自并州北部移居其地，与汉人郡县错杂而处，汉民即未尝因而他徙，南匈奴亦未能自成一国，故其时胡中风物，必已迥非居于塞北之旧。而《胡笳十八拍》中有'疾风千里兮风扬沙'，'原野萧条兮烽戍万里……逐有水草兮安家葺垒，牛羊满野兮聚如蜂蚁，草尽水竭兮羊马皆徙'等语，皆俨然塞北风景也，与汾水流域情况殊不相符。故余谓即此一端，已可证实此诗非文姬所作。"我认为他这种论断是正确的。

在蔡琰的骚体《悲愤》诗中，也有"沙漠壅兮尘冥冥，有草木兮春不荣"两句，似亦可疑。但在这两句中，并没有陇水、长城和塞上这些实指的地名，作为一般的夸张，还勉强说得过去。我从前因为这篇诗《蔡琰别传》征引过，又见于《后汉书》，信以为真，在今天看来，觉得它并不完全可信，但比起《胡笳十八拍》来，还是较为真实的。

（四）艺术成就高并不能证明是蔡琰作 《胡笳十八拍》情感很真实，也很有气魄，确实写得不坏，但它的艺术成就高，并不能证明就是蔡琰所作。

在中国文学史上，确实有些无名氏的作品，有很高的艺术成就，拟作的作品，也往往超过了拟托的对象。如假托李陵、苏武的《别诗》，那是可与建安诗媲美的，而决非李陵、苏武所作；再如假托李白的《忆秦娥》《菩萨蛮》二词，不仅超越了花间、南唐，即入苏、辛词集，亦为上品，而无法证明为李白所作。再如《古诗十九首》也是无名氏的优秀作品。至如《孔雀东南飞》《木兰诗》一类的诗篇，即是曹植、陶潜、鲍照、李白诸人也未必作得出来。这些无名氏作家，都是杰出的诗人，只是没有留下姓名来，未免太可惜了。《胡笳十八拍》的拟作者，也是其中的一个而已。

上举四点，略作说明。如果只取一点，即否定《胡笳十八拍》为蔡琰所作，未免薄弱。如果把四点全部结合起来看，再加上一二两节，作为旁证，那就很可信了。

蔡琰有诗三篇，真伪各有不同。在我今天看来，是这样的：

（一）五言体《悲愤》诗，是蔡谈作的。（范文澜同志至今仍是否定的，见《中国通史简编》修订本第二编 251 页）

（二）骚体《悲愤》诗，疑信参半。如果是拟作的，约在魏晋年间。

（三）《胡笳十八拍》最不可信。拟作于六朝，可能性小；拟作于唐代，可能性大。

一九五九年五月二十五日作

再谈《胡笳十八拍》*

我在《关于蔡琰的〈胡笳十八拍〉》一文里（《文学遗产》第二六三期），从作品本身，主要是从风格体裁和地理环境方面，论证那一篇作品非蔡琰所作，是后人作的。我在这篇文章里，想从另一方面，再来探讨一下这个问题。

一、曲以拍名，起于唐代

汉魏乐府，多言几解；如《陌上桑》三解，《善哉行》六解，《燕歌行》七解。六朝清商曲辞，多言几曲；如《石城乐》五曲，《乌夜啼》八曲，《襄阳乐》九曲。琴曲则言几弄；如蔡邕五弄，嵇氏四弄。梁元帝《纂要》云："琴曲有畅有操有引有弄"；如《神人畅》《别鹤操》《思归引》《幽居弄》等，例证很多，不必多举。琴曲除畅、操、引、弄以外，还有曲、怨、吟等名。考古代乐书、乐志及其他种书籍，从汉至南北朝，从没有以拍名曲的。晋孔衍的《琴操》，宋王僧虔的《伎录》，沈约的《宋乐志》，陈释智匠的《古今乐录》，后魏信都芳的《乐书》，隋无名氏的《乐部》，隋无名氏的《琴历头簿》，唐初撰的《晋乐志》等等，有的是全本，有的是辑本，不仅没有提到过蔡琰的《胡笳十八拍》，也没有记载过以拍名曲的其他乐曲。特别值得注意的是：隋人撰的《琴历头簿》，记载了从蔡邕以来的三十八个琴曲，没有一个琴曲是以拍名的。其中有明君、胡笳、楚妃等曲，俱未名拍。

到了唐朝就大不相同了。变动得最大的是明君曲。明君在六朝本为相和歌辞的吟叹曲，后入琴曲。"此本中朝旧曲，唐为吴声"（《乐府诗集》）。

---

* 本文原刊于《文学评论》1959 年第 4 期，收录于《胡笳十八拍讨论集》（中华书局 1959 年版）。

明君曲在前一时代的情形是这样的：

> 明君有间弦及契注声，又有送声。（王僧虔《伎录》，《乐府诗集》引）

> 晋宋以来，明君止以弦隶少许，为上舞而已。梁天监中，斯宣达为乐府令，与诸乐工以清商两相间弦，为明君上舞，传之至今。（《古今乐录》，《乐府诗集》引）

晋、宋、梁、陈时代的明君曲，情形不过如此，但到了唐代，大大地发展起来，成为琴曲中的主要乐曲，规模宏大，都以拍名，成为七曲了。

谢希逸《琴论》云：

> 平调明君三十六拍，胡笳明君二十六拍，清调明君十三拍，间弦明君十九拍，蜀调明君十二拍，吴调明君十四拍，杜琼明君二十一拍，凡有七曲。

由晋、宋到唐代，明君曲在各方面都发生了很大的变化，这一点很值得我们注意。谢希逸前人认为是谢庄，这是错误的。一、如果《琴论》为谢庄作，著录征引，应作谢庄，不应作谢希逸，目录学惯例，都是如此。二、谢庄并不工琴，其本传中无此记载。在琴书目录中，除《琴论》外，谢希逸还有其他琴学专门著作多种，另有《雅琴名录》一卷，现存。可知他是一个专门研究琴学的人，与谢庄无关。三、《琴论》内容，已及唐代乐曲。四、陶宗仪说他是宋人。据我看，谢希逸是晚唐、五代人，他可能与《琴曲》的作者蔡翼同时。

"明君"以外，其他琴曲以拍名的，在唐代我们还可看见不少。

（一）《大胡笳十九（八）拍》，陇西董庭兰撰。见《直斋书录解题》音乐类。

（二）《小胡笳十九拍》，南唐蔡翼撰。见《崇文书目》。

（三）《广陵止息谱三十三拍》，李良辅撰。李曾为河东司户参军。

（四）《广陵止息谱三十六拍》，吕渭撰。吕渭河东人，举进士，贞元中，官至御史中丞。

（五）《东杓引七拍》，李约撰。李约为唐协律郎，患琴家无角声，乃造《东杓引七拍》，有麟声绎声，以备五音。

（六）《吟叹曲七拍》，见《琴论》。

（七）《离骚九拍》，一作《离骚九章》，兹据《琴曲谱录》，陈康士撰。一作陈康撰。康士字安道，僖宗时人，以善琴知名，著有《琴谱》十三卷，皮日休为之序，以述其能。

（八）隋人编的琴谱，名为《琴历头簿》，唐人编的琴谱，名为《琴集历头拍簿》。多一拍字，极可注意。

这样的材料，还可举出一些，就只从这些，也足可证明唐代的琴曲和六朝的琴曲起了多大的变化。琴曲以外，唐代其他乐曲，也有以拍名的。在崔令钦《教坊记》的"曲名"里，有"八拍子""十拍子""八拍蛮"等曲名。再如霓裳曲、六么曲，也值得我们注意。白居易《霓裳羽衣舞歌》自注云："散序六遍无拍，故不舞。中序始有拍，亦名拍序。"又宋沈括《梦溪笔谈》云："霓裳曲凡十二叠，前六叠无拍，至第七叠方谓之叠遍，自此始有拍而舞。"又宋王灼《碧鸡漫志》云："六么一名绿腰……白乐天《听歌六绝句》内乐世一篇云：'管急弦繁拍渐稠，绿腰宛转曲终头。'欧阳永叔云：'贪看六么花十八。'此曲内一叠名花十八，前后十八拍，又四花拍，共二十二拍。"这些记载中的具体内容，我们今日不能完全理解；但我们要注意的，是唐代乐曲中这种特殊现象，不仅在东汉末年蔡琰时代所没有，就是南北朝时代也是没有的。

段安节《乐府杂录》《新倾杯乐》条云：

> 宣宗喜吹芦管，自制此曲，内有数拍不均，上初捻管，令俳儿辛骨蠋拍不中，上瞋目瞠视之，骨蠋忧惧，一夕而毙。

又《道调子》条云：

懿皇命乐工史敬约吹觱篥，初弄道调，上谓是曲误拍之，敬约乃随拍撰成曲子。（同上）

由此可知：一、唐代对于拍的重视，普遍到严重到如此程度；二、觱篥、芦管一类的乐器，讲究拍谱也如此严格，胡笳的拍谱，也就必然相同了。

从上面所叙述的看来，唐代音乐界这种特殊现象，是不是偶然产生的呢？不是的，有它的历史原因。隋唐之际，是中国音乐史上一个剧变的时代。由于军事、通商和传教的各种关系，外乐大量输入，国乐沦缺。这种情形虽早已开始，但到隋唐之际，才达到高潮，对中国音乐起了决定性的作用。那些外乐，无论乐器和曲调都与国乐不同，声调繁复曲折、变化多端，令人感到悦耳新奇，一时风靡。

《隋书》《音乐志》（下）云：

西凉者起苻氏之末，变龟兹声为之，至魏周之际，谓之国伎。今曲项琵琶、竖头箜篌之徒，并出自西域，非华夏旧器。杨泽新声、神白马之类，生于胡戎，胡戎歌非汉魏遗曲，故其乐器声调，悉与书史不同……至隋有西国龟兹、齐朝龟兹、土龟兹等凡三部。开皇中其器大盛于闾闬。时有曹妙达、王长通、李士衡等，皆妙绝弦管，新声奇变，朝改暮易，持其音技，估炫王公之间，举时争相慕尚。（节录）

杜佑《通典》论清乐云：

自周隋以来，管弦杂曲将数百曲，多用西凉乐，鼓舞曲多用龟兹乐，其曲度皆时俗所知也。唯弹琴家犹传楚汉旧声及清调，瑟调蔡邕五弄调，谓之九弄。

由此可见外乐深入社会各阶层和盛行于宫廷的真实情况。"太常雅乐，并用胡声"（颜之推），"形类雅音，而曲于胡部"（《新唐书》《礼乐志》），"开元以来，歌者杂用胡夷里巷之曲"（《旧唐书》《音乐志》），这都说得很清楚。

胡乐俗乐结合起来，成为一种新声，占到压倒的优势，所谓清乐雅音，无不蒙受外乐的影响而发生变化。这种影响和变化，到唐玄宗年代，最为显著。影响所及，不仅音乐本身面貌大变，在词体的兴起，歌舞戏曲的发展上，都起了很大的作用。就是最富于民族传统、最富于保守性与排外性的中国古琴，在这种特有的历史条件和社会风气下，到这时期也不能不接受外乐的影响。李肇《国史补》云："于顿司空尝令客弹琴，其嫂知音，听于帘下曰：三分中，一分筝声，二分琵琶声，绝无琴韵。"在这一则故事里，告诉我们很重要的消息。南朝琴曲，规模很小，到这时期，变为规模宏大的十八拍、二十六拍、三十六拍各种不同的曲子了。这种变化和发展，是与当代外乐的影响密切联系的，是与当代的音乐环境分不开的。这样的音乐环境，只能限于唐代，东汉末年的蔡琰时代是没有的，也是不可能有的。

在这种音乐环境和社会风气之下，犹传楚汉旧声的弹琴家们，已经不为社会所欢迎，快要变为古董了。大家爱听的是当日称为"胡弄"的琴曲，受到欢迎的是那些弹胡笳声的琴师。唐代几个有名的琴师，几乎都是"胡弄"的专家。如赵邪利、陈怀古、董庭兰、郑宥、薛易简、杜山人、姜宣、萧祐等人，都是以弹胡笳声出名，得到诗人们的赞扬和宫廷贵族的欣赏。当然，看见这种情形，保守派是要感叹的。刘长卿《听弹琴》诗云："泠泠七弦上，静听松风寒。古调虽自爱，今人多不弹！"流行的是"胡弄"，冷落的是古调，这是历史环境决定的，刘长卿再感叹也没有什么用处。

上面简单地说明了隋唐之际中国音乐变化的概况，现在再要回到"拍"的问题上来，隋书《音乐志》云：

（郑译云）周武帝时，有龟兹人曰苏祇婆，善胡琵琶。听其所奏，一均之中，间有七声，因而问之。答云：父在西域，称为知音，代相传习。调有七种，以其七调，校勘七声，冥若合符……译因习而弹之，始得七声之正。然其就此七调，又有五旦之名。以华言译之，旦者则谓均也。

又《辽史》《乐志》云：

> 隋高祖诏求知音者，郑译得西域苏祇婆七旦之声，求合七音八十四调之说，由是雅俗之乐，皆此声矣。

这里所说的"五旦"、"七旦"之"旦"，是一个外语，意义很费解，古人及外人有各种不同的解释。我认为这个"旦"字，虽不能肯定就是"拍"的意义，至少可以说，"旦"与"拍"在意义上有一定的联系。苏祇婆的"旦"，虽是讲的琵琶，但琵琶在唐代乐器中，占有主要地位，影响是很大的。《辽史》《乐志》所说的"由是雅俗之乐，皆此声矣"，是真实的。

吴曾《能改斋漫录》云：

> 迨于开元、天宝间，君臣相与为淫乐，而明皇尤溺于夷音，天下熏然成俗。于时才士，始依乐工拍旦（担）之声，被之以辞，句之长短，各随曲度，而渐失古之声依永之理也（祝穆《事文类聚》《歌曲源流》条引，按今本《能改斋漫录》无此条，可能是佚文，可能版本有不同）。

隋人言旦，到了开元、天宝年间，拍旦连成一语，可知拍与旦的一定关系，也可知拍与旦在意义上的相通了。隋人初言旦，懂得的人不多，都觉得很新奇。到了开、天，在那种夷音熏然成俗的环境下，乐工们盛行拍旦，成为一种新风气。由于拍旦的盛行，乐曲歌辞都发生了变化。以拍名曲，就是在这种音乐环境下产生的。从前的五七言歌辞，也开始发生困难，于是诗人才士之流，依拍旦之音，被以新辞。所谓"句之长短，各随曲度"，长短句之开始兴起，由此也可以得到说明。唐人所讲的拍，同我们今天所讲的拍，我想有更复杂的内容。除一般的节拍之外，还具有调和律的重要意义。试以蔡琰的《胡笳十八拍》为例：它形式复杂，长短不一。最短的一拍只有六句，最长的一拍有十二句，每句的字数，也参差不齐。拍在这里的意义，决非一般的节拍之意，也就可想而知了。在段安节的《乐府杂录》里，有玄宗命伶工黄幡绰作拍谱的记载，也值得我们注意。

由隋代的旦，变为开、天年间的拍旦，到了九世纪，再变为拍弹，完全成为一种通俗的歌曲表演了。

《旧唐书》《曹确传》云：

> 时帝薄于德，昵宠优人李可及。可及者，能新声，自度曲，辞调凄折，京师愉薄少年争慕之，号为拍弹。

又《南部新书》云：

> 太和中，乐工尉迟璋，能啭喉为新声，京师屠沽效之，呼为拍弹。

拍弹的内容与形式，比起开、天年间的拍旦来，当然更为发展和丰富，有曲有歌，可能还有表演。但从历史意义上说来，旦、拍旦、拍弹、在一定程度上，必然有继承的关系，有发展性的联系的。

由此看来，乐曲言拍，以拍名曲，是源于隋，而盛于唐，这是一种历史事实，是隋唐之际中国音乐史上受外乐影响而产生的一种历史事实。蔡琰生于东汉末年，说她已作过《胡笳十八拍》的琴谱和歌辞，就完全不符合这种历史情况了。

二、说明五个问题

第一，《蔡琰别传》有没有蔡琰作十八拍的记载？

《乐府诗集》引《蔡琰别传》云：

> 春月登胡殿，感笳之音，作诗言志曰：胡笳动兮边马鸣，孤雁归兮声嘤嘤。

《北堂书钞》《艺文类聚》及四部丛刊本《太平御览》所引《蔡琰别传》，文字大略相同。唯晚出的《太平御览》本引《蔡琰别传》云："春日登胡殿，感笳之音，作十八拍。"把"作诗言志"改为"作十八拍"，内容完全变了，这是后人改作无疑。前四种本子都比它早，如说有脱漏，不能说每本都有脱漏。更重要的是郭茂倩的记载，他是把这几句话，放在蔡琰《胡笳十八拍》的前面，作为解题用的，如果原文是"作十八拍"，这是一个重要的证据，郭氏为何弃而不录。还有虞世南、欧阳询所看到的《蔡琰别传》也是如此，那就更可信了。

第二，沈、祝声调，起于何时？

唐代弹胡笳声的琴家，大都言沈、祝二家声调，如李肇《国史补》云："董庭兰尤善沈声、祝声"；又《琴史》云："凤州参军陈怀古善沈、祝二家声调"；又蔡翼《琴曲》云："有大小胡笳十八拍，沈辽集世名沈家声；小胡笳又有契声一拍，共十九拍，谓之祝家声。"蔡翼是南唐人，已经不知道他们的年代，我们今天更难找出可靠的史料了。但他们的年代，我们还可以推测出来。他们是不是唐以前的人呢？我看不是。唐代初年以弹胡笳声而享大名的琴家，是赵邪利。《乐纂》云："赵邪利，唐初天水人也。以琴道见重于海内，帝王贤贵，靡不钦风。旧谱错谬，皆削凡归雅，无不合古。撰《胡笳五弄谱》两卷，传世弟子，皆擅名琴苑。贞观十年终于曹。"又《世说补》云："赵师利，字邪利，善鼓琴，贞观初，独步上京。"又《琴史》说他是曹州济阴人。赵邪利是唐初独享盛名的大琴家，许多书上都记载他，但他所撰的琴谱名为《胡笳五弄谱》，未名十八拍，同时关于他的各种记载，与沈、祝声调无任何联系，可知在贞观年间，沈、祝声调还没有产生。一到开、天年间，就不同了。凡是弹胡笳声的琴家，都以沈、祝二家声调相号召，陈怀古、董庭兰、郑宥、薛易简都是如此。从此推测，沈、祝声调，产生于赵邪利之后，董庭兰之前。唐初到武后，约八十年，是沈、祝声调产生的时代，也就是胡笳十八拍琴曲初步形成的年代。

《胡笳十八拍》的琴声，虽起于沈、祝二家，但只言声调，在他们已有的基础上，加工整理，最后写成琴谱的则始于陈怀古、董庭兰。《琴史》云：

"天后时，凤州参军陈怀古，善沈、祝二家声调，以胡笳擅名。怀古传于庭兰，为之谱，有赞善大夫李翱序焉。"李翱也是当时有名的琴家，以指法著名，所谓"指法妙绝，前无古人"，琴书上常提到他，他不是古文学家李翱。可惜他那篇序看不到了，否则我们可以得到更好的材料。

在这里说得很明显，将沈、祝声调正式写为琴谱的，是出于陈、董师生之手。后来因董庭兰出入权贵诗人之间，交游日广，声誉日隆，于是《胡笳十八拍》的著作权，全部归于董庭兰，陈怀古也很少人知道，沈、祝二家也只剩下一个空名了。刘商的《胡笳曲序》，把"以琴写胡笳声为十八拍"的功劳，归于董庭兰一人了。从此以后，《胡笳十八拍》琴谱，就称为"董本"了。元稹《小胡笳引》诗云："哀笳慢指董家本，姜生得之妙思忖。"（序云：桂府王推官出蜀匠雷氏金徽琴，请姜宣弹）。可知到了元稹年代，"董家本"还是非常流行，非常受人欢迎的。由这一点，更可证明作《十八拍》琴谱的是董庭兰而非蔡琰了。

第二，李颀的诗句作何解释？

李颀有《听董大弹胡笳弄歌》一首，前二句云："蔡女昔造胡笳声，一弹一十有八拍"，这不是明说蔡琰造过《胡笳十八拍》的琴曲吗？我们要知道：诗当然是真的，事实是假的。这是琴师们的托古和附会，李颀作为诗料，原无不可。我们从《蔡琰别传》《董祀妻传》、刘昭《幼童传》各种材料看来（关于蔡琰的史料，已尽于此），说蔡琰翻胡笳声为琴谱，琴谱名为《胡笳十八拍》，完全没有根据。到了刘商的《胡笳曲序》，说蔡琰"能为离鸾别鹤之操"，那就说得更远了。试想：唐以前的蔡琰传记、乐志、乐书，都没有蔡琰作曲的记载，李颀、刘商隔蔡琰的年代那么远，是从什么地方得到这种材料的呢？

琴师们最欢喜托古附会，以此自高。如李良辅作《广陵止息谱三十三拍》，一定要托古于嵇康。说嵇康的《广陵散》并没有绝，袁孝尼偷听记在心中，流传下来的。再如陈康士作《离骚九拍》，托于屈原。说屈原"临河哀思，著《离骚》《九歌》之辞，仰天而叹，援琴而歌之"。这样一来，《离骚九拍》有了来历，为人重视，而屈原也成为弹琴名家了。《琴操》一书，尤为集托古之大成。唐尧作《神人畅》，虞舜作《思亲操》，夏禹作《襄陵操》，文王作《文王操》，不一而足，都说得活灵活现。可见琴曲托古附会的风气。关于这一点，郑樵在《通志》里，作了严厉的批判。并且正确地指出，古人琴曲，以音相授，并不著辞。琴曲有辞，起于南朝。他这一论断，我认为是正确的。

以《胡笳十八拍》琴谱的起源，托之于蔡琰，比起《神人畅》《思亲操》托之于尧、舜来，自然令人相信得多。一、她父亲工琴，是一个作曲家；二、她幼年时代就懂得琴声；三、后入南匈奴，感胡笳之音；四、作过《悲愤诗》。从这些条件，蔡琰确与琴与胡笳与歌辞都能发生联系。琴师们托古于她，琴学家把她送进《琴史》里去，都是可以理解的。李颀并不是做考证文章，他是作诗。琴师们那样说，他就那样写，在创作上说来，并不是不真实。

第四，《白氏六帖》的注文，如何解释？

在《白氏六帖》里，有"笳"条云："笳者胡人卷芦叶吹之以作乐也。故曰胡笳。"下面写着"播为琴曲"，再用双行小字注云："蔡琰。"有人认为这是出于白居易的手笔，证明蔡琰作过《胡笳十八拍》的琴曲，认为这条证据很有力量，其实不然。晁公武《郡斋读书志》卷十四《类书》云：

> 白氏《六帖》三十卷，唐白居易撰。以天地事物分门类为声偶，而不载所出书，曾祖父秘阁公为之注，行于世。世传居易作《六帖》，以陶家瓶数千，各题名目置斋中，命诸生采集其事类投瓶内，倒取之，钞录成书，故所记时代，多无次序云。

由此可知《白氏六帖》中的注，都是南宋晁公武的曾祖加进去的，这是晁公武的家事，他的记载，当然可信。就退一步说，此注即出自白居易手笔，亦无新奇之处。李颀《听董大弹胡笳弄歌》云："蔡女昔造胡笳声，一弹一十有八拍。"这不是说蔡琰以胡笳声播为琴曲吗？李颀早于白居易，难道白居易连这首诗也没有读过吗？关于这两句诗的实际意义，我在上面已经说明了。

第五，《胡笳十八拍》的歌辞，是不是董庭兰拟作的？

这本来是不成问题的，因为有人这样推测，所以也要说明一下。

（一）董庭兰是房琯的门客，交游很广，名诗人李颀、高适等人都和他往来，如果他作过《十八拍》那篇长诗，不会无人知道。同时，如果他能拟出那样一篇诗来，可见他的诗歌成就很高，他活了那么大的年纪，应当还有其他的作品。但是在唐人记载里，从没有人提到过他是工诗的，再如《唐诗纪事》《全唐诗话》《全唐诗》诸书里，没有留下他一首半首的诗歌材料来。可知他只是一位琴师，不是诗人。

（二）在李颀那首《听董大弹胡笳声兼语弄寄房给事》的诗里，自首至尾是描绘琴和琴的声音，没有一句提到歌辞，可知李颀听的只是琴声，董大只是弹琴，并没有唱辞。"语弄"二字，应作何解，尚待研究。薛易简与董庭兰同时，也以弹胡笳著名，以琴待诏翰林。他曾撰《琴诀》七篇，有一篇言琴病。他说弹琴时，大病有七，小病有五。七大病是："目睹于他，瞻顾左右，一也。摇身动首，二也。开口努舌，三也。眼色疾遽，喘息粗悍，四也。不解用指，音韵杂乱，五也。调弦不切，听无真声，六也。调弄节奏，或慢或急，七也。"可见弹琴时要精神专注，严肃认真，是不能边弹边唱的。说董大一面弹琴一面唱曲，实无其事。因此，"语弄"一词，是不是琴曲中的一个专门用语，我们今天无法知道了。唐人有用"平弄"者，李贺《嗣箫歌序》云："朔客有花娘，善平弄"，乃弹奏之意。有用"引弄"者，如沈亚之《歌者叶记》云："当引弄，及举音，则弦工吹师，皆失执自废"，乃演唱之意。还有"调弄""舞弄""傈弄"各种用语，独无"语弄"，是不是那首诗的题目有错误呢？也很可能。我看到的那个题目，已经有四种不同的样子。《河岳英灵集》虽是古本，其中错误很多，前人已详言之，因此它也不完全可信。

（三）刘商《胡笳曲序》云："后董生以琴写胡笳声为十八拍，今之胡笳弄是也。"这说得非常明确，董庭兰作的是琴谱，并不是歌辞。董、刘的年代很近，刘商的话是可信的。并且董庭兰作的琴谱，见陈振孙的《书录解题》。因为是琴谱，所以归于音乐一类。由此，说《胡笳十八拍》的歌辞是董庭兰拟作的，实无根据。

三、《胡笳十八拍》作于刘商以后

上面五个问题已交代清楚，现在又要言归正传了。从作品本身上看，从音乐方面看，蔡琰没有作过《胡笳十八拍》的琴谱，也没有作过《胡笳十八拍》的歌辞。琴谱最后的撰定，是开、天年间的陈怀古和董庭兰，后来董庭兰独享盛名，称为"董家本"了。最早配十八拍的歌辞的，是起于刘商。现在所传的蔡琰《胡笳十八拍》歌辞，则出于刘商以后。我在下面，来说明这个问题。

（一）吴兢（公元670—749）生于高宗咸亨元年，死于天宝八年。他是历史家，又是诗人，研究古代的乐府歌辞，著有《乐府古题要解》二卷（今存），及《古乐府词》十卷（宋代尚存，今佚），有名于时。他的《乐府古题要解》是继陈释智匠的《古今乐录》研究古代乐府的重要参考书。此书分相和歌、拂舞歌、白纻歌、铙歌、清商、杂题、琴曲等类，每题考证其来源和历史，从古人传记及诸家文集中，采乐府所起本义，以解释古题，材料非常丰富。但在这本书里，没有蔡琰作曲作词的记载，可知吴兢著《乐府古题要解》时，蔡琰的作品还没有产生，否则这样一篇东汉末年的重要作品，没有不在解题中提到的。

（二）杜佑（公元 735—821）生于开元二十三年，死于元和七年。他的年代，正紧接着吴兢。他撰有《通典》一书，分为八类，共二百卷。所谓"网罗百代，考核精详"。他嗜学好书，又因两度任宪宗宰相，因公因私，比起吴兢来，可以看到更多的史料。此书始作于大历初年，收集材料，极为丰富，用力至勤，历三十六年而书成。因此他这部书，前人称为"考唐前掌故者，以兹编为渊海"。书中有乐典七卷，对于古代音乐沿革、音乐制度、乐器以及古代清乐、杂乐和乐府之存佚，言之颇详，独无蔡琰作曲作辞之说，可见他撰《通典》时，蔡琰的作品还没有产生。

（三）刘商作《胡笳十八拍》，自序说是拟董庭兰的《胡笳弄》，他是配曲而作辞。他没有看见过蔡琰的作品，否则他应当拟蔡琰，而不应当拟董庭兰。可见刘商作十八拍歌辞的时候，蔡琰那篇诗还没有产生。

（四）刘商的诗集，有武元衡作序，现存《全唐文》中，名为《刘商郎中集序》。序中有云："今所编录凡二百七十七篇，及早岁著胡笳词十八拍，出入沙场之勤，崎岖惊畏之患，亦云至矣。"武元衡与刘商同时，并且是亲戚关系，来往很密。在武元衡序中，可以看出刘商的胡笳词是独创之作，并非拟蔡琰而为，同蔡琰没有丝毫联系。可见在武元衡作序时，蔡琰的作品，还没有产生。刘商的胡笳词，他自己明明说是拟董庭兰的胡笳弄作，武元衡序也没有说他拟蔡琰。到了三百多年后的南宋，晁公武的《郡斋读书志》说："汉蔡邕女琰为胡骑所掠，因胡人吹芦叶以为歌，遂翻为琴曲，其辞古淡，商因拟之，叙琰事，盛行一时。"表面看去，似乎很合情理，其实全无根据。我们应当相信刘商自己的话，应当相信武元衡的话。

（五）陈振孙《直斋书录解题》音乐目云："大胡笳十九（八）拍一卷，题陇西董庭兰撰，连刘商辞。"这一记载非常重要。一，董庭兰作"十八拍"琴谱绝无可疑，刘商配辞也绝无可疑。这卷书的内容，非常明显，是以董庭兰的琴谱为主，以刘商的歌辞为辅的。这本书必然编在刘商死后。如在刘商以前已产生了蔡琰的歌辞，那本书的编者，应该在董谱之后，把蔡辞附进去，放在刘辞之前，或只取蔡而不取刘，二者必居其一。今只有刘辞而无蔡辞，可知编本书时，蔡辞还没有产生。

由此看来，蔡琰的《胡笳十八拍》应当产生在刘商以后了。它究竟产生在什么时代呢？我认为产生在晚唐。晚唐是"拍弹"盛行的时代，蔡琰的《胡笳十八拍》很可能是晚唐拍弹的产物，很可能是拍弹的唱本。虽同名为《胡笳十八拍》，比起刘商的作品来，蔡琰那篇作品，无论从那一点看来，都有很大的发展，更复杂，更活泼，更丰富了。最显著的变化，是更适合于音乐了。

《卢氏杂说》云：

> 歌曲之妙，其来久矣。元和中，国乐有米嘉荣、何戡，近有陈不嫌，不嫌子意奴。一二十年来，绝不闻善唱，盛以拍弹行于世。拍弹起于李可及，懿宗朝恩泽曲子，《别赵十》《哭赵十》之名。（《太平广记》二〇四引）

由此可知，拍弹虽起于开、天，而盛行于晚唐，不仅流行于市民社会，并且深入于宫廷。拍弹有歌，有乐，也可能有简单的表演，是晚唐兴起而又为市民所欢迎的一种歌曲。并且已有唱本，如《别赵十》《哭赵十》之类。当日这类唱本必然很多，大都散失，蔡琰的《胡笳十八拍》，可能就是拍弹的唱本之一。

我们从刘商的胡笳词和蔡琰的十八拍歌辞比较起来看，就可以明了它们中间有很大的变化和发展。刘商的歌辞，除了第一拍前面两句外，每拍都是八句，每句都是七字，形式整齐规矩，文字也很典雅。到了蔡琰的歌辞，完全不同了。刘商的辞九百多字；蔡琰的近一千三百字，增加了三分之一。蔡辞中每拍六句的有三拍，每拍八句的有六拍，每拍十句的有七拍，每拍十一句的有一拍，每拍十二句的有一拍。其中有七字句、八字句、九字句、十字句、十一字句、十二字句不等。形式变化如此之大，与刘商的作品，决非同时的产物。这样的变化，从音乐上说来，是更适合于乐谱，更适合于歌唱了。从语言上看，蔡辞中有极通俗的句子，也有个别精炼的句子，但是通俗性比较浓厚，这就说明这一篇歌辞是先起于民间，再经过修改和加工，在风格上还保留着不统一的集体性来，在这里正反映出市民文学的特征。刘商的辞，只是诗人配乐之作，未必唱过；但蔡琰这篇辞，我想是弹唱过的。因此，我认为它是晚唐拍弹的产物，是在刘商胡笳词的基础上发展起来的。

因为蔡琰的《胡笳十八拍》歌辞，出于晚唐，所以一到北宋，就为许多人所注意了。有人著录，有人论述，也有人征引，真是不约而同地对于这一篇诗大家动起眼动起手来了。影响最大的是郭茂倩，他在《乐府诗集》里，把它收进去，定为蔡琰作，置于刘商之前，作品前面加以解题（请注意，他所用的最早史料，也只有《董祀妻传》《蔡琰别传》和刘商《胡笳曲序》三种而已），蔡琰作《胡笳十八拍》辞，至此成为定论。到了南宋，朱熹收入《楚辞后语》，再加以欣赏和肯定，并把范晔、晁补之批评了一顿，他在当代是学术界一个大权威，大家更加相信了。到了明朝，才有不少人对此怀疑。可见此诗在六朝、唐代，无人著录和论述；郭茂倩录它，范晔、沈约、释智匠、吴兢、杜佑不著录它，这不是重视女人或轻视女人的问题，也不是作品通俗不通俗的问题，实际是作品产生没有产生的问题，是客观存在不存在的问题。《悲愤诗》产生得早，所以著录、征引得早，《十八拍》产生得迟，也就著录、征引得迟，这种历史事实，是很难否定的，再加以作品风格体裁的不合，地理环境的不合，就更加令人不能相信了。

由于上面的叙述，我得出如下的结论。

（一）《胡笳十八拍》的琴谱与歌辞，都是在唐代那种特有的音乐环境下产生的。南朝琴曲中已有《胡笳曲》，尚未以拍名。我们看吴迈远、陶弘景、江洪的《胡笳曲》歌辞（见《乐府诗集》琴曲歌辞），内容是一般的，与蔡琰事无关，并且规模很小，最长的五言十二句，最短的只有五言四句。

（二）南朝已有《大胡笳鸣》《小胡笳鸣》乐曲，但未言拍。最初言拍的始于沈、祝二家声调。他们的年代，大概在唐初到武后的八十年间。沈、祝二家都是弹琴家，与作歌辞没有关系，因为没有任何根据。他们的主要工作，是翻胡笳声为琴声，有十八拍和十九拍之分，这是胡笳琴曲称拍的开始。

（三）在沈、祝二家声调的基础上，再加工整理，最后撰定《胡笳十八拍》琴谱的是陈怀古和董庭兰。后来刘商称这个琴谱为《胡笳弄（十八拍）》，元稹称为《董家本》。这个琴谱到宋朝还存在，陈振孙看见过，见《直斋书录解题》音乐类。在《胡笳十八拍》琴谱的形成时期，弹琴界可能有蔡琰作琴谱的传说，最初见于文字记载的，是李颀那首诗。

（四）最初配董庭兰的琴谱为歌辞的，始于刘商。刘商在自序里，说明他的《胡笳十八拍》，是拟董庭兰的《胡笳弄》而作。刘商以前，是《胡笳十八拍》琴谱形成、撰定的时期。在他以前所说的《大胡笳十八拍》《小胡笳十九拍》，都是指的琴谱，不能与歌辞混同起来。

（五）蔡琰的《胡笳十八拍》歌辞，产生在刘商以后。可能先出于民间，再经过修改和加工，比起刘商的歌辞来，更发展丰富，思想倾向和艺术成就也大大地提高了。语言通俗，形式解放，在各方面都发生了变化。我认为：这篇歌辞可能是晚唐拍弹的唱本。

（六）因为这篇歌辞产生于晚唐，所以一到北宋，便有许多人注意它，有人著录，有人征引，这是一种历史事实，并无其他原因。

一九五九年七月十五日作

关于曹操的人道主义 *

人道主义，拉丁文是 Humanus。它是文学上哲学上一个通用的术语。它起源于文艺复兴期的意大利而传于欧洲各国。薄伽丘（1313—1375）和佩特拉克（1304—1374）是初期最有代表性的人道主义作家。它当时的主要内容，是反封建主义，要求人类从教会、神权的束缚下解放出来，保护人的权利和人格。后来这一术语的范围，比较扩大了一点，文学批评家也用于封建社会的文学，但用起来很谨慎，仍然尊重它的基本特性。人道主义不仅有它的历史根源，也是有它的发展和历史意义的。新社会的人道主义，不同于旧社会的人道主义。关于新社会的人道主义，高尔基说明："是马克思、列宁和斯大林的真正全人类的无产阶级的人道主义，它的目的是把各种族和民族的劳动人民，从资本主义的铁蹄下，彻底地解放出来。"（《苏联哲学辞典》引）关于旧社会文学中的人道主义，别林斯基强调指出："在于文学中是否表现出反封建主义，是否站在人民（主要是农民）的立场，唤醒人民的觉悟，反映出被压迫者的思想和愿望……封建统治者、大地主、资本家，都是不可能有人道主义的。因为他们本身就是人道主义的对立者。"（彼得洛甫《俄国古典文学的特征》引）塞米茹诺娃谈到别林斯基美学的目的性时，特别指出他的人道主义的丰富内容。"揭发根植于剥削的非正义的社会关系，唤醒人民对人的尊严的觉悟，帮助人民的解放斗争，发扬人道主义，这是别林斯基所主张的俄国文学的高贵任务"。（《论别林斯基的美学》）

这些话都说得非常明确，而且也是我们必要注意的。特别是在封建社

---

* 本文原刊于《文汇报》（1959 年 3 月 25 日）。

会里，地主阶级和农民阶级是社会矛盾中的主要矛盾，农民阶级是产生人道主义的根源。文学家、哲学家所表现的思想，同广大农民愈靠得拢愈靠得紧，人道主义就愈深厚愈真实。封建统治者和大地主是不可能有人道主义的，他们所作所为，即使比较开明，而具有一定的进步意义，对于人民流露出一定的同情感，而其目的是为巩固封建统治阶级的利益，与反封建反剥削的人道主义，有本质上的区别。人道主义的阶级内容，就在这里。赫尔岑说过："在我们道路上的主要绊脚石就是可恨的农奴制度……我们的一切打击和努力，都是为了反对农奴制度，我们的一切利益，都服从于消灭农奴制度。"（《赫尔岑全集》第十九卷一二五页）在这里强烈地表现出他的人道主义精神。

当然，我们不能这样说："欧洲文学中的人道主义，起于文艺复兴期，中国文学中的人道主义，也要延迟到十四世纪。"这样说是不正确的，因为我们的文学，有我们自己的历史，有我们自己的内容。但采用这个术语的时候，却不能不尊重它的历史意义和基本特性。在这个原则下，如果说在曹操诗中，流露出一定的人道主义，是很不妥当的。

（一）在他作品中所表现出的思想感情，是站在封建统治者的立场来观察事物，决不是站在农民的立场来反抗压迫，这是可以肯定的；（二）他是封建统治阶级的代表人物，决不反封建，这也是可以肯定的。就在这里，人道主义失去了本质上的意义。像杜甫、白居易这些伟大的诗人，才可称为人道主义者。他们的作品，真正站在农民的立场，反映出被压迫者的思想感情，为了争取他们的利益，向封建统治者进行了积极的斗争。正因如此，在他们的诗篇里，闪动着人道主义本质上的光辉。

因此，我们可以这样说："曹操的《蒿里行》《苦寒行》等篇，流露出对人民的同情感，比较真实地反映出那一时代的社会面貌和人民苦难，所以是优秀的作品。"这样评价，比较真实，既无损于曹诗的成就，也并没有贬低曹诗的价值。

曹操这位人物，在过去确实失去了真面目。到了宋元明清，愈变愈糟，成为阴险的奸雄的典型，成为骂人的代名词了。现在替他恢复名誉，改正过去的看法，是正确的。但也不能抬得过高，应当实事求是，否则又会走上偏路。用历史观点来看，曹操在政治上确实有一定的进步意义，但他在政治上有进步意义，和他在文学上有无人道主义，是没有必然的联系的。

论陈子昂的文学精神*

——纪念陈子昂诞生一千三百周年

> 沈宋横驰翰墨场，风流初不废齐梁。
>
> 论功若准平吴例，合著黄金铸子昂。（元好问）

从文学思想斗争和文学发展的观点来说，陈子昂在唐代文学史上有重要的地位。他的文学理论和诗歌散文的创作，对唐代文学起了积极推进作用，后来的李白、杜甫、白居易、元稹、韩愈、柳宗元诸大家，都在不同程度不同角度上受到他的启发和影响。他们在诗文里，对于陈子昂都表示了崇高的敬意，予以很高的历史评价。在唐代三百年的文学史上，他是第一个树起鲜明的文学革新的旗帜，是转变一代风气的开路人。

一

陈子昂（公元 661—702）字伯玉，四川梓州射洪人。他的家庭豪富，但政治地位不高。他有一位博览群书秘学、轻财重义、爱游侠、好服食的父亲。这样的家庭环境和精神感染，对陈子昂的思想、性格起了一定的影响。"子昂奇杰过人，姿状岳立。始以豪家子，驰侠使气。至年十七八未知书。尝从博徒入乡学，慨然立志，因谢绝门客，专精坟典，数年之间，经史百家，罔不该览。尤善属文，雅有相如、子云之风骨"（《陈氏别传》）。卢藏用在这里写出了他青少年时代的精神面貌，并且暗示出：他并没有受过正统的儒家教育。只经过三四年的努力学习，他就能精通古典，吸取菁华，创作诗文，上攀先辈。这固然由于他自己的觉悟和刻苦用功，同时也显示

---

* 本文原刊于《文汇报》（1961 年 3 月 8 日）。

出这位青年过人的智慧和才能。二十一岁，他离开故乡，出三峡，北上咸京，祖国山河的壮丽辽阔，历史上的名胜古迹，初步扩大了青年诗人的眼界。他二十四岁举进士，擢灵台正字，三十三岁，任右拾遗。他又两度从军，先从乔知之，后从武攸宜，出入西北、东北的边陲。三十四岁，坐"逆党"入狱。在这些实际的政治生活里，陈子昂得到了丰富的教育，封建政治下人民群众的穷困生活，封建统治阶级内部的激烈斗争，边疆实际情况的错综复杂，酷吏的专横残暴，以及在这样的政治环境下进步知识分子所受到的政治打击与迫害等等，使他感到强烈的不满和反抗。这些教育和体会，提高了他对于文学理论的认识和要求，提高了他作品的思想内容和风格。他的《登幽州台歌》《蓟丘览古赠卢居士藏用》和《感遇》诗中的一些优秀诗篇，都是他的政治生活实际体验的反映。由于封建政治环境的险恶，隐士生活和黄老之言，更容易进入他的头脑。"达兼济天下，穷独善其时。诸君推管乐，之子慕巢夷……卢子尚高节，终南卧松雪。宋侯逢圣君，骖驭游青云，而我独蹭蹬，语默道犹懵"（《同宋参军之问梦赵六赠卢陈二了之作》）。谄媚逢迎、青云直上，是宋之问的道路，陈子昂是鄙视的，他在理想与现实的矛盾中，向往着卢藏用的生活。在《陈氏别传》中，一再指出："在职默然不乐，私有挂冠之意"；"君归宁旧山，有挂冠之志。"在这里固然也显示出他的消极的一面，但他毕竟和那些身在江湖心怀魏阙的隐士们不同，他是满怀热情参加过积极的政治斗争，在险恶的环境和无法克服的苦痛矛盾中，才走上消极反抗的道路。三十八岁他辞官还乡，在射洪西山，过着种树采药的生活。即使如此，封建统治者的爪牙，仍然不肯放松他，终为县令段简所陷害，死于狱中，年四十二岁。

陈子昂十几年的政治生活，都在武则天掌权和称帝时代，前人讥为不忠，这种封建正统观点当然是错误的。武后称帝，他写过《上大周受命颂表》和《大周受命颂》四章，这是官场的应酬，算不得什么大污点。他既不是李唐宗室一派，也不是武后的忠臣。但是他刚果强毅，正直开明，具有远大的政治抱负和政治热情，想施展自己的才能，在社会上做一番事业。"感时思报国，拔剑起蒿莱"（《感遇》三十五），写出了他这种怀抱。他一再上书武后，直言正谏，痛陈利害。在《谏用刑书》《谏政理书》《答制问事》《上军国利害事》《上蜀川安危事》《上益国事》《上西蕃边州安危事》《谏雅州讨生羌书》诸文中，表现了他进步的政治见解。在这些文章里，可以看出他的政治眼光非常广阔，观察事物的眼力也非常锐敏。他注意到当时政治、经济、人民生活和边陲军事多方面的问题。特别如安民、筹边、措刑、任贤、反贪暴、轻徭役各项，反复论述，深刻透彻，都能切中时弊，针砭现实，在当时确实富于战斗性的积极意义。他的政治立场，虽说终于是为封建统治阶级服务的，但他毕竟是封建阶级中具有清醒头脑、富于正义感和进步思想的知识分子，他处处关心国家兴亡的命运和人民大众的生活。"幽居观大运，悠悠念群生"（《感遇》十七）；"圣人不利己，忧济在元元"（《感遇》十九），他一再在诗歌散文里，表现出这种同情人民的思想感情。可是，在当日的政治环境中，像陈子昂这样抱有进步政治理想的知识分子，是无法取得政治上的实权，去施展自己的抱负的。封建统治者并不信任他，有时也敷衍他，真正给他的是种种猜疑和迫害。他先后入狱，终于被害，正说明了陈子昂在封建社会中的政治命运和悲剧。《陈氏别传》说他："言多切直，书奏辄罢之"，"子昂知不合，因钳制下列，但兼掌书记而已"，在这些真实的记载中，显示出他政治上的实际遭遇。古代那些封建正统观念的历史家和批评家们，说他谄媚武后、图取富贵、品格低劣的种种谰言，实际是对陈子昂的诽谤和诬蔑。"位下曷足伤，所贵者圣贤。有才继骚雅，哲匠不比肩。公生扬马后，名与日月悬……终古立忠义，感遇有遗篇"（《陈拾遗故宅》），杜甫对陈子昂的文学成就和政治品质，作了这样高的评价。

二

中国文学在建安、正始以后，特别是在南朝时期，形式主义成为一股逆流，风靡泛滥，诗歌、辞赋以及各种文体，无不蒙受着深厚的影响。在当代阶级矛盾和民族矛盾的严重危机和黑暗现实中，文学几乎全部掌握在宫廷贵族文人们的手里，这些剥削阶级的寄生虫们，养尊处优，荒淫腐朽，逃避社会现实，漠视人民生活。形于创作，见诸诗文，必然是追求形式技巧、缺少社会内容。刘勰所说的："俪采百字之偶，争价一句之奇。情必极貌以写物，辞必穷力而追新"（《明诗》）；李谔所说的："竞一韵之奇，争一字之巧。连篇累牍，不出月露之形；积案盈箱，唯是风云之状"（《上隋文帝书》），都指出了这一时代形式主义文学的真实面貌。结果是：依附宫廷的涂写色情，丑态百出，用脂粉歌舞来麻醉自己的肉体；寄情丘壑的描绘自然，逍遥自在，用山水花草来安慰自己的灵魂。它们的价值尽管有高下的不同，但基本上都是逃避现实，脱离实际，讲究辞藻，追求形式，形成文学上的空虚与贫困，形成文学史上华艳卑弱的文风。在前后几百年的长期文学历史上，除了一些民歌和陶渊明、左思、鲍照的诗文，刘勰、钟嵘的文学理论以外，再就很难感到文坛上有什么强烈的生命和动人的光辉。庾信北上，他文风上确实有了转变，苍茫雄健的北国风光，国破家亡的流寓生活，在他的头脑里给了不少营养，究因体质虚弱，旧习过甚，在残余的华艳里，渗透着浓厚的没落者的感伤。《哀江南赋》这样好的题材，被他用各种怪僻的典故和美丽的辞藻，堆砌成为一座七宝楼台，令人感到只是一堆锦绣的烟雾。真使人惊奇，这几百年的文学，竟低沉到如此的地步！

唐代初期、封建统治者在农民起义和阶级斗争的教育中，采取了一系列安定社会发展经济的措施，来缓和阶级矛盾，在隋代末期破坏不堪的社会经济和劳动生产力，又恢复转来，逐步得到繁荣和发展。下及开元，唐帝国达到了政治、经济、军事各方面强大力量的高峰。这一百年的历史，主要都在前进上升，唯有文学事业却是缓步不前，远远地落在后面。我们只要稍稍翻阅一下这时期的作品，到处都可以看到徐庾的阴魂和齐梁宫体的魅影。虞世南、杨师道、上官仪、沈佺期、宋之问（沈宋也有极少数较好的作品）诸人的诗文创作，放在新兴大唐帝国的文坛上，显得多么的虚弱。后代的文学史家，真是无可奈何地只好请出隋末的隐逸诗人王绩来，稍稍装点一下当日的门面。由此我们可以体会到：一方面由于宫廷贵族的享乐生活，需要歌功颂德、辞藻华美的文学形式；宫廷诗人脱离社会生活，也只能写出那些歪曲现实粉饰太平的形式主义作品。同时也说明了几百年来风靡泛滥的形式主义文风，还在各方面笼罩着影响着初唐的文坛，要打破、摧毁这种反动顽固的力量，并不是轻而易举的事。形式主义和宫廷诗人结了不解之缘，真要打破、摧毁它们，有待于具有勇气和进步思想的新起的青年作家们，来担负这艰巨的任务。

七世纪下半期，文坛上露出了曙光。王杨卢骆四位新进的青年诗人，不凭借政治势力和宫廷关系，真是赤手空拳地完全凭着自己的创作，敲破了初唐文坛的大门。他们都很年轻，出身也大都寒素，政治失意，坎坷不平。但在文学上都很有修养，很有才华，同样具有雄心大志，想用自己的作品，同那些达官贵人们抗衡。他们的特点是：在当日的文学环境中，力求创造与解放，克服落后消极的部分，吸取优良的因素，在缓慢的过程中，向前进展。他们一些代表作品，确实初步突破了长期流行的宫体诗的狭小内容，洗去了或是初步洗去了前人的淫靡与庸俗，赋予诗歌以新的生命。但也无法否认，他们还有不少的弊病和缺点。首先是：在他们的笔下，仍然残留着相当浓厚的富贵华艳的宫体气息，缺少现实生活的思想内容，表面上是风华有余，骨子里是血肉不足。同时，他们的文学思想觉悟还不够高，不能明确认识到形式主义的病根，不能有意识地去摆脱、反对这种影响，因此也就不能提出较高的文学原则，不能指出文学发展的正确道路。在这一时期，真能横制颓波、指出方向、高举文学革新的大旗、转变一代风气的，就不能不待于青年诗人陈子昂了。

　　东方公足下：文章道弊五百年矣。汉魏风骨，晋宋莫传，然而文献有可征者。仆尝暇时观齐梁间诗，彩丽竞繁，而兴寄都绝，每以永叹。思古人常恐逶迤颓靡，风雅不作，以耿耿也。一昨于解三处见明公咏孤桐篇，骨气端翔，音情顿挫，光英朗练，有金石声。遂用洗心饰视，发挥幽郁，不图正始之音，复睹于兹，可使建安作者相视而笑。（《修竹篇序》）

　　在这篇以书代序的短文里，我们要注意陈子昂在文学思想上的重要内容。

　　（一）他首先一般地批判了建安正始以后到武后时期几百年的形式主义文学的总倾向，特别对齐梁年间的诗歌，表示强烈不满，文字之间，轻重程度很有不同。一方面显示出他对文学历史发展过程的深刻认识，同时也说明他观察文学的眼力非常锐敏，能够从实际出发，从一般中看到特殊，集中力量，攻击要害，在批判中显得旗帜鲜明。

　　（二）他在反对形式主义文学逆流的批判中，肯定了诗歌历史中的进步主流，指明风雅、汉魏、正始诗歌的优良传统和艺术成就，反映出他在文学发展的总趋势中所认识到的文学思想斗争的历史道路和正确观点。

　　（三）他在肯定诗歌历史的进步主流中，特别提出"风骨""兴寄"两个特点，来说明进步诗歌的精神实质。他在这方面，一面是受到《文心雕龙》和《诗品》的启发，更重要的是他由于当日社会基础、文学环境和他自己在文学实践中的教育和体会，进一步认识到"风骨"和"兴寄"在诗歌创作中的重要意义和作用。刘勰谈过风骨，钟嵘谈过风力，它们的含义如何，今天暂不讨论，但在陈子昂的文章里，风与骨不能分开，是把它作为一个完整的艺术概念，其实际意义是在诗歌创作中内容与形式统一以后所表现出来的艺术精神力量，而其主要的构成因素，是反映现实社会生活的思想内容。风雅之篇，汉魏之作，正始之音，它们能够成为进步主流，正因为它们或多或少地具有这种风骨，所谓"骨气端翔，音情顿挫"，就是这种艺术精神力量的说明。陈子昂反对"彩丽竞繁"的形式主义，追求诗经的风雅，汉魏的风骨和正始的声音，并不是无原则的复古，而是批判性地创造性地继承和发扬遗产的优良传统，指出诗歌发展的正确道路，具有文学革新的积极意义。所谓"兴寄"，也就近于刘勰所谈的比兴，这有关于创作精神和创作方法。简言之，诗歌创作要能"托物寄兴""因物喻志"，也就是要有内容和理想，坚决反对那些言之无物、无病呻吟、专讲辞藻格律的作品。从"风骨"和"兴寄"两个特点，他非常概括地说明了进步诗歌和形式主义诗歌的主要分歧和它们本质上的差别。

（四）陈子昂在序文里，表达了他在文学革新运动中的自觉性和主动精神。他看到齐梁间"彩丽竞繁"的诗歌，"每以永叹"，"思古人常恐逶迤颓靡，风雅不作，以耿耿也"，从这里我们可以体会到他这种自觉性和主动精神在文学革新中所起的积极作用。

陈子昂不同于刘勰和钟嵘的，是既有理论指导创作，又有创作来扩大理论的影响。他不同于四杰的，是在文学思想上具有较高的觉悟，创作上发挥了较大的力量，因而取得了更大的成就和影响。在这样的条件下，陈子昂在唐代文学思想斗争史上得到了重要的历史地位。"崛起江汉，虎视函夏，卓立千古，横制颓波，天下翕然，质文一变"（《陈伯玉文集序》），卢藏用把他强烈的文学革新精神和历史价值，提到很高的原则，作出了正确的评价。韩愈说他："国朝盛文章，子昂始高蹈"（《荐士诗》），元好问说他："论功若准平吴例，合著黄金铸子昂"（《论诗绝句》），他们都是从他的历史意义和思想影响来评价他，是很正确的。陈子昂这种力抗几百年来形式主义的反动思潮，树起文学革新的鲜明旗帜，勇往直前破旧立新的精神，在文学思想斗争中坚持正确道路的强烈意志，就是在今天看来，仍然具有积极意义。

三

武则天的政治历史，在某些方面确实具有进步意义。她大刀阔斧地打垮了关陇的贵族集团，加强科举制度，积极扶植政治上的新兴力量，这对于唐代下一阶段的政治文化的发展，起了显著作用。但我们必须指出：当日官吏的贪暴专横，徭役赋税的繁重和人民生活的困苦，都是不能否认的现实。

> 曩属北胡侵塞，西戎寇边，兵革相屠，向历十载。关河自北，转输幽燕，秦蜀之西，驰骛湟海，当时天下疲极矣。重以大兵之后，屡遭凶年，流离饥饿，死丧略半。（《谏用刑书》）

> 夫妻不得相保，父子不得相养。自剑以南，爰至河陇秦凉之间，山东则有青徐曹汴，河北则有沧瀛恒赵，莫不或被饥荒，或遭水旱，兵役转输，疾疫死亡，流离分散，十至四五，可谓不安矣。（《上军国利害事三条》）

在陈子昂的这些文字里，反映出当日社会民生的实际情况。当日的历史特点，在阶级矛盾的普遍基础上，表现得更突出更尖锐的是封建统治阶级内部的矛盾和斗争。特别是武则天称帝以后，她为了巩固政权，一方面是任用亲信，另一方面是采取告密和严刑的残暴统治，于是武承嗣、武三思、武懿宗、薛怀义、张易之、张昌宗这些皇亲宠佞，索元礼、周兴、来俊臣这一批爪牙，掌揽朝政大权，作威作福。结果是杀人杀得多的可以升大官，告密告得多的可以获重赏。这批酷吏，"相与私畜无赖数百人，专以告密为事，欲陷一人，辄令数处俱告，事状如一。俊臣与司刑评事洛阳万国俊共撰'罗织经'数千言，教其徒网罗无辜，织成反状，构造布置，皆有支节。太后得告密者，辄令元礼等推之，竞为讯囚酷法，有'定百脉''突地吼''死猪愁''求破家''反是实'等名号。或以椽关手足而转之，谓之'凤凰晒翅'；或以物绊其腰，引枷向前，谓之'驴驹拔撅'；或使跪捧枷，累甓其上，谓之'仙人献果'；或使立高木，引枷尾向后，谓之'玉女登梯'；或倒悬石缒其首，或以醋灌鼻，或以铁圈毂其首而加楔，至有脑裂髓出者。每得因，辄先陈其械具以示之，皆战栗流汗，望风自诬"（《通鉴·唐纪》十九）。这样的政治恐怖，在陈子昂的诗文里，都得到了证实。他说："顷年以来，伏见诸方告密，囚累百千辈，大抵所告者皆以扬州为名。及其穷究，百无一实。陛下仁恕，又屈法容之。傍讦他事，亦为推劾。遂使奸恶之党，决意相仇；睚眦之嫌，即称有密。一人被讼，百人满狱，使者推捕，冠盖如云。"（《谏用刑书》）《感遇》诗云："深居观元化，悱然争朵颐。谗说相啖食，利害纷嚣嚣"（第十）；"怨憎未相复，亲爱生祸罗。瑶台倾巧笑，玉杯殒双娥"（十二）；"贵人难得意，赏爱在须臾。莫以心如玉，探他明月珠"（十五）；他在这些诗句里，曲曲折折地描绘出当日的政治空气，吐露出非常悲愤的感情。"云海方荡潏，孤鳞安得宁"（二十二）；"倾夺相夸侈，不知身所终"（第五），真令人感到是非莫辨、玉石俱焚、人人自危、朝不保夕的恐怖。这样政治环境，这样无比残酷和激烈的封建统治阶级内部的斗争，直接影响到陈子昂的思想变化和文学创作精神。他的主要作品，都产生在这一个时期，我们了解这一时期的历史特点，在理解他的文学精神上有很大的帮助。

陈子昂和阮籍的历史时代固然不同，但在封建统治阶级内部激烈的政治斗争所给予作家的精神影响方面，陈子昂和阮籍有许多近似的地方。"不图正始之音，复睹于兹"（《修竹篇序》），"怅尔咏怀，曾无阮籍之思"（《上薛令文章启》），他这样欣赏正始之音和尊重阮籍，从这里我们可以体会到他们在文学精神上共同基础的一面。他强调汉魏诗歌的风骨，自己的作品并不能提高到汉魏乐府歌辞的水平，他的《感遇》诗虽说大大地突破了齐梁的形式主义，提高了诗歌的风格，然其大部分作品的成就，仍然在阮籍《咏怀》诗的左右徘徊。《感遇》诗中所表现的那种隐晦曲折的比兴和那种游仙之情和无常之感，在《咏怀》诗中虽说表现得更为浓厚，但它们的基调是相同的。颜延年说阮籍的诗："志在刺讥，而文多隐避"，正是他们诗歌创作的共同倾向。"徘徊何所见，忧思独伤心"（《咏怀》）；"徂落方自此，感叹何时平"（《感遇》），他们的思想感情，何等近似！

但陈子昂毕竟和阮籍不同，最重要的是：阮籍的生活领域非常狭小，只是周旋于达官名士之间，纵酒谈玄，反抗礼法。他对于封建统治阶级内部激烈斗争的黑暗环境有深刻的体会，但他远离现实，视野不广，看不到社会矛盾和人民穷困生活的真实面貌，因此他只能写出《咏怀》和《大人先生传》一类的诗文。陈子昂则不同，他从青年时代起，就熟悉人民生活，从政以后，关心国家大事，积极参加政治斗争，一再上书，正言直谏，后又两度出征。在实际的政治生活中，他受到种种挫折。这一切丰富了他的生活，提高了他的认识，使他在文学理论和文学创作上具有比较广阔的社会现实的思想基础。由于他在封建统治阶级内部激烈斗争中所受到的恐怖政治的实际影响，虽有不少作品，追随了阮籍的创作倾向，但正因为他具有比较广阔的社会现实的思想基础，他又能前进一步，创造出一些在内容和风格上不同于阮籍的诗文。"蜀中诸州百姓所以逃亡者，实缘官人贪暴，不奉国法，典吏游客，因此侵渔。剥夺既深，人不堪命，百姓失业，因即逃亡"（《上蜀川安危事》）。他在这里说明了封建社会人民穷苦的根源和封建剥削政治的腐朽本质。他的《答制问事》《谏政理书》《谏用刑书》《谏雅州讨生羌书》一类的文章，不仅形式上初步突破了骈俪的文风，更重要的是在内容上具有鲜明的政治倾向。

丁亥岁云暮，西山事甲兵。赢粮匝邛道，荷戟争羌城。严冬阴风劲，穷岫泄云生。昏曀无昼夜，羽檄复相惊。拳踞竞万仞，崩危走九冥。籍籍峰壑里，哀哀冰雪行。圣人御宇宙，闻道泰阶平。肉食谋何失，藜藿缅纵横。（《感遇》二十九）

本为贵公子，平生实爱才。感时思报国，拔剑起蒿莱。西驰丁零塞，北上单于台。登山见千里，怀古心悠哉！谁言未亡祸，磨灭成尘埃。（《感遇》三十五）

前不见古人，后不见来者。念天地之悠悠，独怆然而涕下。（《登幽州台歌》）

垂拱三年（687），武后准备开凿蜀山道路，由雅州进攻四川西南的羌族，他在《谏雅州讨生羌书》里，非常正确地论辩了这次战争的失策，第一首诗正是描绘这种非正义战争带给人民的苦难。第二首诗表现了书生报国的政治热情。《登幽州台歌》是陈子昂最富于代表性的作品，它以高古苍凉的调子，集中地唱出了在封建政治环境中，进步知识分子由于理想与现实的矛盾所造成的悲愤感情。这四句短诗，具有《离骚》和《天问》基本情调中重要的一面。这类倾向鲜明的作品，在阮籍的《咏怀》诗里，就很少看见。其他如"呦呦南山鹿""圣人不利己""荒哉穆天子""苍苍丁零塞""微霜知岁宴""朔风吹海树""兰若生春夏""林居病时久"诸篇，或是描写边陲，或是讽刺荒淫，或是批判朝政，或是抒写悲愤，都是较好的作品。总的来说，陈子昂的诗歌确实存在着阮籍的色彩情调，但有些作品，已经从"咏怀"诗前进了一步，愈来愈同李白接近了。陈子昂好纵横之学，追慕鲁仲连、燕昭王一类人物，他那种傲岸不群的性格，豪迈果敢的精神，常常令人想起李白的面影来。"观其逸足骎骎，方将抟扶摇而凌太清，猎遗风而薄嵩岱"（《陈伯玉文集序》），卢藏用这样描绘，固然有些夸张，但在这里确实可以看到陈子昂的精神形象的特点。这种精神形象的特点，到了李白就更为具体和生动了。我们可以说，陈子昂的诗歌创作，是一手抓住阮籍，另一只手又伸给李白，他站在中间，头是向前看的。从"咏怀"到"感遇"到李白的"古风"和其他乐府诗篇，我们看到了文学思想发展的历史道路，看到了他们的作品在形式主义潮流中所起的进步作用和战斗意义。

基于这样的理解，积极浪漫主义是陈子昂文学精神中的主要倾向。陈子昂的文学理论集中地表现在《修竹篇》的序文里，《修竹篇》那首诗，应当是他的理论实践的范例。他自己说："故感叹雅作，作修竹诗一篇，当有知音，以传示之。"他这样重视这首诗，希望有知音来传示它，我们把这首诗来简略地加以分析，是很有必要的。诗的内容并不复杂，他把自己比为一根竹子，来陈诉他的理想。在第一段里描绘了它的坚贞品质："龙种生南岳，孤翠郁亭亭……岁寒霜雪苦，含彩独青青。岂不厌凝冽，羞比春木荣。春木有荣歇，此节无凋零。"第二段接下去，借那根竹子后来被雕成乐器演奏天庭的象征，来说明自己学成业就，从事政治，将要大展怀抱的理想。他这样写着："信蒙雕斫美，常愿事仙灵。驱驰翠虬驾，伊郁紫鸾笙。结交嬴台女，吟弄升天行。携手登白日，远游戏赤城。低昂玄鹤舞，断续彩云生。永随众仙去，三山游玉京。"从这里我们体会到了他所说的"兴寄"的实质，明确了他的创作方法的主要倾向。他的"感遇"诗，大都表现了这种倾向。他在诗中驱使着龙种、凤鸣、金奏、玉英、天庭、仙灵一类夸张的语言，使用着升天行、登白日、戏赤城、游玉京一连串非现实的字眼，香草美人的比喻，飞天入地的构思，从现实中寄托理想，从比喻中表达志愿，这样的创作方法和语言特点，在屈原、曹植、阮籍以及后来李白诸人的作品里，到处可以看见。他们在程度上虽有不同，作品的现实意义与艺术成就也很有高下，但创作方法的基本精神和倾向是一脉相通的。

不满黑暗现实，反抗黑暗现实，从不满和反抗中，表达自己的理想，是陈子昂浪漫主义的基本特征。他的文学理论是如此，诗歌创作也是如此。

不满形式主义，反对形式主义，在不满和反抗中，表达追求汉魏风骨和正始之音的理想。不满当日的政治现实，反抗当日的政治现实，在不满和反抗中，寄托着自己的民为邦本的政治理想和对古代政治家的怀念。在当日封建恐怖政治的环境里，诗人的理想与现实存在着无法克服的矛盾，因此他在诗歌里表现出反抗现实的愤慨不平的感情和悲凉感慨的情调。他的《登幽州台歌》《蓟丘览古赠卢居士藏用》和《感遇》中的一些篇章，都体现出他这种精神。

在陈子昂的作品里，也还存在着一些缺点。诗歌反映的社会内容不够广阔，消极因素还占有一定的地位，诗歌的语言和体裁还不够丰富、缺少变化，散文中的骈俪气息还有不少的残余等等，都是无可否认的。这一切都有待于李白、杜甫、白居易、韩愈诸大家们出来，再来提高发展，争取更大的成就，把唐代文学推到一个高峰。但在七世纪下半期的唐代文坛，陈子昂完成了他的历史任务。他用他的文学理论和创作，击破了几百年来形式主义的反动思潮，转变一代风气，替后来的进步文学铺平了道路，这是他在文学上的主要成就，也就是他所完成了的光荣的历史任务。

一九六一年二月廿五日上海

杜甫的道路 *

杜甫在中国古典诗歌的历史上，保持着极重要的地位。在他许多优秀的作品里，真实地反映了那一时代的政治经济情况和阶级矛盾，深刻地表现了穷苦人民的生活情感，正确地分析了当代内乱外患的种种原因。他的雄伟沉痛的诗篇，将唐代八世纪安史变乱前后二十年间的社会，画成了一幅鲜明的历史图画。通过形象的集中的表现，杜甫作品的思想性与艺术性高度地结合起来，成为中国古典诗人中最伟大的现实主义者之一。同时，也使我们明了，杜甫的生活、思想与作品发展的道路，是经过了如何艰苦的历程。

杜甫生于公元七一二年，死于公元七七〇年，在这五十九年中，正是唐朝由繁荣安定转入于动摇衰弱的时代。宫廷贵族的荒淫腐化，统治阶级对于农民残酷的剥削，内战的发动，外族的侵入，由于这许多矛盾，唐朝从强盛富庶的顶点，一天天地衰败下去，几乎至于灭亡。杜甫的一生，就同这一时代紧紧联系在一起，因为他忠于现实忠于人民，使得他的生活和作品，成为那时代的社会生活的一个具体的反映，从前的批评家，称他为"诗史"，这是非常恰当的。

杜甫是在开元的"盛世"中成长起来的。那时候唐朝的统一快一百年了，李世民的向外扩展，早已得到胜利结束，由于长期的休养生息，农业生产的发展，工商业和交通的发达，造成高度的社会经济的繁荣。《旧唐书》上说：连年丰收，京师一斛米不满二百文，社会安定，出门行万里路，不必带武器。杜甫在晚年，回忆这时的情况："忆昔开元全盛日，小邑犹藏万

---

* 本文原刊于《解放日报》（1953 年 4 月 13 日）。

家室。稻米流脂粟米白，公私仓廪俱丰实。九州道路无豺虎，远行不劳吉日出。齐纨鲁缟车班班，男耕女织不相失。"（《忆昔》）这真是一个黄金时代。在这样一个经济繁荣的社会基础上，当日的文艺界，形成一种强烈的浪漫风气。许多诗人画家，都在做着空虚的幻梦，追求官能的快乐，或是修佛求道，或是饮酒游山，探求个人灵魂的自由与解放。他们觉得只有超脱实际的社会与人生，才能得到生活的趣味与艺术的美境。在王维、孟浩然、李太白的诗篇里，涂满了这种虚无的浪漫的色彩。杜甫的《饮中八仙歌》，更是一幅那一时代的浪漫思想与浪漫生活的鲜明的图画。他在百计求官、志不获售的情况下，也就不可避免地受了当日那种浪漫思想和风气的影响。

杜甫出身于悠久的官僚传统的家庭，七岁能作诗，九岁能写得很好的大字，十四五岁，出游于翰墨之场，有人称许他像扬雄和班固。他欢喜结交老辈朋友，自高自大的看不起人，觉得什么人都是"俗物"。从二十岁到二十九岁，他曾作过两次壮游。第一次是南游吴越，为江南的美丽山水和六朝的风流文物所陶醉。第二次是北游齐赵，认识了一些朋友，在长林丰草之间，呼鹰逐兔，打猎取乐，过了好几年裘马清狂的生活。后来回到洛阳，同当代有名的诗人李白相识，他首先为李白那种"仙风道骨"的风格所吸引。他们北渡黄河，到山西王屋山去参拜道士华盖君。后来又同到山东东蒙山，访问道士董炼士和元逸人，在梁宋一带那些充满游侠生活的都市和仙道空气的山水中，他俩结下了深厚的友情。秋夜共被睡觉，白天携手同行。在唱和的诗歌里，留下许多求药炼丹的道家的术语。杜甫到了晚年，也承认这一时期的生活是放荡的浪漫的。在这种生活环境下，杜甫不可能接触到实际的社会与人生，因此这一时期留下来的作品，内容非常贫弱，无论从艺术的或是社会的观点上看，都没有什么光彩。

时代在等着杜甫的前进和转变，他三十五岁到了当时的政治文化的中心——长安。长安十年的旅居，决定了杜甫思想发展的道路。使他在极其贫困的现实生活里，养成了对于当代政治和社会的细致的观察力。他过的生活，是"朝扣富儿门，暮随肥马尘。残羹与冷炙，到处潜悲辛。"（《奉赠韦左丞丈》）后来他寄居在奉先的幼儿，也因饥饿而死。诗人的生活悲惨到如此地步，我们也可想象到封建社会的黑暗。

从前过着裘马清狂的浪漫生活的杜甫，一旦落在这样穷困的生活里，他不得不张开眼睛，来探索这政治和社会的病根。细心的观察和长期的探索，使我们的诗人，受到了丰富的政治教育和社会教育。天宝年间的表面繁荣，他看出了内部孕育的严重危机。李隆基（玄宗）自以为天下太平，无忧无虑。大量地利用仓库内的粮食和布帛，不断地发动边疆的战争，大批大批的农民，被征调到遥远的北方去打仗。内部呢？宫廷贵族正过着无耻的荒淫奢侈的生活。杨贵妃三姊妹，杨国忠三兄弟，掌握了一切的政权和财权。贵妃院中的绣织工人，就有七百多，中外官吏送来的珠宝，无法计数。她的姊妹兄弟们，大修房屋，堂皇美丽，胜过皇宫。这些贵族们送给皇帝的食品，山珍海味总是几千盘，每次用几百人的队伍护送。一盘的价钱，要值十户中等人家的财产。杨国忠做丞相，贪污受贿，金银财宝，堆积如山，绫罗绢帛，积累到三千万匹。统治阶级享受这种淫侈的生活，势必加紧对农民的剥削。穷苦的农民除了完粮纳税以外，还要大批地被征调出去从事不义的战争。在这种环境下，再加以天灾，于是广大的人民，都陷入了流离转徙和饥饿死亡的悲惨境遇。在这样一个表面称为盛世而内部隐藏着各种危机和各种矛盾的天宝社会，只要外面有一点风吹草动，就会崩溃和瓦解的。杜甫住在长安，由于自己的生活体验，耳闻目见，渐渐地接触到社会的实际，他开始将自己的苦痛同人民的苦痛结合起来，以人民的感情改变了个人的感情。他逐步地向人民靠拢，这时他的观察力格外细致，分析力格外锐敏。在咸阳桥上，他看见了大批的农民被抽调出征，他们的父母妻子都在哭泣相送。杜甫心里感到无限的悲痛。他看到这样严重地破坏生产，结果必然会造成农村破产，人民饥饿。"君不闻汉家山东二百州，千村万落生荆杞。纵有健妇把锄犁，禾生陇亩无东西。"（《兵车行》）男人走尽了，田没有人耕，但是租税并不能少。"县官急索租，租税从何出？信知生男恶，反是生女好。生女犹得嫁比邻，生男埋没随百草。"（同上）这时候杜甫的思想感情完全与人民的思想感情融合在一起，他用他锋利的笔触，写出了不朽的《兵车行》。在《兵车行》里，充满着广大人民的呼声，表现了现实主义的创作精神。

从此，杜甫所接触所观察的社会，更加广泛与深入。当时一切腐化的黑暗的苦痛的现象，一一都映入了他的眼帘。他在《丽人行》的诗篇里，用强烈讽刺的笔锋，刻画了杨贵妃、杨国忠兄弟姊妹们荒淫无耻的面貌。"朱门酒肉臭，路有冻死骨"（《自京赴奉先》），"甲第纷纷厌粱肉"（《醉时歌》），"彤庭所分帛，本自寒女出。鞭挞其夫家，聚敛贡城阙"（《自京赴奉先》），"朱门务倾夺，赤族迭罹殃。国马竭粟豆，官鸡输稻粱。"（《壮游》）在这些诗句里，反映当时的阶级矛盾，是多么分明，阶级意识的对立，是多么尖锐。他体会到统治阶级的残酷剥削，是造成人民饥饿死亡的根源。在《自京赴奉先县咏怀》的长篇里，通过优美的艺术手法，表达了深刻的现实思想。

果然，天宝十四年，安禄山反了。这一夹杂着种族斗争的内乱，延长到八年之久。破潼关，陷长安，李隆基逃到四川，真是弄得天翻地覆。被祸的地方，波及北方广大的区域，受害最深的自然是穷苦人民。这几年中，杜甫始终与祸乱相纠结，他带着妻儿们同老百姓一起逃难，日饥夜饿，衣不蔽体。他经历过荒凉凄惨的战场，路旁都堆着白骨。他在途中，为乱兵所虏，送到长安，亲眼看见沦陷了的京城的景象。满街都是胡兵，唱歌饮酒，刀剑上残留着人民的鲜血。后来他偷偷地逃出长安，跑到凤翔，得到一个官职，不久又贬为华州司功。这时候，他曾回到洛阳一次，在往返的途中，亲身体验到战祸期间民间生活的疾苦。房屋烧光了，壮丁抽调一空，最后连老头子老太婆，也被迫去出征。他尝到了一切痛苦的生活，看到了一切残酷的现象，他有了这样多方面的生活体验，不仅丰富了作品的思想内容，还提高了他的诗歌艺术的技巧。《悲陈陶》《春望》《述怀》《羌村》《北征》和"三吏""三别"，都是他在这一时期留下来的最优秀的作品。在这些作品里，他不仅生动地描写了社会离乱的真实情况，还表露了热爱祖国热爱人民的深厚的感情。杜甫的现实主义，在这些诗篇里，放射出来灿烂夺目的光辉。

杜甫在四十四岁那年的七月，离开久住的陕西，携家到甘肃的秦州（天水）。他在那里看见了吐蕃势力的膨胀，秦州西北的州县，大部沦陷，吐蕃正伺机东侵。杜甫几年来在关内受尽战祸的苦痛，看到祖国的残破，不料刚一越过陇山，又接触到外患的危机。他当时所作的诗里，时时提示这一消息。果然，不到四年，吐蕃入寇，攻陷了长安。他在秦州住了不久，又到同谷（甘肃成县），生活非常穷困，在雪中挖土芋，在山上拾橡了过活。他写了《空囊》《发秦州》《乾元中寓居同谷县作歌》这些极其沉痛的作品。就在那年的年底，他由同谷到四川去。他在秦州，在从同谷经剑阁入川的流亡途中，经历了许多艰险雄奇的山水，在他许多诗中，留下了壮丽的图影。使得后代的读者，缅想河山，历历在目，发出对祖国伟大自然的无限热爱。

杜甫在四川住了八年，那里也到处发生军事的变乱，正是"故国犹兵马，他乡亦鼓鼙"（《出郭》）。他只好东奔西走地到处飘荡。他到过成都、梓州、涌泉、汉州、阆州、戎州、渝州、忠州、夔州各处。住得较为长久的，是成都和夔州。这两个地方，有许多历史遗迹，他在那里写了不少怀古的诗歌，他那时已年老多病，看见各地战乱未息，人民处在水深火热之中，在他许多诗篇里，仍是念念不忘于祖国和人民。他将自己过去的经历，写成了一些回忆的诗，好像是他一生的悲剧的总结。如《忆昔》《壮游》《遣怀》诸篇，都是研究杜甫和他的时代的重要史料。他这一时期的作品，有许多是过于偏重技巧与辞藻，但现实性的诗歌仍然很多。如《茅屋为秋风所破歌》《百忧集行》《闻官军收河南河北》《三绝句》《负薪行》《白帝》《缚鸡行》《观公孙大娘弟子舞剑器行》《又呈吴郎》诸诗，都是非常优秀的作品。

杜甫五十七岁，离开四川，到湖北江陵，年终抵湖南岳州。他站在岳阳楼上，望着祖国伟大自然的洞庭湖水，想到自己是衰老多病，饥饿沦落，各处都是兵连祸结，民不聊生，于是靠着栏杆痛哭一场。他在岳州住了一些时候，看见湖旁劳动人民的苦痛生活，他写了《岁晏行》，这是他晚年的杰作。他后来辗转流离于潭州、衡州、耒阳之间，中途遇着兵乱，又开始逃难。穷困多病，无家可归，靠着卖药来维持生活。有名的《逃难》诗，就写在这时候。

> 五十白头翁，南北逃世难。
>
> 疏布缠枯骨，奔走苦不暖。
>
> 已衰病方入，四海一涂炭。
>
> 乾坤万里内，莫见容身畔。
>
> 妻孥复随我，回首共悲叹。
>
> 故国莽丘墟，邻里各分散。
>
> 归路从此迷，涕尽湘江岸。

不久，在穷病衰老的悲惨的境遇下，杜甫就寂寞地死去了，享年五十九岁。他的死所，可能离屈原沉江之地不远。"归路从此迷，涕尽湘江岸"，千古长流的湘水，永远纪念着这两位伟大的古典诗人的悲剧。

上面简单的叙述，我们看出了杜甫的思想和作品发展的过程。他在社会实际生活的体验中，逐步地从浪漫的空气和个人的小天地里解放出来，走向人民，走向现实主义的道路。他只有走上了这条道路，才能从爱家族转变到爱祖国，从爱个人转变到爱人民，才能超越自己的阶级，将自己的思想情感，转变到被压迫被统治的群众方面来。他的作品，才能放射有力的光芒，彻底肃清六朝文风的华靡和浪漫诗派的空虚。"减米散同舟，路难思共济"（《解忧》），"焉得铸甲作农器，一寸荒田牛得耕"（《蚕谷行》），"安得广厦千万间，大庇天下寒士俱欢颜"（《茅屋为秋风所破歌》），有了这样深厚的社会思想的基础，诗人的思想情感才真能同人民的生活融成一片。杜甫在中国诗史上能占有这样崇高的地位，我们首先应该从这一方面去理解他。

杜甫诗歌的特色，是继承了《诗经》"国风"和汉代乐府的优良传统，他在这一富于人民性现实性的优良传统的基础上，提高了他的创作的生命力。他发挥了国风、乐府的现实主义的精神，大量地吸取民间的语言，消化提炼，丰富了他的诗歌的言语，使得他的歌唱，同人民的生活情感更加接近，在表达情意、描画人物和叙述故事上，显得格外生动和真实。在杜甫集中，凡是代表性的作品，大都是用的白话化的浅近言语、民歌式的乐府体。《兵车行》《丽人行》《羌村》，"三吏""三别"，都是典型的例子。从曹植到李白，作乐府的人也很多，文字是柔美，内容是艳情，形式是模拟剽窃，陈陈相因。到了杜甫，才"上悯国难，下痛民穷，随意立题，尽脱前人窠臼"。发挥国风、乐府的精神，运用民间的言语，是杜甫诗歌的重要特色。他在这方面有极大的成就。杜甫是国风乐府的真正继承者。

杜甫作诗的态度是非常严肃的。他把作诗看作是自己的重要事业。"诗是吾家事，人传世上情"（《宗武生日》），他用这样的诗句来勉励他的儿子，他对于作诗的态度和要求，说过下面这些话："别裁伪体亲风雅，转益多师是汝师"（《戏为六绝句》），"新诗改罢自长吟……颇学阴何苦用心"（《解闷》），"读书破万卷，下笔如有神"（《奉赠韦左丞丈》），"为人性僻耽佳句，语不惊人死不休"（《江上值水如海势聊短述》）。他这种勤于学习、细心修改、认真写作的严肃态度，是值得我们学习的。

杜甫一生的悲剧，是黑暗的封建社会与腐败的统治阶级所造成的。一个成为人民喉舌的诗人，必然要被封建统治阶级所排斥，结果乃为流亡饥饿与疾病所包围，终于悲惨地死去，屈原是如此，杜甫也是如此。但他们那些热爱祖国、热爱人民的作品，永远新鲜地流传在人民的口头。

柳宗元及其散文 *

柳宗元是唐代现实主义的散文家，进步的思想家。他是韩愈散文运动有力的支持者、宣传者，在中国散文史上，有重要的地位。

柳宗元时代，是一个政治腐败、阶级矛盾非常尖锐的时代。安史乱后虽得到暂时表面的安定，但带来的是社会经济的严重破坏，无数城市和农村的残破，演成地方军阀割据独立的局面，他们都手握重兵，各自为政，任免官吏，截留税收，兼并土地，剥削人民。朝廷内部的权力，大部分掌握在宦官的手里。代宗、德宗、宪宗三朝，宦官的势力逐步扩大，他们在皇帝的幕后，操纵军政大权，在政治上形成控制唐王朝的巨大力量。

宦官当政，一面是勾结有力的地方军阀，内外呼应，结党营私，横征暴敛，度其腐朽的荒淫生活；同时又勾结内部的贵族官僚，朋比为奸，左右朝政，对那些正直善良的官吏，加以排除和打击，贬谪或杀害，造成无比的黑暗和恐怖。这一时代，由于封建统治阶级内部矛盾的尖锐，形成政治上错综复杂的激烈斗争；再由于藩镇的割据和官僚地主的残酷剥削，人民生活日益穷困，也就加深了阶级的矛盾。柳宗元生长在这样的时代，他在政治上受到严重的迫害，在文学上对于社会现实和自己的悲惨境遇，作了深刻的反映；他的生活道路和文学道路，是紧密地结合在一起的。

柳宗元原籍河东，实际生长于陕西的万年（长安），是一个中小地主家庭出身的知识分子。他的父亲柳镇，是有名的刚直之士，为了反抗权贵，在政治上遭受到种种的挫折。柳宗元童年时代，他父亲流浪江南，他同母亲留住在家中，在他母亲的教育下，刻苦读书，十三岁的时候，便能写出

* 本文原刊于《光明日报·文学遗产》第 219 期（1958 年 7 月 27 日），收录于《文学遗产选集》三辑（中华书局 1960 年版）。

很好的文章，受到时人的赞美。柳宗元在他后来所写的追念他父母的文章里，对于他父亲那种不媚权贵的高贵品质和他母亲勤恳严肃的教育精神，表示无比的敬爱。他父母的那种精神，给予柳宗元很大的影响。

柳宗元登进士第后，做过校书郎和蓝田县尉，三十一岁为监察御史。他这时候不仅学问文章为时辈所推许，他的政治才干，更为时人所钦佩。"俊杰廉悍，议论证据今古，出入经史百子，踔厉风发，率常屈其座人，名声大振，一时皆慕与之交，诸公要人，争欲令出我门下，交口荐誉之"（见《柳子厚墓志铭》）。从韩愈这一段文字里，我们可以想见他的过人的文采和超特的政治见识。

一

正因如此，当时以王叔文为首的一个进步的政治集团，汲引了柳宗元；他和他们结合在一起，想在政治上有所改革。这一政治集团，是一群比较进步的青年官吏，依附在当时皇太子的周围而形成起来的。他们反对宦官当权，反对贵族官僚，反对横征暴敛，反对政治上种种不合理的措施，他们团结了一批志同道合的朋友，希望皇太子当政的时候，来做一番改革政治的事业。

后来德宗死了，皇太子即位，是谓顺宗。王叔文等掌握了政权，柳宗元做了礼部员外郎，开始了政治的改革。他们废除了德宗时期许多害民的政令，夺回了宦官手里的兵权和财权，大赦罪人，蠲免民间的积欠，正贡以外，罢免一切的苛杂进奉，后宫及教坊女妓六百多人，被放出宫，长安市民所痛恨的宫市，也都下令罢免。他们这些深得人心的革新措施，却遭到宦官和贵族官僚们的强烈反对。这一腐朽集团，一面勾结藩镇，一面逼迫多病的顺宗退位，并且千方百计地诬陷王叔文他们是无耻的邪党，是争权夺利的小人。不到一年，顺宗终于退位，宪宗在宦官大力支持下登朝，在严厉的迫害和打击下，王叔文这一新进的政治集团，有的被赐死，有的被贬谪，一下子就风流云散地全部瓦解了。柳宗元贬为邵州刺史，继贬为永州司马，当时同柳宗元一起遭贬为司马的，还有名诗人刘禹锡等七人，世称八司马。

中国的旧历史家，对于王叔文集团这一次的政治运动，看作是树党营私的阴谋，给他们各种各样的诽谤，这是不正确的。那样的看法，不仅歪曲了政治上的新旧势力斗争的真实历史，同时也歪曲了柳宗元的进步政治思想。

柳宗元贬为永州司马，整整十年，再调为柳州刺史。那地方更荒僻，生活更穷苦。但他始终不妥协，不投降，一直坚持他的信念，保持他的优良品质，终于死在柳州，年四十七岁。他在贬谪的艰苦岁月中，深入社会，考察民情，推行善政，深得人心。并且指导知识青年，学习写作。自己更刻苦读书，研究学问，把生命寄托在文学事业上，写成了许多优秀的散文和诗歌。《新唐书》本传说他："既窜斥，地又荒疠，因自放山泽间，其堙厄感郁，一寓诸文，仿《离骚》数十篇，读者咸悲恻。"这记载是很真实的。柳宗元在政治上是失败了，但在文学上的成就却是光辉的。

柳宗元不仅是杰出的散文家，同时也是进步的思想家。他在《禖说》《天说》诸文里，否定了神权、天意的存在，彻底批判了一切有神论的天人感应说和各种各样的宗教迷信，在《封建论》里，他指出封建社会形成于"势"不是圣人之意，也不是天意，这是一篇极有力量的文章。为时代所限，他虽说非常不满意封建制度，但终于找不到真正的出路。在《永州铁炉步志》里，对那种世袭的腐朽的贵族制度，加以严厉的谴责。由于这些作品，使柳宗元在思想上，放出无神论的近于唯物观点的光辉，对封建制度，对那些名不符实卑鄙无耻的贵族官僚，予以强烈的批判和反抗。在这一方面，柳宗元是远远超过他的朋友韩愈的。

二

在中国文学史上，从一世纪到八世纪，是散文的衰落时期。汉魏之际，文章渐趋妍华，已有对偶的倾向。两晋文人承接这种趋势，加以推演，开创骈俪的风气。到了南朝，由于声律论的兴起，由于宫廷贵族的文人，专心在声病俪词以及形式美丽方面争奇斗胜，结果是把骈文推到了高峰。骈俪文学是一种以华美的词藻、对偶的字句和严格的音律为主，缺少思想内容，为宫廷贵族服务的形式主义的文学。由于骈文的大盛，当代一切的文章，都骈俪化，政论文、评论文、山水游记以及书信笔记等等，都成为骈体，于是散文一蹶不振。由隋到唐，骈风仍盛。李谔、王通以及唐初的史学家们，对于这种形式主义的华靡文风，虽作了严厉的批判，陈子昂、萧颖士、元结、独孤及、梁肃诸人，虽也提倡过散文，终于没有形成一个有力的运动。到了韩愈，一面接受先辈们的思想影响，一面在有利的历史基础上，以大胆的理论宣传和优秀的散文创作成就，开展一个有力的、有群众基础的反骈兴散的进步运动。他在思想上反对佛教，在文学上反对形式主义的骈文，这两点都是和宫廷贵族对立的。因此，这一运动，我们可以理解为新兴知识分子和贵族官僚在文学思想上、在文学形式上的斗争。韩愈的门徒李汉说："大拯颓风，教人自为。时人始而惊，中而笑且排，先生益坚，终而翕然随以定。呜呼，先生于文，摧陷廓清之功，比于武事，可谓雄伟不常者矣。"（《昌黎先生集序》）在这里可以看出这一运动的激烈斗争的社会意义。

在这一运动中，柳宗元献出了巨大的力量，他是韩愈的战友，是散文运动的大力推动者和创作者。他在学术思想上虽和韩愈有些不同，但在反对骈文复兴散文这一点上，是完全一致的。因此他们互相勉励，互相支持，一面攻击旧的，一面创造新的，使这一运动取得了光辉的胜利，对于后代的散文，发生了重大的影响。柳宗元死后，韩愈写过三篇纪念性的文章，对于他的生活、人品、悲惨的遭遇和他的散文成就，作了非常真实的描写和评价，表达出沉痛的哀悼和崇高的友情。

柳宗元早期的作品，还多少带有一些六朝骈文的气息。他的具有丰富思想内容和高度散文技巧的代表作品，大都产生在他贬谪以后。他在永州、柳州住了十多年，这十几年深入社会，接近人民的生活体验，给予他很大的政治教育和社会教育。他在长安所不能看到的所不能听到的地方官吏的专横、劳动人民的穷苦和社会上的种种黑暗现象，他都亲眼看到亲耳听到了。他观察事物的眼力更加锐敏，对于封建政治的腐朽本质，更加深入了解；一面是丰富了他作品的思想内容，同时也提高了他的散文风格，加强了他的现实主义的创作精神。由于他自己在政治上的失败和亲自体验到的流放生活的悲惨境遇，使他对于死在湖南的古代大诗人屈原，发生无比的仰慕和深切的同情。在他的《吊屈原文》《惩咎赋》《闵生赋》一类的作品里，用了《离骚》的体裁，非常动人地描写出自己在政治上的悲剧和精神上的痛苦，表现出他对封建政治的强烈不满。将近十五年的接近人民的贬谪生活，在柳宗元的思想和文学成就上，起了很大的影响和作用。

柳宗元在散文上的成就，首先引起我们注意的是他的寓言。在中国先秦诸子里，也有过寓言，那只是作为说理的譬喻，没有形成为独立的文学作品。到了柳宗元，寓言的创作，成为他文学中的重要部分，使他成为中国最优秀的寓言文学家。他的寓言，文字短小警策，意味深远，没有一篇不是富有思想内容的精美散文。他用笔很含蓄，然而又很尖锐，深入人类灵魂的深处，接触到事物的本质，表现出讽刺文学的特色。正如《伊索寓言》一样，柳宗元的寓言小品，大都是写的动物故事。柳宗元虽没有读过《伊索寓言》，但他是研究过佛学的。印度寓言，非常丰富，利用在宗教上，美妙绝伦，举世无匹。在魏晋以来，经过几百年佛教经典的翻译，许多印度的寓言，移植到中国来。如《百喻经》就是一本在中国流传最广的寓言集，柳宗元是受过印度寓言的影响的。如他的有名的《黔之驴》，在印度寓言集《五卷书》、寓言集《利益示教》和巴利文的《本生经》里，都有类似的题材。柳宗元虽受过印度寓言的影响，但他的作品，有他的独创精神和民族特点；他通过他自己对封建社会的深入观察和人民生活的体验，发掘官僚士大夫的种种缺点和剥削阶级自私自利的性格，再加以他自己的机智和幽默，以及他优秀的语言技巧，创造出具有现实主义精神和独特风格的寓言文学。

《三戒》是柳宗元三篇有名的寓言，文学价值很高。他通过小鹿、驴子、老鼠三种动物的生活悲剧，对于那些狐假虎威、狗仗人势、不学无术，恃宠而骄、吹牛拍马、作威作福的人物，投以强烈的讽刺和鞭打。他在《三戒》序言中说："吾恒恶世之人，不知推己之本，而乘物以逞，或依势以干非其类，出技以怒强，窃时以肆暴，然卒迨于祸。"这一类人物，在封建旧社会里，在每一个阶层里都是存在的。那些以贵族自夸的腐败官僚，凭借皇帝宠信而为非作歹的宦官们，正是这种人物的典型。柳宗元在寓言中所讽刺的对象非常广泛，而又具有典型的社会意义。他在《罴说》《鞭贾》两篇里，对于那些夸夸其谈，虚有其表的大人物，也是描绘得很真实很可笑的。

《蝜蝂传》同样富于现实的意义。他借一个至死不悔的善负小虫，加以真实、深刻而又生动的描写，刻画出剥削阶级一般的贪污形象，反映出封建统治阶级的腐朽本质。在这篇短文里，表现出深刻的思想内容，而有深刻的教育意义。语言精炼，辞句简练，在散文艺术上，达到了高度的成就。

寓言以外，柳宗元的短篇传记，也非常优秀。他的短篇传记，跟一般取材于历史英雄人物的传记不同，跟那些歌功颂德的应酬传记也不同：他取材于市井细民和下层社会的小人物，都是一些在封建社会里被压迫被损害的小人物。这些题材，是柳宗元在社会生活的体验中，在人民群众的接触中所得来的，所以具有丰富的社会内容，反映出人民的悲惨生活和思想感情。通过这些人物的描写，表现出他的政治思想，揭露出封建社会的黑暗现实，而具有强烈的政治性。

《宋清传》是一篇卖药商人的传记。在这一篇传记里，柳宗元非常生动地描写出宋清的性格和他经商的方法。他眼光远大，不计小利，乐于帮助患病的穷人，终于获得成就。柳宗元觉得像宋清这样的人，并不是市侩主义者。真的市侩主义者，是那些趋炎附势、见利忘义、眼光短浅、争权夺利的"居朝廷、居官府、居庠塾乡党"的士大夫！

《种树郭橐驼传》，是借种树的道理，说明为政养人之术。郭橐驼善于种树，因为他能顺着树木的天性而使它们自然地繁殖生长。不是一天到晚"抓其肤以验其生枯，摇其本以观其疏密"，这样去做，那就是"虽曰爱之，其实害之；虽曰忧之，其实仇之"，树木必然是要枯死的。这一点简单的道理，高高在上的封建统治者并不理解，口头上老是说要养民安民，实际是奴役人民，有如牛马。柳宗元觉得这些封建官僚们，是应该向郭橐驼好好地学习的。

在《童区寄传》里，揭露了当代买卖人口的黑暗风俗，歌颂了十一岁少年区寄的胆大机警的英雄形象。在《段太尉逸事状》里，一面是揭发那些拥兵自重的军阀们，肆无忌惮地掠夺人民土地、虐害人民生命的惨无人道的残酷现实；同时，作者以极大的同情与赞美，生动鲜明地描绘了段太尉的性格。那些骄兵悍将的罪恶行为，正反映出封建统治集团的本质。正由于作者具有反抗黑暗政治的思想基础，有同情人民的人道主义基础，对于富有斗争性的反抗强暴、热爱人民的段太尉的英雄形象，才能写得这样真实，这样生动。

《捕蛇者说》，其实也是一篇传记。在这一篇文章里，作者以非常尖锐有力的笔锋，大胆地强烈地批判鞭打了封建时代的剥削政治。一个以捕毒蛇为职业的人，他的祖父和父亲，都被蛇咬死了，他又工作了十二年，也有好几次几乎送命，他的生活自然是很痛苦的。但他宁愿从事这种危险的职业，不愿耕种。因为官僚地主加于农民的残酷剥削，和那些苛捐杂税、横征暴敛所给予人民的苦痛，还远远超过于毒蛇。作者在这一篇文字里，把天宝以来六十年中农民在残酷剥削下所过的痛苦生活和阶级矛盾的深化现象，作了真实的反映。

柳宗元的散文，除寓言和传记以外，山水文方面也有很高的成就。他的山水文，同一般的山水文不同。它有两个重要的特色：

（一）柳宗元的山水文，不是客观地为了欣赏山水而描写山水，而是把自己的生活遭遇和悲愤的思想感情，寄托到山水里面去，使山水人格化、感情化，因此在他的山水文里，仍然反映出作者在其他的散文中一贯的思想内容。在《愚溪诗序》中，他说明他自己在政治上遭到黑暗势力的打击与迫害，是世上最愚蠢的人，再看到这些偏僻地方的名山胜水，无人过问，正与自己的境遇相同，所以他同情它们，取名为"愚溪"。"愚溪"是不是真愚呢？并不是。"溪虽莫利于世，而善鉴万类，清莹秀澈，锵鸣金石"，它有这样锐利的眼光和纯洁的品质，正如他自己一样，"余虽不合于俗，亦颇以文墨自慰，漱涤万物，牢笼百态，而无所避之"，也不是真愚。就从这里，发出他的感慨，流露出他那种愤愤不平的感情。再如《钴鉧潭西小丘记》《袁家渴记》和《小石城山记》诸篇，同样表达出这种思想。这样美丽的山水，放在凄凉寂寞的荒野里，无人欣赏和关怀，正有怀才不遇，郁郁不得志之感。而这些山水的命运也就跟自己的贬谪流放的命运完全相同。因此同情山水的只有苦痛的柳宗元，同情柳宗元的也只有这些凄凉寂寞的山水。在这样的感情交流下，柳宗元的山水文，充满了自己的思想感情，而不是空泛的山水游记。

（二）柳宗元在山水文的描写上，有他细微的观察与深切的体验，运用最精炼的文笔，最清丽的语言把山水的真实面貌刻画出来。使读者不仅听到山水的声音，还看到山水的颜色。禽鸟虫鱼的一动一静，都能感觉得到。这些文章形象的生动，景色的美丽，真如浮雕一般地突出在读者的眼前。柳宗元每一篇游记，都犹如一幅小小的图画，悬挂在我们的书桌窗前，诗情画意，宛然在目。在中国的文学史上，用散文描写山水的技巧，很少有人比得上他。

柳宗元主张文学要重内容，但同时也要重艺术。他对于文学遗产的学习是多方面的，一面要尊重古典的经史，同时也要学习《诗经》《离骚》的精华。在《答韦中立论师道书》一文里，他说明了他学习文学遗产的态度和写作散文的方法。他学问渊博，修养深厚，使他在散文语言上，形成那种千锤百炼，精深无比的表现能力。他死了以后，韩愈写信给刘禹锡说，柳宗元的散文，雄深雅健，达到了司马迁的水平。韩愈给他这样高的评价，大家觉得这并不过于夸张。

散文以外，柳宗元也是优秀的诗人。他的诗正如他的散文一样，反对庸俗与华靡，保持他的清俊明秀的特色。前人都说他的诗近陶潜、近王维，那都是只看一个表面。他的诗虽善于描写自然景色，但主要的是充满着陶、王所没有的那种愤激慷慨的思想感情。他的《田家诗》云："竭兹筋力事，持用穷岁年。尽输助徭役，聊就空自眠"，"蚕丝尽输税，机杼空倚壁。里胥夜经过，鸡黍事筵席。各言官长峻，文字多督责。"这样的诗句，和杜甫、白居易、张籍的新乐府的精神是完全相通的。陶、王、孟、韦都写过田家，但态度和精神就不同了。关于他的诗，将在另一篇专文里来作比较详细的讨论。

李煜词话 *

李煜的词讨论一年多了，对于我们是很有帮助的。李煜词的讨论，是我们运用马列主义的观点、方法研究古典文学的一个学习过程。我觉得要评价李煜的词，必要注意下面几点。

作者主观思想与艺术客观效果的结合与联系问题，是评价李煜词的一个重要原则，也是运用马列主义研究古典文学必要注意的一个原则。李煜的作品没有爱国主义，我是同意的，正如何其芳、毛星同志所指出的，"李煜的怀念故国和往事，不过是追恋过去的皇帝生活，并没有人民的思想感情"；但是我们必须知道，这一论点放在作者的主观思想内容上来考察是正确的，等到通过他的优秀的抒情技巧和动人的艺术语言时，在艺术的客观效果上，便构成一种强烈的感染力，引起了读者的爱国感情（不是爱国主义），这是不能否定的。我们读到"小楼昨夜又东风，故国不堪回首月明中""故国梦重归，觉来双泪垂"这类动人的抒情诗句的时候，引起读者的爱国感情那是很自然的事。这就是艺术形象的客观效果，超过了作者的主观思想，艺术效果上所达到的内容，比作者的主观思想内容要丰富得多。由艺术客观效果所引起的爱国感情，是要作为李煜词的思想价值来评价的。必要如此，才能把李煜作品的艺术性与思想性统一起来。否则就要陷入单流与片面。

评价李煜的词，还要注意文学发展史的观点。词在晚唐五代，是一种新兴的歌唱文学，流传在伶工歌女的口头，内容很窄狭，主要是描写歌舞和恋情，所以风格都不高。《花间集》《阳春集》都是如此。到了李煜的后

---

* 本文原刊于《解放日报》（1956 年 11 月 6 日）。

期作品，冲破了词的藩篱，扩大了词的境界，在内容风格上，超越了温飞卿、冯正中，呈现出新的方向和力量。对于词的发展，起了很大的推动作用。他在文学史上的地位，当然不如屈、陶、李、杜，但在词史上，毫无疑问是一个非常重要的作家。

李煜词的艺术特色，是创造了抒情诗的典范。他善于锻炼词的语言，形象鲜明，生动流畅，有高度的表现力。最突出的，他没有书袋气，没有雕琢气，也没有脂粉气（晚期代表作品），纯粹用的白描手法，创造出那些人人懂得的通俗语言而同时又是千锤百炼的艺术语言，真实而又深刻地表现出那种最有抽象性的离、别、愁、恨的情感。把这些难以捉摸的东西，写得很具体，很形象。如"问君能有几多愁？恰似一江春水向东流"，"离恨恰如春草，更行更远还生"，这些句子，在抒情艺术上，达到了前人所未达到的境界。善于抒情的李义山、杜牧之比不上他，后来的《漱玉词》《饮水词》也比不上他。有他的精练性的，往往没有他的通俗性；有他的通俗性的，又往往没有他的精练性。他的抒情，善于概括，富于暗示，真实生动，文字美丽而又音律和谐，具有强烈的感染力，形成一种特殊的风格。

黄庭坚的诗论 *

北宋的文学革新运动，主要由于梅尧臣、欧阳修、王安石、苏轼诸人的努力，在理论和创作方面，取得了很大的胜利和成就。晚唐诗风及西昆体的势力已经消除了，诗歌和古文得到了新的发展。黄庭坚出自苏门，倡杜诗韩文，其诗歌风格，劲峭奇巧，在矫正西昆体的柔弱华靡这一方面，作出了一定的贡献。但其作品内容，很少反映社会现实，而其理论也主要偏重于形式技巧方面，因而形成一种不良的倾向。刘克庄《江西诗派小序》云："国初诗人，如潘阆魏野，规规晚唐格调，寸步不敢走作；杨、刘则又专为昆体，故优人有挦撦义山之诮；苏梅二子，稍变以平淡豪俊，而和之者尚寡；至六一、坡公，巍然为大家数，学者宗焉，然二公亦各极其天才笔力之所至而已，非必锻炼勤苦而成也。豫章稍后出，会粹百家句律之长，穷极历代体制之变，搜猎奇书，穿穴异闻，作为古律，自成一家，虽只字半句不轻出，遂为本朝诗家宗祖。"在这一段话里，刘克庄大力赞扬了黄庭坚在诗歌上的成就和影响，但同时也反映出他在创作和理论上的偏弊。所谓"会粹百家句律之长，穷极历代体制之变，搜猎奇书，穿穴异闻"以及其他等等，无一不是形式技巧方面的问题。黄庭坚自成一家，开创江西诗派，而被奉为"诗家宗祖"，主要在这一方面。

一

黄庭坚论诗，首推杜甫，号召诗人向杜甫学习。后来江西派诗人也都标榜杜甫，而以黄庭坚为杜甫的直接继承者。杜甫诗歌的成就，是它的内

---

* 本文原刊于《文学评论》1964 年第 1 期。

容与形式的完整统一，而其价值，主要在于它的关心人民疾苦，反映现实生活、揭露社会矛盾、批判黑暗政治的思想内容和斗争精神。黄庭坚的尊杜学杜，并没有继承、发展杜诗在这方面的优良传统，他只是倾注全力，从杜诗的形式技巧中，寻求经验和规律，创立他的诗歌理论。重视内容还是重视形式，结合政治还是回避政治，这是关于作家创作思想极其重要的问题。黄庭坚在《书王知载〈朐山杂咏〉后》云：

> 诗者人之情性也，非强谏争于廷，怨忿诟于道，怒邻骂坐之为也。其人忠信笃敬，抱道而居，与时乖逢，遇物悲喜，同床而不察，并世而不闻，情之所不能堪，因发于呻吟调笑之声，胸次释然，而闻者亦有所劝勉；比律吕而可歌，列干羽而可舞，是诗之美也。其发为讪谤侵陵，引颈以承戈，披襟而受矢，以快一朝之忿者，人皆以为诗之祸，是失诗之旨，非诗之过也。

这是黄庭坚关于诗歌方面具有原则性的理论。他认为诗歌是个人情性的表现，不能用以批判政治、议论是非。作为一个诗人，应该抱道而居，与世无闻，即是有乖逢悲喜的感情，只能发于呻吟调笑之声，使自己胸次释然，而闻者也有所劝勉；可以合于歌舞的篇章，才是优美的作品。如果诗歌中表现了对于政治的讪谤侵陵，就会受到承戈受矢的杀身之祸，这不是诗歌本身的过失，而是诗人违反了作诗的宗旨。他论述苏轼的作品时，也表达了同样的意见。"东坡文章妙天下，其短处在好骂，慎勿袭其轨也。"（《答洪驹父书》）后来陈师道也接受了他这种思想，《后山诗话》云："苏诗始学刘禹锡，故多怨刺，学不可不慎也。"黄庭坚这种观点，在南宋初期，就遭受到黄彻的反对。他说："山谷云：诗者人之性情也，非强谏争于庭，怨詈于道，怒邻骂坐之所为也。余谓怒邻骂坐，固非诗本指，若《小弁》亲亲，未尝无怨；《何人斯》、'取彼谮人，投畀豺虎'，未尝不愤。谓不可谏争，则又甚矣。箴规刺诲，何为而作？古者帝王尚许百工各执艺事以谏，诗独不得与工技等哉？……故乐天寄唐生诗云：篇篇无空文，句句必尽规。"（《碧溪诗话》卷十）黄彻论诗，也是以杜甫为主的，但其态度却与黄庭坚不同。黄庭坚在当日的社会里，如此强调明哲保身，一再反对诗歌对政治的讪谤和讥弹，不但表现了封建文人的软弱性格，更重要的是表现了他在文学上轻视思想内容、逃避现实、回避政治和漠视文学的社会作用的观点。这些观点都是违反杜甫的创作思想的。杜甫的诗歌，具有强烈的政治倾向和战斗传统，而黄庭坚在理论上，恰恰反对了这最重要的一面。正因如此，黄庭坚虽是口口声声称赞杜诗，但他对于杜诗，并不欣赏《兵车行》《丽人行》、"三吏""三别"一类的作品，而只是欣赏他到夔州以后的作品。他说："但熟观杜子美到夔州后古律诗，便得句法简易，而大巧出焉。平淡而山高水深，似欲不可企及。文章成就，更无斧凿痕，乃为佳作耳。"（《与王观复书》第二首）再在《与王观复书》第一首、《刻杜子美巴蜀诗序》《大雅堂记》诸文中，一再表达了大略相同的意见。不难看出，黄庭坚这样重视杜甫晚年的诗，正反映出他的"非强谏争于廷，怨忿诟于道"的精神，反映出他重视艺术技巧、回避政治斗争的精神。所谓"便得句法简易，而大巧出焉"，"更无斧凿痕，乃为佳作耳"等等，正是他尊杜学杜的主要内容。洪炎在《豫章黄先生退听堂录序》中，称誉黄庭坚的诗，有"忧国爱民忠义之气，蔼然见于笔墨之外"，但接着说："若察察言如老杜《新安》《石壕》《潼关》《花门》之什，白公《秦中吟》《乐游园》《紫阁村》诗，则几于骂矣，失诗之本旨也。"这种言论，与黄庭坚《书王知载〈胸山杂咏〉后》的论调，如合符节。洪炎是黄的外甥，亲承他的教诲，又是黄氏诗文集的编订者，并在序中说明，他的编订去取，都是按照"鲁直之本意"。可见洪炎所论，实际就反映了黄庭坚的见解。从此可以看出，他们对于杜甫、白居易那些富于现实意义和强烈政治倾向的作品，采取了完全否定的态度。洪炎在文中又说："夫诗人赋咏于彼，兴托在此，阐绎优游而不迫切，其所感遇，常微见其端，使人三复玩味之，久而不厌，言不足而思有余，故可贵尚也。"这是一段关于诗教的旧论，他在这里想用"温柔敦厚"的表现方法，来为黄庭坚诗歌的贫乏内容辩护，这是很不真实的。难道杜甫、白居易那些新乐府的作品，就没有"言不足而思有余"的艺术特征吗？都是所谓"怒邻骂座"之所为吗？其实这不仅仅是关于表现方法的问题，而主要是关于作家的思想和创作态度的问题。关于这一点，张戒是看得很清楚的。他在《岁寒堂诗话》中说：

> 往在桐庐见吕舍人居仁，余问鲁直得子美之髓乎？居仁曰："然。""其佳处焉在？"居仁曰："禅家所谓死蛇弄得活。"余曰："活则活矣……至于子美'客从南溟来'、'朝行青泥上'、《壮游》《北征》，鲁直能之乎？如'莫自使眼枯，收汝泪纵横，眼枯却见骨，天地终无情'，此等句鲁直能到乎？"居仁沈吟久之曰："子美诗有可学者，有不可学者。"余曰："然则未可谓之得髓矣。"

诗话中又说：

> 子美岂诗人而已哉！其云："彤庭所分帛，本自寒女出，鞭挞其夫家，聚敛贡城阙。"……又云："朱门酒肉臭，路有冻死骨。荣枯咫尺异，惆怅难再述。"方幼子饿死之时，尚以常免租税不隶征伐为幸，而思失业徒，念远戍卒，至于忧端齐终南，此岂嘲风咏月者哉！

在江西派诗歌和理论风靡的当时，张戒独具眼力，指出黄庭坚并没有得到杜甫的真髓，他的作品和杜甫的作品，在倾向上是完全不同的。杜诗的价值，在于它的反映社会现实和关怀人民疾苦的思想内容，黄诗正缺少这一面。正如张戒所说："鲁直学子美，但得其格律耳。"杜诗"岂可与鲁直诗同年而语耶！"这些批评是极其中肯的。

在范温《潜溪诗眼》中，记载孙莘老、王平甫评论杜甫《北征》和韩愈《南山》二诗的优劣，相持不下，"时山谷尚少，乃曰：若论工巧，则《北征》不及《南山》，若书一代之事，以与'国风''雅''颂'相表里，则《北征》不可无，而《南山》虽不作未害也"。他在这里，着眼于"书一代之事"，从内容出发，来评定作品的优劣，是完全正确的，但这只是他年少时期的意见。黄庭坚的政治态度，基本上属于旧党，在新党执政时期，屡遭贬谪，在当日统治阶级内部矛盾极其尖锐的政治生活中，逐步形成他那种明哲保身的消极思想，表现在文学方面，发展成为追求形式技巧、轻视政治内容的理论，这种倾向，他晚年尤为显著。

黄庭坚论文，有时也提到理，但他所讲的理，并不全是指的内容。他说过："好作奇语，自是文章病，但当以理为主，理得而辞顺，文章自然出群拔萃。观杜子美到夔州后诗，韩退之自潮州返朝后文章，皆不烦绳削而自合矣。"（《与王观复书》第一首）细味全文，这里所说的理，主要是指的作文作诗之理，苏轼所谓"文理自然，姿态横生"（《答谢民师书》），正是此意。他又说过："凡作一文，皆须有宗有趣，终始关键，有开有阖；如四渎虽纳百川，或汇而为广泽，汪洋千里，要自发源注海耳。"（《答洪驹父书》）作文要注意"终始关键，有开有阖"，从形式上来说，当然是对的。我在这里所要着重说明的是：黄庭坚的文学思想，是重在形式的一面，而不是重在思想内容的一面。

二

陆机《文赋》云："伫中区以玄览，颐情志于典坟。"他指出文学创作，一感于物，一本于学；故作家必须观察万物，学习古籍，并且把观物放在首要地位。当然，陆机不是没有缺点的。他所观的物，主要是自然现象，并没有重视社会生活。而黄庭坚对于这一问题，却把书本学问，看作是文学创作的唯一泉源。他赞叹杜甫诗歌的巨大成就，但他并不能理解杜诗的成就，主要在于他敢于正视现实，在人民生活中吸取营养和感情，而只片面归功于他的学问渊博和技巧优美；认为他的诗"无一字无来处"，所以高人一等，这正是一种舍本逐末、以流为源的错误看法。他说："自作语最难，老杜作诗，退之作文，无一字无来处，盖后人读书少，故谓韩杜自作此语耳。"（《答洪驹父书》）杜甫那些反映社会生活特别如"三吏""三别"、《羌村》《兵车行》一类的优秀作品，其语言无不通俗生动，都以白描见长，表现了乐府歌辞的特点。而黄庭坚却说，杜诗"无一字无来处"，以此宣扬他自己的理论。元稹有诗云："杜甫天才颇绝伦，每寻诗卷似情亲。怜渠直道当时语，不着心源傍古人。"（《酬孝甫见赠十首》之二）直道当时语，不依傍古人，正表示杜诗语言的特色和创造性，是诗人应当向他学习的。黄庭坚舍此不由，强调其"无一字无来处"，教导人们向故纸堆中沿门求乞，这真是"反其道而行"了。

黄庭坚又说：

> 予友生王观复作诗，有古人态度，虽气格已超俗，但未能从容中工佩之音，左准绳、右规矩尔。意者读书未破万卷，观古人之文章未能尽得其规摹，及所总览笼络，但知玩其山龙黼黻成章耶？（《跋书柳子厚诗》）

> 诗正欲如此作。其未至者，探经术未深，读老杜、李白、韩退之诗不熟耳。（《与徐师川书》第一首）

作家应该多学习遗产，以此丰富知识，提高语言技巧，这原是很必要的。但问题在于黄庭坚把书本学问强调为作品成败的唯一关键，把形式放在首要地位，而轻视甚至没有看到思想内容和社会生活，对作家作品发生更重要的影响。他认为："子美诗妙处，乃在无意于文。夫无意而意已至，非广之以'国风''雅''颂'，深之以《离骚》《九歌》，安能咀嚼其意味，闯然入其门耶？"（《大雅堂记》）说杜甫仅仅因为精读《诗经》《楚辞》，其诗乃能得到"无意而意已至"的妙处，正是从形式方面看问题的片面观点。

杜甫对于读书和锻炼技巧，确实是很重视的。他说过"读书破万卷，下笔如有神"（《奉赠韦左丞丈二十二韵》），"为人性僻耽佳句，语不惊人死不休"（《江上值水如海势聊短述》），"思飘云物外，律中鬼神惊"（《赠郑谏议》）等等，但必须知道，这是杜甫的一面，当然这一面也是很重要的。杜甫善于学习遗产，勤于锻炼语言，力求艺术技巧的优美，胸罗万卷，自铸伟词，是为他作品中的思想内容服务的。黄庭坚对此不能全面理解这一点，而把杜甫这些话作了片面的强调，就必然会走上专从形式模拟古人的道路。他说过：

> 词意高胜，要从学问中来耳。后来学诗者，时有妙句，譬如合眼摸象，随所触体得一处，非不即似，要且不是。若开眼则全体见之，合古人处不待取证也……作文字须摹古人，百工之技，亦无有不法而成者也。（《论作诗文》）

> 若欲作《楚辞》，追配古人，直须熟读《楚辞》，观古人用意曲折处，讲学之后，然后下笔。譬如巧女文绣妙一世，若欲作锦，必得锦机，乃能成锦耳。（《与王立之帖》）

合眼摸象，不得全体，正是闭户读书、缺乏生活实践之故。要作《楚辞》，当然是要熟读《楚辞》的，但熟读《楚辞》不是唯一的方法，也不是作品成功的唯一保证。汉代有不少熟读《楚辞》的作家，也有不少《楚辞》体的作品，试问那一个那一篇，真能直配屈原？屈原的成就，因为有他自己的生活遭遇，有他关怀楚国人民命运的思想感情，有他自己独创的语言艺术。黄庭坚不能理解这一点，片面强调以学问为诗，强调字字有来处，强调模拟古人，这不但在理论上散布不良影响，阻碍诗歌正确发展的方向，而他自己的作品，也表现出内容贫乏以及堆砌典故成语和生硬晦涩的弊病。王安石、苏轼的诗，虽也工于用事，但黄庭坚却是把它作为理论来鼓吹的。魏泰批评得好："黄庭坚作诗得名，好用南朝人语，专求古人未使之事，又

一二奇字，缀茸而成诗，自以为工，其实所见之僻也。"（《临汉隐居诗话》）

三

苏轼论文，贵在"如行云流水，初无定质"，而"文理自然，姿态横生"。（《答谢民师书》）黄庭坚则侈言法度，规摹古人。他认为诗有诗法，文有文法，杜诗韩文，是学习的范本。范温《潜溪诗眼》云："盖变体如行云流水，初无定质，出乎精微，夺乎天造，不可以形器求矣，然要之以正体为本，自然法度行乎其间。"范温学诗于黄，此必得于师说。王若虚《滹南诗话》云："鲁直欲为东坡之迈往不能，于是高谈句律，旁出法度，务以自立而相抗，然而不免居其下也。"这批评颇为深刻。

黄庭坚所讲的法，主要在用字造句及格律体裁方面。他自己的作品也尽力使用奇字、硬语、险韵、拗律等等，借以显示出他在形式技巧和风格上的特点。他说："宁律不谐，而不使句弱；用字不工，不使语俗，此庾开府之所长也，然有意于为诗也。"（《题意可诗后》）他不满于庾信的，正是他自己所追求的。

拾遗句中有眼，彭泽意在无弦。顾我今六十老，付公以二百年。（《赠高子勉四首》之四）

覆却万方无准，安排一字有神。更能识诗家病，方是我眼中人。（《荆南签判向和卿用予六言见惠次韵奉酬四首》之三）

陈履常正字，天下士也……其作诗渊源得老杜句法，今之诗人不能当也。至于作文，深知古人之关键，其论事救首救尾，如常山之蛇，时辈未见其比。（《答王子飞书》）

这样的例子，多不胜举。黄庭坚大力推赏陈师道的诗文，超流拔俗，而其特色，只不过是其诗得老杜句法，其文深知古人关键而已。可见他评价诗文的标准，是以形式为主的。正因如此，他自己在作品中，也是倾注全力，讲求句眼、句法、诗病等等，想在这方面争奇制胜，显示出自成一格的特点。诚然，他在这一方面是有其成就的，但如果只满足于此，而不重视作品的思想内容，其价值总是低人一等。"妙在和光同尘，事须钩深入神。听它下虎口着，我不为牛后人。"（《赠高子勉四首》之三）他在这首诗里，表明他要独辟蹊径，胜过前人，但结果事与愿违，仍然落在牛后，原因即在于此。他在《与秦少章书》中说："庭坚心醉于《诗》与《楚辞》，似若有得，然终在古人后。""终在古人后"，就是终在牛后，这话是说得很真实的。黄的学问非不广博，工力非不深厚，也不是没有熟读《诗经》《楚辞》、杜诗，而"终在古人后"者，这是作家们必须深思熟虑的关于文学创作思想的根本性问题。

在黄庭坚所讲的方法中，影响深远而为江西派诗人所奉为不传之秘的，是点铁成金、夺胎换骨之说。这种方法是他所提倡的"以俗为雅，以故为新"的具体运用。他在《再次韵杨明叔小序》中说："盖以俗为雅，以故为新，百战百胜，如孙吴之兵，棘端可以破镞，如甘蝇飞卫之射，此诗人之奇也。"此说本得之于苏轼，苏云："诗须要有为而作，用事当以故为新，以俗为雅；好奇务新，乃诗之病。"（《题柳子厚诗》）苏轼首先指出诗"要有为而作"，继而说明用典当"以故为新，以俗为雅"，终而以"好奇务新，乃诗之病"作结，层次分明，重点是颇为突出的。黄庭坚弃其首尾而不顾，片面拈出"以俗为雅，以故为新"二语，从用事的范围，扩大到遣词、造意各方面，而夸大为"百战百胜，如孙吴之兵"，并称誉为"诗人之奇"，这是与苏轼的精神不符的。黄庭坚《答洪驹父书》云：

> 古之能为文章者，真能陶冶万物，虽取古人之陈言入于翰墨，如灵丹一粒，点铁成金也。

又惠洪《冷斋夜话》引山谷云：

> 诗意无穷，而人之才有限，以有限之才，追无穷之意，虽渊明、

少陵不得工也。然不易其意而造其语，谓之换骨法，窥入其意而形容之，谓之夺胎法。

他认为诗意无穷，而人才有限，遣词造意，独创极难，于是教人以取巧之方，创点铁、夺胎之说，并公开提倡"取古人之陈言入于翰墨"。他这种主张，与杜甫所说的"读书破万卷，下笔如有神"（《奉赠韦左丞丈二十二韵》），与韩愈所说的"惟陈言之务去"（《答李翊书》）和"惟古于词必己出"（《南阳樊绍述墓志铭》），精神都是不同的。他的所谓"点铁成金"，是取古人之词，加以点化；"夺胎换骨"是袭古人之意，加以形容。表面似乎是推陈出新，实际是教人蹈袭剽窃，在"以故为新"的美名下，以抉章摘句、挦撦折补代替独创而已。他自己虽也有"文章最忌随人后"一类的诗句，从上面他那些理论看来，实际成为一句空话。王若虚批评他说："鲁直论诗有夺胎换骨、点铁成金之喻，世以为名言，以予观之，特剽窃之黠者耳。"（《滹南诗话》卷三）但江西派诗人，一直奉为教旨，加以种种解释，并和禅语结合起来。曾季狸《艇斋诗话》云："后山论诗说换骨，东湖论诗说中的，东莱论诗说活法，子苍论诗说饱参，入处虽不同，其实皆一关捩，要知非悟入不可。"又俞成《萤雪丛说》云："文章一技，要自有活法，若胶古人之陈迹而不能点化其句语，此乃谓之死法。死法专祖蹈袭，则不能生于吾言之外；活法夺胎换骨，则不能毙于吾言之内。"他们所用的名词虽各有不同，而且愈讲愈玄，但其来源和本质，都是大同小异的。

专从形式方面来说，黄庭坚有些见解也是可取的。但我在上面所论述的，是想说明黄庭坚诗论中的主要倾向。他在评论作家和艺术分析时，也有些好的意见。论嵇康诗，称其"豪壮清丽"，论不俗是"视其平居无以异于俗人，临大节而不夺"（《书嵇叔夜诗与侄榎》），很能体会嵇康的品质。论李白诗，称其"与汉魏乐府争衡"（见《岁寒堂诗话》）。关于谢灵运、庾信之诗，病其伤于雕镂。而陶渊明之诗，"巧于斧斤者多疑其拙，窘于检括者辄病其放。孔子曰：'宁武子其智可及也，其愚不可及也。'渊明之拙与放，岂可为不知者道哉？"（《题意可诗后》）言虽简短，而所见颇深。又《胡宗元诗集序》云："其兴托高远，则附于'国风'；其忿世疾邪，则附于《楚辞》，后之观宗元诗者，亦以是求之。"这样的意见，在黄庭坚的诗论中是极其少见的。他论诗文虽强调规矩准绳，但他也看到了："至于推之使高，如泰山之崇崛，如垂天之云；作之使雄壮，如沧江八月之涛，海运吞舟之鱼，又不可守绳墨令俭陋也。"（《答洪驹父书》）这意见也值得重视。

四

黄庭坚能成为一个诗派的宗主，其理论、创作都给后人很大影响，宋代不用说，就是明七子之流，也在暗中改头换面地传播他的诗说，余流所及，迄于清末，这原因是很复杂的。（一）苏轼论诗，主张"随物赋形"，天成自得，陈义过高，难于取法。正如吕本中所说："如东坡，太白，虽规摹广大，学者难依。"（《与曾吉甫论诗第一帖》）黄氏标榜杜甫，深得人心，而又多言方法，容易使人领会和接受。并且他那种脱离现实、回避政治、追求形式技巧的理论，更适合于封建社会多数诗人的需要。（二）黄氏并非空谈理论，他的诗歌风格，劲峭奇巧，在形式技巧方面，具有一定的特点，生时就得到苏轼的称誉，别成一家，这就使后起的诗人，更加相信他的说法。（三）宋代诗话兴起，论诗成为一代风气。对于诗歌理论的传播，很有影响。当代如惠洪《冷斋夜话》、陈师道《后山诗话》、吴可《藏海诗话》、阮阅《诗话总龟》、葛立方《韵语阳秋》、曾季狸《艇斋诗话》、胡仔《苕溪渔隐丛话》、魏庆之《诗人玉屑》、赵彦卫《云麓漫钞》等作，对黄氏的诗说，或加以阐述，或予以论辩，无形中起了传布的作用。四、黄氏之诗，内容虽很贫乏，但其风格，力反庸俗，排除淫靡，深得理学家如吕本中、曾几、陆象山诸人的赏赞，广为誉扬。朱熹对江西派诗人虽有微词，但仍称山谷诗为"精绝"，为"自成一家"。（见《语类》）上述诸因，交互为用，加以宗派既成，更多虚誉，于是使黄庭坚在古代得到了名实不符的地位，而使其理论发生更大的影响。即如陆游、杨万里诸家，都在不同程度上受到他的感染。吕本中在《江西诗社宗派图序》中，几乎把黄庭坚说成是杜甫以后的第一大诗人，方回在《瀛奎律髓》中，倡古今诗人一祖三宗（杜甫、黄庭坚、陈师道、陈与义）之说，这都出于宗派的标榜，是不足为信的。

一九六四年元旦

《儒林外史》与讽刺文学 *

如何父师训，

专储制举材？

（吴敬梓）

一

吴敬梓是中国最优秀的讽刺文学的古典作家，他的《儒林外史》不仅是十八世纪中国小说界的杰作，而且也是中国小说历史上不朽的现实主义的作品。中国的白话小说，是在唐宋以来城市经济的繁荣与广大市民阶层的基础上发展起来的。先由艺人的口头创作，演成话本，再由话本进为章回小说。到了明朝，章回小说在艺术上得到了高度的成就，产生了《三国演义》《水浒》《西游记》这些巨大的古典作品。明代末年，由于李卓吾、袁宏道、冯梦龙这些人对于小说的鼓吹与提倡，大大地提高了小说在文学中的价值。到了十八世纪，小说的创作，呈现出另一种新的面貌和精神。《三国演义》《水浒》一类的古典巨著，无论故事内容和语言方面，大都是在几百年来人民创作的基础上，在民间流传的话本和戏曲的基础上，再由某一个作家或是前后几个作家予以创作性的加工，它们的思想性和艺术性是一步一步提高起来的。因此这些作品的思想价值与艺术价值，表现了相当浓度的群众性与集体性。对于这样的作品，我们还只能认识它们的整体价值。十八世纪《儒林外史》《红楼梦》的产生就完全不同了。在这些作品中，表现出一个作家完整的艺术风格，更重要的表现出一个作家伟大的独创精神。

---

* 本文原刊于《光明日报·文学遗产》第 14 期（1954 年 8 月 1 日），收录于《文学遗产选集》一辑（作家出版社 1956 年版）。

他们写出了他们自己的时代，自己的社会，以及自己的家庭和生活。一个作家的世界观与创作态度，非常明确地表现在他们的作品里。作家的思想情感与作品的思想情感，发生了血肉的联系。我们都知道，《儒林外史》《红楼梦》的内容，不是在民间流传过、组织过的历史故事与神话故事，而是吴敬梓、曹雪芹独创出来的；它们的思想性与艺术性不是逐步提高的，而是吴敬梓、曹雪芹个人的天才的创造。就在语言的铸熔与人物描写的手法上，也呈现出他们特有的风格。在这些地方，说明了十八世纪的小说比起以前的作品来，有显著不同的特色和精神。

二

吴敬梓（公元 1701——1754），字敏轩，一字文木，安徽全椒人。他同《红楼梦》的作者曹雪芹一样，出身于大官僚地主的家庭，到了晚年同样遭受极其穷困的境遇。吴敬梓的曾祖吴国对是顺治年间的探花，伯叔祖吴昺、吴晟，一为榜眼一为进士，他父亲吴霖起是一个拔贡，做过赣榆县的教谕。他自己说："五十年中，家门鼎盛。子弟则人有凤毛，门巷则家夸马粪"（《移家赋》）；"一门三鼎甲，四代六尚书"（《儒林外史》三十回）。吴敬梓就在这样一个大官僚地主家庭里成长起来的，就在这样一个八股世家里教养出来的。但是他不仅有很高的智慧，并且刻苦读书，在青年时代，他对于古典的学问辞章都有了深厚的基础。程晋芳说他："文选诗赋，援笔立成，夙构者莫之为胜。"（《吴敬梓传》）在《文木山房集》里，我们还可看到他在这方面的成就。后来他的学问愈广博，对那些浅薄无聊的八股文，更是看得一钱不值，思想愈深阔，对那些封建时代的进士翰林的科举功名，更觉得虚伪无味。于是他便从煊赫一时的八股世家里解放出来，从那大官僚地主的家庭里解放出来；不去考举人进士，不去求官求名，一心一意地研究学问，一心一意地从事文学创作，追求他自己理想的自由的生活，正如他所说"要做一些自己想做的事"。祖上传下来的田地银子，他在短期内都花得精光，生活陷入极端的穷困。他有钱的时候，有人利用他，欺骗他；等他一旦穷了，都来责骂他，嘲笑他，使他在家庭中、社会上遭到极大的失败。他在《儒林外史》里，借着高老先生的口，画出他自己的面貌来。

> 他这儿子就更胡说，混穿混吃，和尚道士，工匠花子，都拉着相与，却不肯相与一个正经人。不到十年内，把六七万银子弄的精光。天长县站不住，搬在南京城里，日日携着女眷上酒馆吃酒，手里拿着一个铜盏子，就像讨饭的一般。不想他家竟出了这样子弟。学生在家里，往常教子侄们读书，就以他为戒。每人读书的桌子上写一个纸条贴着，上面写道：不可学天长杜仪。（三十四回）

这里的天长杜仪，正是《儒林外史》的作者吴敬梓。他这样真实的写出自己"像讨饭的一般"的面影来，不仅没有半点惭羞之色，在字里行间，洋溢着喜爱和欣赏这种面影的感情，在这里正表现出这一位世家子弟思想的解放和人生观的转变。那位高老先生算是痛快地骂了他一顿，然而他的特色，他的人生价值，却正在这里。所以迟衡山听了，脸皮一红，说道："方才高老先生这些话，分明是骂少卿（杜仪），不想倒替少卿添了许多身分。众位先生，少卿是自古迄今难得的一个奇人。"其实吴敬梓并不是什么奇怪的人，而只是一个封建家庭的逆子，科举制度的叛徒而已。在封建社会里，像迟衡山一类能认识他的人自然是少数，多的是高老先生一类的假道学，藏三爷、张俊民、王胡子、伊昭一类的骗子。所以吴敬梓说："田庐尽卖，乡里传为子弟戒。年少何人，肥马轻裘笑我贫。"（《减字木兰花》）他处在那样一个是非不明善恶不分的社会里，给他的报酬，必然是饥饿的贫穷和无耻的侮蔑。吴敬梓开始痛恨他本县的风俗浇薄，人心不正，于是迁家到南京去，不料南京的社会一样使他失望。伊昭骂他说："他而今弄穷了，在南京躲着，专好扯谎骗钱，最没有品行。"（三十六回）这是当日知识分子给吴敬梓莫大的侮辱。其实，扯谎骗钱的最没有品行的并不是吴敬梓，恰好是伊昭自己。后来他的生活愈来愈穷困，冬天没有火，同朋友们在城外跑路，谓之"暖足"；卖了旧书去买米，有时候弄不到钱，就两天饿着不吃饭。但是他仍然用功读书，从事创作。最后死在扬州，连殡殓的费用，还靠朋友来料理。在金兆燕《送吴文木先生旅榇于扬州城外登舟归金陵》的长诗里，哀痛地写出了这位天才文人最悲惨的结局。

吴敬梓毕竟是一个非常的人，他绝不因穷困而改变他的思想和人生态度，向科举投降，向旧社会屈服。他能在旁人不能忍受的穷困里，丝毫不怨恨不后悔，反而更坚强更稳固起来，把握自己的生命与精力，发挥劳动创造的热情，挥舞着他那锋利无比的讽刺的刀剑，刻画他经历过的人生道路和观察到的丑恶社会，在那艰苦的生活的搏斗中，完成了他的杰作《儒林外史》。在两百多年前，在那八股社会里，吴敬梓选择了白话小说的体裁，作为自己的文学创作的形式，作为向旧社会斗争的武器，正显出他的文学思想的高超。他对于白话文学价值的重视，绝非当代那些"正统派"的文学家和卫道派的理学家们所能了解所能想象的。连他的好朋友程晋芳尚且感慨地说："外史记儒林，刻画何工妍。吾为斯人悲，竟以稗说传。"在封建时代以小说传名，本来是被人看不起的。但到了今天，人人都知道《儒林外史》是吴敬梓的杰作，在中国古代小说史上，同《水浒》《红楼梦》一样，占崇高无比的地位。

三

《儒林外史》的最大特色，是巧妙地运用了讽刺文学的手法，向封建社会的科举制度与吃人的礼教，作了无情的抨击与斗争。在中国古代一脉相传的儒家所鼓吹的温柔敦厚的文学思想传统里，讽刺文学是不容易发展的。

诸子的寓言中，唐代的传奇中，《西游记》和《聊斋志异》中，虽说偶然也流露出一点讽刺的光辉，但那光辉比较淡薄。到了《儒林外史》，吴敬梓才以嬉笑怒骂淋漓酣畅的文笔，以其观察社会的锐利透彻的眼光，向旧时代的道德，向旧时代不合理的制度以及各种醉心利禄虚伪无耻的人们，作了普遍的嘲笑与鞭打。在中国文学史上，初次树立起来古典讽刺文学的丰碑。

吴敬梓的时代，是清朝帝国的封建统治最巩固的时代，也就是科举力量最厉害的时代。清王朝开始是运用大屠杀和文字狱来残酷地压迫汉人，后来又利用科举功名来引诱汉人。这双管齐下的政策，对于封建统治政权的巩固，收到了很大的效果。到了吴敬梓时代，汉人的反满斗争，如狂风扫过了海面一样，已入了静止的状态。顾炎武、黄宗羲、王船山这些大师们所传播的民族思想的影子，是愈来愈淡薄了。新起的知识分子，忘了前一辈血肉的余痛，都把科举功名看作唯一的出路，把他们有用的生命，全部埋葬在八股文里面。所谓"十年窗下，一举成名"，是当代知识分子的座右铭与安眠药。不管你怎样，只要你一旦进了学中了举，"有拿鸡蛋来的，有拿白酒来的，也有背斗米来的，也有捉两只鸡来的……有送田产的，也有送店房的"（第三回）。所以胡屠户说："举人老爷就是天上的星宿。"再进一步就做大官发大财，便成为封建统治阶级的忠臣孝子，骑在人民头上作威作福。所谓"钱到公事办，火到猪头烂"，正是这些人做官发财的哲学。这种不要真才实学的考试制度，实际是巩固封建统治势力的重要基石。吴敬梓出身于八股世家，想要走科举功名的路，真是探囊取物，易如反掌，然而吴敬梓绝不这样做。他认识到八股文，决不是考选人才的办法，只是皇帝的愚民政策，是困死人才的毒计，是统制思想的武器。但几百年来，科举制度不仅是封建王朝的盛典，社会上都把它看作是无上的光荣，在广大人民中造成根深蒂固的虚荣的心理。只有进学中举会进点翰林，才是人生的理想，才是升官发财显亲扬名的道路。吴敬梓痛恨这种制度，决心不从科举里求功名，决心要摧毁那种根深蒂固的社会心理。朋友中愈是会做八股文的他就愈加讨厌。程晋芳说他："嫉时文士如仇，其尤工者则尤嫉之。"封建时代的知识分子自然很难了解他这种进步的思想。也就因为无人了解他这种思想，这种思想就更觉得高超可贵，必然成为黑暗王国的一点光辉。所以他说："如何父师训，专储制举材？"他把周进、范进的形象写得那么鲜明，不仅充满着恨，同时也充满着怜悯。他的目的是要青年们研究真学问，造就真人才。在《儒林外史》的卷头，他借着王冕的口批评八股文说："这个法却定的不好，将来读书人既有此一条荣身之路，把那文行出处都看轻了。"读书人不讲学问不讲品格，两眼只望着功名利禄，自然什么寡廉鲜耻的事都会做得出来。顾炎武说秀才们"不知史册名目，朝代先后和字书偏旁"，又说八股文的毒害，过于秦始皇的焚书，这并不是夸张之辞。

吴敬梓生长在那样的家庭，生长在那样的时代，对于科举社会的种种丑态与罪恶，见得多看得透，正如鲁迅先生所说："反戈一击，易致强敌的死命。"他在《儒林外史》中用辛辣讽刺的戈矛，生动而又具体地涂出了无数颜色鲜明的漫画，在那些画面上，跳跃着交织着秀才、贡生、举人、翰林、斗方名士、八股选家、扬州盐商、官吏乡绅各种人物的脸谱，这些丑态百出的人物，通过艺术形象的表现，成为封建社会形形色色的图卷。这些人物，彼此之间互相联系，错综复杂，构成剥削人民压迫人民的巩固封建统治势力的核心。吴敬梓的勇敢与进步，就在于他发挥了现实主义的讽刺文学的精神，向八股文宣战，向封建社会的核心进攻，并且得到了胜利。

讽刺文学的任务，是要通过典型的形象和特点，深刻而无情地抓住并揭露现实中一切反面的现象。艾利斯伯格论俄国讽刺文学古典作家与苏联文学时说："讽刺文学只有创造出鲜明而彻底的典型形象时，才能教育人们，对一切旧的、虚伪的、落后的事物采取不调和的态度。"吴敬梓在《儒林外史》里是这样作了，并且作得很有成就。凡是读过《儒林外史》的人，都能体会到周进、范进、汤知县、严贡生、胡屠户、王举人、张乡绅、牛布衣、匡超人、杨执中、权勿用这一群人物，是多么鲜明的形象。通过这些形象，真的教育了我们，使我们对于八股社会，对于一切旧的虚伪的落后的事物，采取不调和的态度。吴敬梓的爱与恨，在《儒林外史》里表现得非常分明。他处处同情那些弱者、穷苦的受压迫的下层人物，大官僚、假名士、大盐商以及科举老爷们，都成为他憎恨的讽刺的对象。就在这里闪动着现实主义的光辉和人道主义的高贵品质。

俄国的古典讽刺文学家谢德林说："为了使讽刺成为真正的讽刺，并且达到自己的目的：第一，讽刺必须使读者体会到讽刺的创造者赖以出发的理想；第二，讽刺必须十分明确地认清自己的锋芒所指的对象。"（见《别林斯基集》）吴敬梓的讽刺文学的锋芒，非常明确地认清了自己所指的对象，在他的笔下，使那些讽刺对象都露出了原形。正如果戈理所说："到了卑鄙之徒的灵魂深处。"讽刺作家对那个时代的生活和社会关系，描写得愈真实愈无情，他作品的效果和教育意义就愈有力量。摧毁垂死的腐朽的东西，发扬新的生机，新的力量，是讽刺作家的主要任务。

吴敬梓不仅刻画了许多鲜明概括的反面典型，也表露出一些正面形象。由于历史的限制，这些正面形象没有在《儒林外史》中占到主要的地位。但他也写出了王冕、沈琼枝、倪老爹、荆元、于老者这些自食其力不畏强暴的有品格有志气的人物。这些人物在今天自然还不能符合我们的理想，但在二百多年前的旧时代，都是被人轻视的践踏的，然而却是可敬可爱的人物。吴敬梓给他们以无限的敬意与同情，使读者体会到讽刺的创造者的人生理想。在《儒林外史》的序文里说："本书以富贵功名为一篇之骨。有心艳富贵而媚人下人者，有倚仗功名富贵而骄人傲人者，有假托无意功名富贵以自为高而被人看破耻笑者，终乃以辞却功名富贵，品地最上一层为中流砥柱。"这里不仅说明了吴敬梓的写作态度，同时也说明了《儒林外史》的主要内容。

吴敬梓不仅无情地鞭打了封建社会的科举制度，普遍地嘲笑了那些不学无术的装模作样的知识分子，并且对于封建社会的道德观念与吃人的礼教，也作了尖锐的讽刺。第四回写范进中举以后，死了母亲，到汤知县那里去打秋风，那言谈举动，真写得细腻绝伦。第五回写王秀才议立偏房，因为得了二百银子，就抬出三纲五常一大套道理来骗人。第四十八回写王三姑娘的殉节，更是深刻地画出礼教权威与内心苦痛的矛盾。在这些有笑有泪的文字里，各种人物的性情心术，一一活跃纸上，如见其肺肝。吴敬梓在这里把那些旧礼教旧道德的表皮一层一层地剥开，让那些丑恶的渣子显露在读者的眼前，使我们明了封建社会文化腐朽的本质，加强我们对于旧礼教旧道德的愤恨。

四

其次，吴敬梓对于妇女的见解，也值得我们注意。沈琼枝是一个独断独行的女子，因为不愿作妾，逃到南京去卖文为生。旧社会对她的观念，必然是轻视她。迟衡山说："这个明明借此勾引人，她能做不能做，不必管她。"武书道："我看这女人实有些奇。若说她是个邪货，她却不带淫气，若说她是人家遣出来的婢妾，她却不带贱气。"沈琼枝自己也哀痛地说："我在南京半年了，到我这里来的，不是把我当作倚门之娼，就是疑我为江湖之盗。"（四十一回）封建社会男人眼里的女子，就是这样可怜的地位。但吴敬梓却完全不同，他借着杜少卿的口说："盐商富贵奢华，士大夫见了就销魂夺魄，你一个女子，视如土芥，这就可敬的极了。"这不仅骂了盐商，提高了沈琼枝的身价，更重要的是一把讽刺的尖刀，刺进了销魂夺魄的士大夫的心窝。以盐商起家的宋为富，娶妾是娶惯了的，这次碰见了沈琼枝不肯屈服，他愤怒地红着脸道："我们总商人家，一年至少要娶七八个妾，都像这么淘气起来，这日子还过得？"这种恶霸的口吻，是多么卑鄙无耻。在那哀哀无告的旧社会里，敬重和支援沈琼枝的就只有吴敬梓一个人，在这里所表现的不是人情，而是正义、而是对恶制度恶势力的强烈的反抗。因此吴敬梓坚决地主张一夫一妻制，他觉得夫妇的和爱，"便是人生的幸福，快乐的家庭"。季苇萧劝少卿娶妾时，少卿回答说："娶妾的事，小弟觉得最伤天理。天下不过是这些人，一个人占了几个妇人，天下必有几个无妻之客。"吴敬梓的爱人虽死得很早，但他俩的感情是非常纯厚的。

吴敬梓是一个清醒的现实主义者，他有科学冷静的头脑。在《儒林外史》里，一扫过去小说中那些神鬼的荒诞，玄虚缥缈的奇谈以及因果轮回的迷信。他所描写的所表现的全是现实的事件，贯通全书的脉络，无一不是我们耳闻目见的实际的日常生活。没有过分的夸张，没有超人的奇迹。如洪道士的炼金，张铁臂的欺世，在作者的笔下都露出了原形，加以无情的谴责。对于风水的邪说，作者尤为痛恨。在第四十四回里，写到"讲风水迁坟墓"的事，他发表了"应当凌迟处死"的激烈议论。在这一方面所表现的，中国古代其他的小说都比不上它。

吴敬梓的反科举反礼教反迷信，都表现了他思想的进步性与文学的现实性。但因为历史的局限，吴敬梓的思想，并没有脱出旧时代的范畴，他对于封建制度并没有基本否定，对于地主阶级也还有相当的留恋。但他在创作方法上，以锋利的文笔，以纯洁巧妙的语言，以杰出的天才，真实地无情地揭露了封建社会的腐朽本质，刻画了地主阶级的爪牙的恶毒的嘴脸，因而暗示出封建社会必然灭亡的命运，这就是《儒林外史》现实主义的重要胜利，讽刺文学的伟大成就。

作为长篇小说来看《儒林外史》，它的缺点在于结构不严密，布局不完整，故事的发展与人物的组合，都表现出松弛和散漫；使我们读了感到没有系统的故事，没有中心的人物。但这一点对于《儒林外史》讽刺文学的价值，并没有很大的损伤。

贾宝玉和林黛玉的艺术形象 *

一

《红楼梦》的读者，都能理解到贾宝玉、林黛玉的悲剧，是《红楼梦》艺术结构上的主要基石。围绕着这一悲剧，四面八方伸展出去，通过各种人物、事件、风俗、习惯的细腻生动的描写，反映出封建社会的腐朽本质，展示一幅封建地主家庭衰败死亡历史的图画。《红楼梦》的巨大成就，在于它以现实主义的力量，深入地描绘了封建社会的真实面貌，揭露了封建制度与封建地主家庭的腐烂与罪恶，创造出许多活动在封建社会里的人物典型，正面的反面的当权的没落的各种人物的典型。在这些典型人物的艺术形象中，大胆地刻画了那些皇亲国戚的荒淫无耻的生活，指出他们种种虚伪、欺诈、贪心、腐败、压迫和剥削以及心灵和道德的堕落。它不单指出了那一家族的必然崩溃与死亡，同时也暗示出那一家族所属的阶级所属的社会的必然崩溃与死亡。通过这些形象，体现出来作者对于现实生活，对于社会历史的思想倾向。

深刻生动的典型形象，是艺术的高度概括，是艺术的集中表现，是作者在丰富生活的体验中，根据实际生活的客观规律性，在许多人的身上，选择、综合最本质最特征的东西，加以千锤百炼而创造出来的。典型是一定的社会历史现象的本质。"不仅生活中固定下来的普遍的主导的东西是典型的，而且正在衰亡腐朽的东西以及再生的萌芽的成长的东西也是典型的。体现当代能够团结群众的先进思想的伟大人物的性格是典型的，表现狭隘

---

* 本文原刊于《解放日报》（1954 年 12 月 12 日），收录于《红楼梦的思想与人物》（古典文学出版社 1956 年版）。

的自私意图的渺小人物的性格也是典型的。"① 所以典型性愈高，艺术的力量就愈强烈，思想倾向与教育意义也就愈深广。我们今天一提到哈姆雷特、浮士德、欧根·奥涅金、奥勃洛莫夫这些名字，他们的思想形态与生活面貌，立刻就涌现在我们的眼前。《红楼梦》在典型人物的创造上，有非常优秀的成就。曹雪芹的天才表现，不单在于创造了深刻的典型，而是在于在同一阶级出身的人物中，在同性别同教养同年龄的青年男女中，塑造了多样性的性格明朗的艺术形象。他的刻画人物，不单是抽象地涂抹外形，概念地表白思想，而是曲曲折折地进入到人物的内心世界，引导他们的精神活动，而又同外部的社会环境，发生密切联系，显示出人物性格发展的复杂过程，深入到生活现象的本质。这些典型人物，永远活存在读者的头脑里。在贾宝玉、林黛玉、薛宝钗、王熙凤、探春、晴雯、尤三姐这些名字上，代表着一定的思想意义，凝结着鲜明的人物特性，百多年来成为广大人民口头上的代名词。对于这些典型人物，如果加以分析和说明，在理解《红楼梦》的思想价值上，不是没有帮助的。

二

今天想谈一谈我对贾宝玉和林黛玉两个人物的理解，供大家研究。

贾宝玉和林黛玉，是一对在封建时代具有进步思想与叛逆精神的青年典型。曹雪芹用了无比的同情与苦痛来雕塑他们，用了大量的辛酸与血泪来供养他们，使他们这一对活生生的艺术形象，在贾家那一封建堡垒的幽暗天空上，成为两颗晶莹皎洁的星光。一个是"世家公子"，一个是"侯门千金"，在这样的阶级环境下教养出来成长起来的青年男女，没有成为封建统治者的"忠臣孝子"，而反是那一家族那一阶级的逆子与叛徒，就在这里，

① 阿·烈瓦金：《现实主义艺术文学中的典型性问题》。

构成了《红楼梦》悲剧美学的根源，同时也赋予这两个典型人物以更重要的思想价值与社会历史的意义。在封建社会里，尤其在封建大官僚家庭里，他们是以富贵利禄骄人，以愚忠愚孝教人，以八股功名诱人，以命运观念唬人，以纲常名教压人，以板子皮鞭打人，以乱臣贼子骂人，以僧道迷信愚人，光宗耀祖升官发财是男人唯一的道路，三从四德贞节牌坊是女子不二的教条。这些都是封建思想封建文化的主要内容，同时也就是巩固封建统治封建秩序的基石与武器。贾宝玉、林黛玉这一对青年的思想特色，就在于勇敢地背叛了他们阶级的立场和家族的利益，对于那些封建思想封建文化的主要内容，作了大胆的反抗和破坏，他们用自己宝贵的生命和苦痛的逃亡，来争取在封建时代不能实现的幸福与理想；对于"富贵荣华"的物质生活和封建伦理的腐朽思想作了基本上的否定。

贾宝玉的精神特质，是想突破封建的锁链，追求个性的解放。他生长在那珠围翠绕锦衣玉食的环境中，好像是一只金丝笼中的小鸟，他所感到的只是无可形容的压迫、窒息和空虚。"可恨我为什么生在这侯门公府之家？绫锦纱罗也不过裹了我这枯株朽木，羊羔美酒，也不过填了我这粪窟泥沟。富贵二字，真真把人荼毒了！"（第七回）这是贾宝玉思想中放射出来的灵光。他痛恨他自己所属的阶级环境，不满意那种富贵生活，反对代表封建秩序封建道德的父亲，轻视那些荒淫霸道庸俗残暴的哥哥嫂嫂，他讨厌那批胁肩谄笑的清客相公，对于时文八股深恶痛绝，说"不过是后人饵名钓禄"的工具。他褒贬忠孝，毁谤僧道。元春封妃，贾家"上下内外人等莫不欢天喜地，只有宝玉置若罔闻，毫不介意"。贾珍请客唱戏花天酒地的时候，他"见那繁华热闹到如此不堪的田地，只略坐一坐"，便逃开了。封建家庭的富贵荒淫生活，使他厌恶到如此地步，他心中充满着孤独、寂寞与哀愁。他时时想展开他天鹅般的翅膀，向广阔无边的天空飞翔，去呼吸那大自然中的新鲜自由的空气。但贾府那封建家庭的铜墙铁壁，高似青天，牢固地把他封锁住围绕住，使他不能乱走一步。在四十三回里，贾宝玉偷偷地带着焙茗骑马出门，走出北门的大路。焙茗说："这一去，冷清清没有玩的。"宝玉连忙点头道："我正要冷清清的地方。"后来贾母知道了，严厉地警告他："以后再私自出门，不先告诉我，一定叫你老子打你。"于是宝玉就完全成为那封建堡垒的囚徒。他在贾府那个没有一点自由空气充满着罪恶与荒淫的牢狱里，他不发疯，就会逼死。兴儿对尤三姐说："二爷成天家疯疯癫癫的，说话人也不懂，干的事人也不知。"（六十六回）宝玉成天的疯疯癫癫，正说明刚刚诞生出来的进步思想的新芽，受了狂风暴雨般的封建力量的强大压制的精神病态。因此他把他那种平等自由的观念，丰富的同情与泛爱，放在那些幼弱天真的艺人与奴婢们的身上。他不满意他的现实生活，他想冲破那天罗地网，他同他的父亲成为不可调和的矛盾与对立，虽也有过几次冲锋陷阵，结果是碰得头破血流，两条腿被打得稀烂。他孤立无援，悲伤苦痛，所以他喊着"要死，不如死了干净"。他有一次对袭人把那些封建社会的"须眉浊物"加以强烈的讽刺嘲笑以后，说道："比如我此时若果有造化，趁着你们都在眼前，我就死了……再不托生为人，这就是我死的得时了。"（三十六回）这些话好像是虚无消极，实际是他对于封建社会封建人生的彻底否定。他把封建时代那些光宗耀祖的文武大员，一律看作是"须眉浊物"，他不愿意做这种"须眉浊物"，所以情愿死了干净。

贾宝玉这种反封建的叛逆思想，如果再让它发展下去，在封建统治者看来，有非常严重的危险性。贾母说他是"祸胎"，王夫人说他是"混世魔王"，贾政说他是"不肖的孽障""作孽的畜生"，他们用尽了种种罪恶侮蔑的名词，加在这位进步纯洁的青铜骑士的头上。宝玉那种叛逆思想的危险性，在作为封建制度的捍卫者贾政的眼里，看得最清楚。他觉得如果不加以严厉的制裁，将来会要"弑父弑君"。贾政真不愧为封建制度的忠臣，为了要巩固封建政权封建秩序，就对自己进步的儿子，判决了"弑父弑君"的第一条大罪状，想将他置于死地。"我养了这不肖的孽障，我已不孝，平昔教训他，又有众人护持，不如趁今日结果了他的狗命，以绝将来之患。"（三十三回）封建统治者对于新思想新力量的幼芽，作了残酷无情的扼杀，几乎下了一举歼灭的毒手。贾宝玉这一典型的社会价值与思想意义，就在这里达到了高潮。贾政眼里的贰臣逆子，在艺人奴仆们的眼里，却拥有崇高的荣誉。大家都称赞他，都欢喜他。"行为偏僻性乖张，那管世人诽谤？"（三回）曹雪芹用这样同情的词句，歌颂了贾宝玉这艺术的典型形象。

三

贾宝玉并没有死在大观园里，并没有成为真正的疯子，那是因为在黑暗荒凉的旷野中，找到了另一颗星光。这便是宝玉所称赞的"从来不说混账话"的林黛玉。他在林黛玉身上，发现了人生的意义，找到了幸福的道路，他要全心全意的来夺取林黛玉的爱情。在封建社会里，青年男女争取婚姻自由，正是反封建思想的另一表现。

林黛玉这一悲剧典型，是中国古典文学里第一次出现的最优秀的妇女典型。在中国几千年来的封建社会里，我们看见了许多苦痛的优良的妇女形象，那都只是林黛玉的一部分。《红楼梦》的作者，以精巧无比的艺术笔力，选择、比较、概括、综合过去妇女们的各种特性，精心结构地创造出来这个完整的新型的"典型环境中的典型性格"。她有高度的文学天才，清醒的哲学头脑，高尚的情操，真挚的热情，她鄙视封建文化的庸俗，她诅咒八股功名的虚伪，她不谄上骄下，不贪图富贵，她用生命来争取她的理想，不屈服不投降，不同流合污，为了坚持自己完整的人格与幸福的爱情，她斗争到最后一分钟。在她的头脑里，我们看见了刘兰芝、李清照、朱淑贞、崔莺莺、杜丽娘各种灵魂各种智慧点点滴滴的交流。在这种意义上，这一典型形象，是长期封建社会妇女们的才华与苦痛的总结，同时也就是新妇女的萌芽。

我们必须认识，宝玉、黛玉的恋爱，不是过去那些才子佳人的恋爱，也不是那种一见倾心的恋爱。宝玉对于黛玉，不是爱她的美貌，黛玉对于宝玉，不是爱他的荣华。他们的恋爱，经过长期的了解，是稳固地建立在思想同一的基础上。这同一的思想，正是反封建的进步思想，与当代广大人民的要求，是基本上一致的。

贾雨村是封建时代一个卑鄙无耻的典型官僚，宝玉对他深恶痛绝，不愿意见他的面。史湘云劝宝玉道："你就不愿意去考举人进士的，也该常会会这些为官作宦的，谈讲谈讲那些仕途经济，也好将来应酬事务，日后也有个正经朋友。"宝玉听了，大觉逆耳，便道："姑娘请别的屋里坐坐罢，我这里仔细腌臜了你这样知经济的人。"（三十二回）宝玉对于姊妹们一向是礼貌的，但一接触到思想问题，他就采取了斗争的姿态，使史湘云下不了台。所以袭人连忙解说道："姑娘快别说他，上回也是宝姑娘说过一回，他也不管人脸上过不去，咳了一声，拿起脚来就走了。宝姑娘的话也没说完，登时羞的脸通红。"宝玉道："林姑娘从来说过这些混账话吗？要是她也说过这些混账话，我早和她生分了。"（三十二回）这一段文字，是理解《红楼梦》的重要文字。它很明显地告诉我们，宝玉和湘云、宝钗一流人，有一条思想上的鸿沟，有不可能发生恋爱的思想障碍。同宝玉真能接近的只有黛玉一人。所以"黛玉听了这话，不觉又喜又惊。所喜者，果然自己眼力不错，素日认他是个知己，果然是个知己。"什么是知己？就是他俩的志同道合思想一致。另一次，谈到这问题的时候，宝玉进一步地对宝钗提出了严厉的批评，"好好的一个清净洁白女子，也学的钓名沽誉，入了国贼禄鬼之流。"（三十六回）我们要知道宝钗与宝玉在思想上的对立与矛盾，正意味着宝钗与黛玉在思想上的对立与矛盾，因为黛玉与宝玉的思想是一致的。在这种尖锐的矛盾与对立上，"钗黛合一"说就不攻自破了。

宝玉、黛玉的恋爱，虽有这样稳固的思想基础，但封建统治者采取种种破坏的办法。婚姻前定的命运论，是封建家庭对付男女婚姻的有力武器。宝玉的"通灵宝玉"，宝钗的金锁，史湘云的金麒麟，都是封建婚姻的象征，都是封建命运论的法宝。在对于封建命运论的斗争上，宝玉、黛玉表现了非凡的勇气与高度的思想价值。宝玉、黛玉这对青年的特色，不仅对于命运论思想表示怀疑，还大胆地表示了反抗和斗争。黛玉沉痛地说："金玉之论，是一种'邪说'。"何以"重物而不重人"？这是反对唯心论的斗争，这是人权思想与神鬼思想的斗争。宝玉对于这封建婚姻的象征，封建命运论的法宝，几次要砸碎它，痛骂它是"捞什子"，连在睡梦里他也愤恨地叫了出来："和尚道士的话如何信得，什么金玉姻缘，我偏说木石姻缘。"这叫喊多么有力量，多么有意义，这是旧时代的新声音，这是反鬼神反命运反封建的新思想，是坚持自己的生活权利追求解放自由与幸福光明的新精神。这种命运观念对于宝玉、黛玉也失败了，结果封建统治者用了阴谋的骗局，害死了黛玉，把封建家庭的宠儿薛宝钗，扶登了"宝二奶奶"的宝座，但宝钗也成为牺牲品。毫无疑问，在宝玉、黛玉这两个青年形象上所表现出来的精神特质，已具备着初步民主思想的价值。他们的苦痛是智慧的苦痛，他们的悲剧是思想的悲剧。我们同情他们热爱他们，因为他们同自己所属的阶级作了斗争，同封建秩序封建伦理作了反抗，他们的苦难和死亡，都是封建社会的罪恶，都是封建社会的牺牲者。但他们没有死，永远活在《红楼梦》里！

四

《红楼梦》所反映的历史时期，是中国十八世纪的五六十年代，这一时代虽是临近封建制度没落的前夜，但是封建政权的统治力量还是非常强大。由于封建王朝与封建地主贪图享受荒淫无耻的生活，对于农民种种的残酷剥削，放高利贷，大量地集中土地，这一时期都达到了顶点。在《红楼梦》里，关于封建统治集团的穷奢极欲的腐化生活，作了非常真实广泛的描写，而他们一切享受，无一不是农民的血汗。这一时期社会的主要矛盾，是农民与地主的矛盾。贾宝玉的进步思想，是建立在这主要矛盾的基础上，是一个贵族知识分子，在他自己长期丰富的生活体验中，在地主官僚家庭的残酷剥削与高度罪恶的客观现实中，由于农民生活情感的映射，由于自己敏感的觉悟性与反抗性逐步建立起来的。曹雪芹少年时期家庭就破了产，他后来一直穷困地住在北京的西郊，同劳动人民有长期的联系。刘姥姥这一形象，并不如一般人所说的是一位插科打诨的丑角，曹雪芹是用非常热爱和同情的笔力来刻画的。刘姥姥的家庭生活和她的性格，没有农村生活的体验，是不会写得这样生动这样完整的。因为曹雪芹在思想生活上有这样的基础，所以贾宝玉这一形象，在思想上也带了同样的倾向。在《红楼梦》的最前面，作者就把这种倾向透露出来。秦可卿死了，贾府全家到铁槛寺去办丧事，到了农舍村庄，只有贾宝玉一人对于农民生活感到浓厚的兴趣与关心。看见炕上一个纺纱织布的车子，用手去摸抚摇转依依不舍。他看见许多农具用品，都一一问明它们的名色和用处。并且点头道："怪道古人诗上说：谁知盘中餐，粒粒皆辛苦。正为此也。"（十五回）现实生活对于这位敏感的贵族青年，起了这样大的教育意义。在这里很明显地表示出来贾宝玉的思想与农民思想的交流与同情。在贾家那一大批的官迷财迷淫鬼色鬼里，有哪一个把这两句诗记在脑子里，有哪一个能体会这两句诗的真实意义，有哪一个把农民放在眼睛里？有哪一个有贾宝玉这样敏感的觉悟与高尚的感情？这一节文字是说明贾宝玉性格的重要文献之一，《红楼梦》的研究者是应该注意的。劳动人民生活的体会，是进步思想产生的渊泉。曹雪芹长期同农民生活的联系，也就给了贾宝玉丰富的精神养料。贵族知识分子和官僚士大夫对于农民的同情和共感，是一点也不奇怪的，杜甫、白居易、屠格涅夫、托尔斯泰是最好的例子，何况曹雪芹在《红楼梦》的创作时代，是一个穷苦得没有饭吃的人，是一个住在北京城外农民身旁的人。

一面是对于农民的生活感情，有了初步的体会与观照，一面目睹着自己家庭无可形容的腐烂与罪恶，自己又遭受着高度的封建伦理封建秩序的压迫，再加以曹雪芹穷困饥饿生活的体验，在这许多原因结合的基础上，贾宝玉的进步思想与叛逆精神，是会逐步地滋长起来的。我们要知道，贾宝玉进步思想的主要内容，是初步的民主思想，是反礼教纲常，反家长统治，反八股功名，追求个性解放，要求婚姻自由等等的总和。这种思想与农民的要求有基本上的一致性。黛玉是宝玉的知己，他们的思想是统一的。如果说宝玉、黛玉的思想是新兴资产阶级意识的反映，甚至于把他们看作是资本主义的新人，这意见还是值得考虑的。

无可否认的，在宝玉、黛玉的身上，还存在着一定的软弱性。黛玉的泪影啼痕悲春伤秋的感情，宝玉有时用《庄子》、佛经等等的虚无思想来疗治他苦痛的灵魂，说明了这两位贵族青年知识分子的性格的另一面。《红楼梦》的作者受了历史条件的限制，受了阶级与教养上的限制，在处理贾宝玉的出路上，当然不能满足于今日青年们的要求，但在两百年前的封建大官僚家庭里，一个贵族的进步青年，在作为否定他的封建家庭封建思想的手段上，是找不到更适当的出路的。苏联的文学批评家说："俄罗斯古典文学现实主义的特征，就是对于生活观察的深和广。但这种现实主义是有历史的局限性的。虽然果戈理、托尔斯泰或契诃夫有很高的天才，但他们的创作，不可能给予社会发展的道路问题以明确的答案，甚至有时通过这些文学大师如果戈理、托尔斯泰之口，文学对于苦恼地激动着社会的问题，给了不正确的答案。"[1] 对于《红楼梦》的理解，对于作为古典现实主义作品的理解，这一说明是很有意义的。

----

① 留里科夫：《古典作家的遗产与苏维埃文学》。

| 下编 |

文学创作与批评

小 说

支那女儿 *

一

禅林寺的钟声，从广岛湾的对岸，嗡嗡地传来，我知道又到正午了。取出表来，正指着十二点。即刻检点桌上的稿子，预备到食堂去吃午饭。

"李先生在家吗？"房主在楼下叫我。

在家！

有客人呢！先生！

我连忙跑下楼去，想是夏君下了课，顺路邀我去吃饭罢。出了房主的内室，刚走到前门的时候，一眼望见俊英——日本人叫她做文子——呆呆地站在门旁。在我未开口之前，她就叫了一声。

李先生！

在她那小小的声音里，似还带有一点呜咽的颤动。我受了这声音的刺激，正视她一眼的时候，明显的在她的眼角里，可以看出哭过的泪痕。

俊英！怎么这时候到这里了？有什么事吗？

我一壁说话，一壁坐下来穿皮鞋。

李先生！

---

* 本文原刊于《长夜》第二期（1928 年 4 月 15 日），收录于《支那女儿》（北新书局 1928 年版）。

她的声音，更颤动了。我知道在那小小的灵魂里，一定充满了悲哀，大概是受了谁的委曲罢。

日本小孩又欺负了你吗？去，我同你报仇去！

我已经穿好皮鞋，执着她的小手，用温和的语句安慰她。因我自己本想预备去吃饭，于是携了她走出门来。

是不是有人欺负你？俊英，你今天怎么不说话？

没有人欺负我。李先生，现在到什么地方去？

你还没有吃饭罢。我们一同到中国食堂吃面去。

不去，不到中国食堂去。我从那里来的。爸爸还在那里，我不愿见他。

我想她的爸爸，今天总又虐待他的女儿了。一个小小的无母亲的女儿，在海角的他乡还时常要受父亲的虐待，实是人世间一件最可怜的事。不用说，暴君式的她的父亲，今天一定又打骂她了。我对她起了深切的同情，不敢再提及她爸爸的事。

那末，我们就到日本小饭店去罢。

我们在明治桥边一家小饭店里坐下，叫了两碗亲子饭。在吃饭的当时，我偷看她的眼睛，仍有以前的泪痕。可怜小小的她，怎禁得起这深深的刺激。在她孤寂的灵魂里，已充满了世人所感不到的悲哀了。

俊英！今天下午我俩看电影去，好不好？

不能去！不能去！

在她说第二句"不能去"的声音里，我又听出呜咽的颤动了。唉！我自己也是一个无父无母的孤儿。

怎么电影也不高兴了。今晚有好电影，今晚有英国同法国打仗的电影。

我不能去！李先生！爸爸要我今天下午同小王回吴市去。

小王送你去吗？

不是，他到吴市去开饭店。爸爸要我同路去。

你爸爸不回家吗？

他不去，要我一个人去。

你回家去很好，过几个星期再到广岛来顽。

李先生！我一个人不愿回到日本妈妈那里去！李先生！

她最后叫我的声音，在呜咽的颤动以外，我又听出苦诉与哀求的情调了。我端了一杯茶送到她那小小手中的时候，两粒放光的眼泪，很重的落在我的手背上。

不要哭！俊英！刚吃了饭，哭了肚子痛的。就不回吴市去也不要紧。我去同你爸爸说。

爸爸不肯，我说了一句不去，就拿皮带打我。"跟老子跑到外国来，你又不死。"还这样毒毒地骂我。李先生！我死也不愿回吴市去。

爸爸要你回家，你怎好不去。我们这里又都不好留你住。就是好住，你的爸爸也是不许的。幸而吴市隔这里很近，去了可常常来顽。

这回去了，日本妈妈恐怕再不许我出来吧。

不要紧！我同你爸爸说，要你的妈妈好好待你。我还可告诉小王，要他再来广岛的时候，带你同来。

我说了几句，左手握住她的手，右手摸弄她的头发。可怜没有母亲的小女儿，头发也没有梳光过，结头发的红绳，也是几段结成的。一双青布鞋子，前边已有几个小孔了。她听了我的话，知道我也不能救她，垂下头来，不断地落泪。我惭愧没有力量，不能从苦恼的海里，把这天真的孤寂的小小的她，救到人的世界。

俊英！你在想什么？怎么不说话了？

李先生！我在想我的妈妈。假使我的妈妈不死，我就好了。为什么人家都有妈妈，只我没有？

我用手巾替她揩干眼泪，安慰她许久。毕竟在我自己的心里，感到无限的空虚。"为什么人家都有妈妈，只我没有"这个问题，我反问我自己而不能答复的，已有二十年了。可怜小小的俊英，既没有母亲，还要在这海角的他乡，受人世间最深的悲苦。我开了饭钱，慢慢地走近鹰野桥来，在商店里替俊英买了一件白花边短衣，一双橡皮底鞋子。因为俊英的爸爸骂了她，她怕见他的面，我只好亲自送她去，同她的爸爸说说。正向中国食堂走去的时候，我把衣包送给她。

俊英！我送你到爸爸那里去！这件短衣同这双鞋子，你带到吴市去穿罢。你不要怕，我将同你爸爸说，要他不再骂你。

衣服鞋子不要，李先生，拿回去了，不仅我没有穿的，日本妈妈反因此恨我。今年春天赵先生送我一顶帽子，妈妈说我可以不要，拿给她自己的儿子了。反骂我在外面花言巧语，讨人家的东西。

不要紧，俊英。你今天把衣服鞋子穿好再回去罢。我手中现在也没有多钱。再过两星期，这里开庙会的时候，你可来顽，我再买一件绒绳衣送你。

李先生！这回去了，日本妈妈恐怕不许我再出来吧。找真不想去，我真不想回去。

不想去也是没法的，俊英！那里总是你的家。

我们在谈话中，已走近中国食堂了。到了门前，俊英踌躇地不肯进去。我把她拉入外厅的椅子上坐下，自己进内房里去找她的爸爸。我同她爸爸谈了许久，说这孩子如何可怜，如何可爱，如何天真活泼，如何伶俐聪明。只因浸在这恶劣的环境，弄得她悲哀黯淡了。一个小小的女儿，既没有母亲，在这异国的海滨，不靠父亲爱她，不靠父亲怜惜她，还靠谁呢？就是自己讨了日本老婆，就是老婆生了孩子，凭一点故国的追怀，凭一点故国同胞的情爱，也不应该漠然待这可怜的孩子。她的父亲听了我这番诚恳而又义愤，劝告而又教训的话，在那一刹那，竟发现沉没了许久的父女之爱来，不禁伤感地流下泪来说：

也怪不得我，只怨得我那只凶狠的日本老婆。

他说了这两句，叹了一声长气，再没有下文。用手掌支住面颊，好像在回忆往事一样，好像在回忆他的故国之前妻的往事。我知道他的态度变了，乘机又同他谈了一刻。说这小孩年纪也大了，国内有朋友，顶好送她回国去念书，免得好好的一个中国人，到后来成了不识中文不懂国语的日本人了。并且在日本又没有一定的职业，一到生活困难，稍稍有点姿色的女儿，大半就流为下女或私娼了。到那时候，自己也悲哀，她也苦恼。不如早点送回国去进小学，就要流落，也回到故国去流落罢。中国人在中国当乞丐，也是本分。我说话的声音很沉痛的，有时又很激昂。久已死了的她父亲的心灵，毕竟被我的话打动了。

先生！我也是这样想，她在这里，同她的妈妈又合不来，有时也不听我的话，还是不如回去的好。并且她也常吵着要回去。

恐怕是日本妈妈同她合不来罢。小小的她，那敢同大人对嘴，她又是这样的温和。我说句对不起的话，后妻虐待前妻的女儿，世界各处都是一样的，尤其是丈夫喜欢听后妻的话。不过这是指一般人说的，请你不要误会。

我说了几句，短促地笑了一声。他脸上的表情，比以前变得更沮丧了。好像一个囚徒，正在忏悔他的罪过一样。可怜的俊英，只要有父亲爱她，在这寂寞的世上，至少她幼年时代的生活，总算有着落了。我于是把买衣服帽子的事告诉了他，以后吴市有人到广岛来，可让她常出来顽顽。又跑到客厅把俊英叫到她父亲的跟前。她父亲见了她，不由地叫了一声。

俊英！你这样烦累李先生！看怎样才好。李先生这样厚待你，买了鞋子，又买了花边短衣。

我说了一句"不要紧"的时候，她父亲伸出右手来，去握她的小手。我在她的眼角里，又看见有光的泪珠了。

你今晚回去了，听听妈妈的话。她也总不至于无故打骂你吧。我因为要做生意，又不能常常回家。年底有朋友回国去，你还是同回国读书去罢。

爸爸！我要回国去！我要回到死了妈妈的那个中国去。

李先生！我同你去！

我刚同你爸爸说过，以后有朋友回国的时候，就带你回去读书。我是南方人，你不能和我同路。你暂时还是回家去，不要使性子，妈妈要你做事，就多做一点。俊英！你再长大几岁，就会知道世事的了。

彼此又谈了一刻，俊英也不哭了。她父亲预备带她去洗浴，因为想换我今天给她的衣鞋。我于是辞别他们，想往旧书店去逛逛。最后她父亲送我到电车道上，说了许多客气话。我上电车的时候，大声说了两句"俊英！下两礼拜这里开庙会，你来顽顽。"但是她没有答话，只低下头去。我坐在电车里想："她的父亲还不顶坏，她的日本母亲，大概是一个没有良心的阴毒的妇人罢。可怜小小的俊英，竟落在那样的家庭里。"

二

俊英今年刚十一岁，身材长大，看去好似十三四岁的女孩。长白的脸上，长泛着一缕红潮。榴红的嘴唇，包着一排整齐的洁白牙齿，每逢向人微笑，小口半开的时候，白玉一般地映着红唇，格外令人可爱。一线深黑的眉峰，横在大而且亮的眼上。就在这双眼里，表现出她的天真活泼，表现出她的伶俐聪明。她来日本虽不满两年，但一口日本语，说得非常流利。因此日本的老太太们，都很爱她。俊英是她的旧名，日本人叫她做文子。她的父亲，是个中国旧式的官僚，到现在还带一点旧官僚的格调。姓杨名德臣，奉天金县人。上唇上那几根短短的胡须，大概是模仿仁丹盒上那位英雄的样式，两旁向上面卷起，每逢谈笑，不住地用手在两边摸理的时候，又有精神，又有格式。加以身材高大，谈笑风生，一望而知为是一个稍有身分的小官吏，虽说他现在流落海外——失业的穷苦的流落在海外。最奇怪的他对什么人，都能看出他有点傲气。但是他在日本老婆的跟前，就低下头来，从没有扬眉吐气，虽说她常侮辱他，常常虐待他的女儿。不仅如此，他反爱听她的话。他以前很爱的俊英，竟因老婆的关系，竟由不爱而至于漠然了。

杨德臣已是四十好几的人了。在他的黄瘦的脸上，可以看出他曾经过风霜艰苦，并不是一个以荣华自享的人。自幼读了几年旧书，后来跟人学学公文程式以及日常应用的文字，在小小的金县里，竟成了有名望的人物。金县与大连接壤，日本人势力已全部侵入。教育权、警察权差不多全归在日本人的掌握中了。杨德臣因殷勤媚外的结果，地位也一天一天高起来。有一年冬天，他因日本人的推荐，得了一个烟酒税局长的肥缺。那时俊英刚只三岁，妈妈也还没有死。因只生这个女儿，爱得如掌上的明珠。加以父亲运好官升，一家生气勃勃。当时俊英的生活好比一朵白荷，躺在清露里，在安静的舒适的无知的现在，等待光明芬香来日的到来。爸爸又是那样的有钱，妈妈又是那样的温和，俊英又是那样的活泼可爱。在当时杨老爷的家庭里，这位俊英小姐，确添了不少的兴致。在杨家夫妇的心里，只希望再生一位小少爷。

走遍人间的恶运之神，又降在杨德臣的头上，那是他做局长第二年年底的事了。大概是因为他腰包里多进了几个铜钱，惹起人民的公愤。以私吞公款的罪名，被诉于官厅了。上官以因案情重大，亏款太多，除下令免职外，并令查封家产。杨德臣弄得措手不及，一败涂地。他把手中的活钱，太太的首饰以及自己的衣服与银行的存款，一齐凑拢，也还有万把块钱。便星夜逃往大连租界，去巴结日本朋友。知道吞款罪大，只有溜之大吉。在大连住只半年，俊英的妈妈又得脑病死了。家运一坏，弄得左右不通。一般恨他的人们，都很得意的讽刺他"赔了夫人又折兵"。杨德臣经了官场的失败，怏怏了好几月。不料在失意之中，夫人又辞别人世。加以有许多人，还要暗笑他。在这几月之中，他的颜面，竟老去许多了。

五岁的俊英，自她母亲死后，开始走入人世最苦之途。她父亲悲哀之余，无心照顾，在第二年的秋天，交托一个姓陈的朋友。自己跟着一个日本人跑到日本经商去了。可怜这零丁孤苦的女儿，竟在故国北方的一角，寄人篱下的度她的幼年生活。在她小小的灵魂里，开始感到了人世共感的空虚。

杨德臣先跑到神户，开一家小店，专卖山东的绸子。到过日本的人都会知道，山东的绸子，是中国一种在日本销行的货物。他还暗暗地勾结日本浪人，私售鸦片，因此稍稍得了点利益。不久妍识了一个日本妇人，他拼命地在她的身上用钱，她竟为钱动了心，在第二年他俩竟在神户结婚了。后来因他待中国人刻薄，有许多人都想报复他。不久警察得了中国人的报告，知道他私售鸦片。于是没收了他的家产，还要驱逐他出境。幸而他消息灵通，当晚带着日本老婆，逃往吴市去了。

提到吴市，学过外国地理的人，都会知道它是日本三大军港之一罢。商业虽不发达，在工业上与形势上讲，却为日本要地。加以交通便利，生活低廉，竟成了中国工人的聚集之所。因此杨德臣改了名字，便在吴市住下了。

俊英初离开父亲的那两月，一个人总是难过。常常半夜里醒来，还在哭泣。陈先生虽说终日在外事忙，陈太太是一个温和诚恳的妇人。自己没有女儿，只有一个男孩，名叫春生，比俊英大了一岁，因此俊英叫他做春哥。陈太太对于俊英，全当做自己的女儿看待。天真活泼的春生与俊英，不久竟成了一对亲切的小兄妹。陈太太买了一样的书包，买了一样的笔墨给俊英，朝来晚去的同在隔壁的幼稚园上学了。俊英有了妈妈一般的陈婶婶，有了哥哥一般的春生，她已不感到寂寞，已不感到无父无母的寂寞。

在这自然的大地，她同着春哥跳跃，游戏。上午陈太太送到学校门口，下午往学校接他们回来。左手携着俊英，右手携着春生，每天在街上来来去去地走着，旁人那能知道俊英是没有妈妈的女儿呢！

春哥与俊英格外要好。外面的孩子有人欺负俊英，春哥常替她报仇。有时两人都受了人家的欺负，双双的哭进门来，找妈妈帮忙。有时俊英病了，春哥也不去上学。"这一对活泼的童心的孩子，实在令人可爱。"陈太太每同邻居王二嫂谈到他俩的事，总是这样赞叹地说。再一谈到母亲死了父亲又远离了的俊英的命运的时候，就是平日从不怜惜人家的王二嫂，也要说一句"这孩子多可怜呵！"有时王二嫂也体贴陈太太的意思说："俊英既没有母亲，太太也带亲了，年岁又相当，何不令他俩配成一对。"陈太太总是笑："年岁还小呢！"

时光过得真快，欢乐中的时光过得更快。俊英同着春哥在幼稚园毕了业，又进初小了。当时杨德臣往日本去，把俊英托给陈家夫妇的时候，说心事烦恼，到外面旅行，变换变换自己的生活。多则一年，少则半载，仍当回本地来。即使想在日本久住，生活稍一安定，就会想方法接俊英去。所以当日的陈先生，迫于友谊，满口应允了。希望他在外面避避风声，早日回来，免得心悬两地。杨德臣初到日本的那个半年，还寄了陈先生两封信。大意是说经商筹划，事务忙碌。即日归国，在所不能。关于俊英的事，在未返国之前，一切请陈先生照顾。学校费用，自当按数寄上。陈先生当时接了他的信，只希望他早日决定行止。至于费用一项，他曾复信，请不要提及。谁知从那半年以后，他一直没有信来，钱更不用说了。几个月接不着信，陈家还是原谅他事忙，一年两年长是这样下去，陈先生有点不过意了。有一天夜间，同他的夫人谈起这件事来，气愤愤地骂了他几句：

这般忘恩负义的东西！我家这样穷，他又不是不知道。你就不寄钱来，假假的也写个信来道道谢。你就是把朋友忘记尽了，女儿总是你自己的人罢。我不是看在朋友的面上，为什么要替你做奴隶呢？想不到世态人情，坏到如此地步。

春生与俊英同着读书有四年多。两小无猜的他俩，格外显得亲密。呼哥唤妹的不分不离的快乐生活，使她忘了她的父母。使她忘了她的孤寂飘零。她在世上，可以不要父亲，不可没有春哥与陈婶婶。陈家每有人骗她，说她的父亲要来接她到外国去的时候，她就哭着不要去。有时私去问春哥，这事到底是真是假。当日七八岁的俊英，心灵已不似从前的简单了。就在那年的冬天，杨德臣的一个朋友叫老张的，也是认识陈先生的——从日本回到大连。无意中碰着陈先生，久别相遇，于是乎两个人同到茶馆里去谈闲天。老张把杨德臣的事，一五一十地都告诉他。说他如何待中国人不好，说他贩鸦片烟被日本人查没了家产，说他讨了日本老婆，说他日本老婆如何凶狠，说他生了一个女孩子，说他有钱都送给老婆用，说他打算在吴市长住。后来又谈到他自己的事情，他在吴市卅一家埋发店，这次回国，是来请助手的，一二月后，仍将回吴市去。陈先生问杨德臣还记不记得自己的女儿。他说："我这次来的时候，要老杨买几件衣服带回，他竟掉头不顾。我气极了，责备他有了日本老婆，连女儿也不要了。"陈先生听了老张的话，气得两眼出火，大骂杨德臣不是东西。觉得自己辛辛苦苦替他养育俊英，也太没有意思。就在茶馆里，托付了老张一番。无论如何，请他出国的时候，把俊英带往日本去。老张本是一个怜惜俊英的人，虽说恐怕杨德臣的日本老婆待她不好，总觉得与其寄人篱下，不如回到父亲那里去，他就满口应允了。

陈先生回到家里，把杨德臣在日本讨了老婆忘记朋友、忘记女儿的事，一五一十气愤地告诉他的夫人听。夫人懒懒的叹声气说："男子就是这样的呀，但想不到他连女儿也不要了。"陈先生把决定送俊英到日本去的计划也告诉了她。并要她替俊英检点一下。陈太太虽有点不舍之情，见她的丈夫说得如此坚决，兼以俊英到底是杨家的女儿，留亦无益。因此也就决定预备俊英出国了。

俊英初听见要把她送到外国去，她舍不得春哥，舍不得陈婶婶，足足哭了一上午。小兄妹一般的春哥与俊英，同上了四年学，度了四年有生意的春风，看了四年清丽的秋月。唱歌也是俩俩，跳舞也是双双。一旦要把她们分离，那能叫他们不哭。春哥听到俊英要离他远去的时候，他也赌气不去上学了。陈太太又何尝不是爱春哥一样的爱俊英，但有什么方法留住她不远去，但有什么方法留住春哥唯一的爱友不远去呢！

一月以后，俊英没有上学了。她离开学校的那一天，教国语的刘先生向她说，叫她到了日本，不要忘记了中国。见了日本的国旗，要时常想起中国的国旗，听了日本人唱国歌，自己也要唱唱中国的国歌。要这样，才算是一个追怀祖国的好孩子。俊英离了学校，也不像以前哭着不往外国去了。陈太太把她母亲死了，她父亲把她寄在她家的事都告诉她，她听了这些话，知道到日本去，并不是苦事。知道自己是没有家的女儿，知道春哥是她终究要离开的朋友，知道到父亲那儿去，是她唯一的路途。所以她不哭着不往外国去了。

陈太太替俊英缝了两件新衣，隔壁的王二嫂见陈太太这样爱这孩子，也买了两双洋袜子送她。春哥送她一张画片、一枝小铅笔，俊英还他一个花盒子。俊英同春哥说：这回去了不久就会来的，来时一定买许多画片与皮球回来同顽。春哥要她到日本后常寄信来。陈太太坐在旁边，看着这对天真的孩子，心里倒觉难过。就在那月月底，时间支配了一切的人们，俊英离别了陈婶婶，离别了她最亲爱的春哥，跟着老张，渡过汪汪无边的大海，走入海国的他乡去了。

三

俊英到日本的时候，杨德臣夫妇已在吴市住了两年，俊英也快满九岁了。九岁的聪明孩子，在国内读了几年书，也知道中国的国旗，是红黄蓝白黑五色，也知道中国的地图，是一枚海棠叶子的形状。在她小小的心里，见她的父亲，讨了日本妈妈，知道自己这回到日本来，是走进悲哀之海里了。初来的几天，父亲对她还温和体贴。但他的老婆，责备他娶她时，不应该骗她没有儿女，在一个晚上，两夫妇几乎打起架来。杨德臣暗暗地埋怨老张多事，弄得他家庭不和。

杨德臣娶日本妻的第二年——搬到吴市的初夏——生下一个女儿名叫清子，现已两岁了。俊英初来日本的任务，既没有学校读书，只好专负看护清子之责。有时清子在外面哭了一声，跌了一交，尿湿了裤子，弄脏了衣服的时候，俊英总得受日本妈妈的打骂。起初杨德臣还说两句公道话，后来他也莫可如何，只好付之不闻不问。以后他家的重工，如汲水洗衣一类的事，都搁在小小的俊英的肩上了。可怜的俊英，真是走进了救不出的牢狱之门。

每当黄昏或夜静的时候，俊英一个人站在小院的门旁，望着同春哥望过的月色，听着同春哥听过的风声。她怀想以前的往事，常至小小的眼角里，吊下双双的泪珠。只有故国北海的山旁，有一个体谅她的春哥，有一个怀念她的春哥。以前双双的跳舞，相和的唱歌，都成了过去的陈迹。除令俊英受了日本妈妈虐待之余，追怀追怀以外，永远同着海水东流，一去不再回头了。流落海国的她，怅望着祖国北海的山旁，在她小小的灵魂里，已充满了人世共感人世同悲的乡愁了。

俊英到了吴市，没有穿过新衣，没有吃过热饭。以前的活泼天真，渐渐地消失下去，面庞也较前憔悴多了。在那儿住有一年，使她了解悲苦，使她了解了乡愁。使她追恋祖国，使她追恋死了的妈妈和爱她的陈婶婶。最使她追恋而又自悲的，是故国北海的春哥。

俊英受日本妇人种种的虐待，中国工商人都当做茶馆酒店的谈话资料。有的说那个日本女人并不漂亮，有的说后妻虐待前妻的子女，是一件平常的事。也有叹息俊英命运的乖离，也有骂杨德臣失了中国人的面子的。只有理发店老张，同情俊英最甚。曾几次责备杨德臣忘前妻，弃女儿，讨日本老婆的三条大罪。杨德臣虽偶然回忆到前妻之情爱，觉到俊英的可怜，感到做父亲的惭愧，但也莫可如何。因为他对俊英稍稍表示怜惜，他那日本老婆就会闹得天翻地覆。使她对待俊英，反加深一层恶劣的情感。

俊英的悲苦，只她自己知道。乡愁的思亲的眼泪，只得暗暗地流入心的深处。在这举目无亲的海国，在这荒凉寂寞的他乡，她的层层的悲苦，向谁告诉呢？故国北海的山旁，她灵魂寄托的故国北海的山旁，永远在风前月下怅望着。"愿死在中国妈妈的墓旁，不愿在吴市久住。"有时她偷偷地这样向父亲哀求，这样求死如求生的哀求，她总归是失望了。唉！何处是故国，何处是故国的春哥呢？可怜她，可怜她那纯洁而无处寄托的乡愁，如病一般，一天一天地更深沉了。

杨德臣近来因老婆的吵闹，也不安于家居的生活。早就想换换地方，免得眼见风波，管也不是，不管也不是。恰巧那晚上，俊英打破了一个茶壶，日本妇人口里乱骂，右手拿一根木棍，向俊英的头上打来。杨德臣见了伤心，夺了木棍，反把日本老婆打了几下。她于是大发雌威，足足闹了一晚。杨德臣弄得没法，第二天早晨，带着俊英往广岛去了。

吴市隔广岛只坐点半钟的火车。在日本的关东，广岛总算是最大的市镇了。广岛有一个中国留学生的饭堂，老板是大连人，姓李名义亭，是杨德臣的旧友。他这次带俊英到广岛来，就住在老李的饭店里。许多中国的留学生，慢慢地都认识了俊英。有的请她看电影，有的请她游公园。每当问她的妈妈的时候，她的小眼就红了。在她聪明伶俐的面貌，看不出喜色，看不出活动的神情。常是一人沉闷地坐着。但是她到广岛以后的生活，可以说是走进了乐园的自由殿了。她的父亲看见留学生这样爱她，自己也改变了从前的态度，常借这女儿做幌子，来与学生们接近。我也就在这时，认识俊英同她的父亲。当时杨德臣穿一件蓝长褂，一双中国布鞋，手摸着几根伟人式的胡须，在街上踱来踱去的模样，宛在目前。北京杨君还暗笑过他，看不出一个这样黑皮黑脸的东西，还生出了这样可爱的女儿来呢！

我初次认识俊英，她也就深深地认识了我。我同她谈话，是同情的又是叹息的，从来没有取笑过她一次。我深深地感到她所感到而无人知道的悲哀。常想救她而无从救起。我愿把她做我的妹妹，同时我也愿救我的妹妹。因此我每同她的父亲谈天的时候，总说这孩子如何可怜，如何可爱。在这荒凉寂寞的海外，除了爸爸以外，还谁爱她呢！

记得关于俊英受虐待的事，还是小王告我的。小王原来在吴市做小工，也是最近跑到老李的饭店里来的。他在吴市的时候，与理发店的老张，可以说是拥护俊英的一双大将。有一次因日本老婆无理地骂了俊英，恰遇小王在杨家里，竟同那凶狠的妇人大闹一次。他在广岛当着留学生，演说俊英受苦的事，谈到与日本妇人吵架的时候，学生们都赞美他是英雄好汉，赞美他是武松、鲁智深一流的人物，大有路见不平，拔刀相助的气概。有些人竟鼓起掌来，说小王替中国人报了仇，痛快痛快。我也就在那一次，深知俊英在家庭受苦的情形，深知她日本妈妈的恶毒，深知她父亲的庸懦无能，深知小王是一个有燕赵豪侠气概的男子。从那一次起，我觉得小王格外可爱了。在污浊的中国社会里，竟有一个这样可敬可爱的人物。我当时做了两句诗送他，"燕南冀北多豪侠，谁料他乡觉遇君"。但是我没有给他看，因为奉天夏君笑我"对牛弹琴，不识时务"。

认识俊英以后，我的荒凉的海外生活，好比瘦削的冬林，无意中添了几点小小的娇艳的花草。晚饭以后，我常带她往海边散步，有时费三四角钱，坐一只小艇，在海湾中随波流荡。俊英在这时候，告诉我她受苦的事。描画日本妈妈那幅怪容貌的时候，我竟笑出声来。我同她谈了几次长话，知道她最追怀的，是死了的妈妈与故国的朋友——春哥。她在未出国之前，还过了几年天国里面一般的生活。想当年的她一定比这时活泼，一定比这时还要美丽。经她的小口说出来的春哥，我也觉到他的可爱。我想俊英这样追念春哥，在故国的春哥，也必不忘记寄居在岛国的俊英罢。一是乡愁，一是离恨，平庸的忙碌的世人，有谁知道这对小朋友的情怀呢！

每天没事带俊英顽顽的生活，梦一般地过去。算来又是一月了。到底不能忘情日本老婆的杨德臣，时常逼俊英回吴市去。杨的意思，也不能说没有理由。俊英毕竟是不能离开家庭的，这样同她妈妈赌气，感情愈加恶劣，不如趁早回去，自己殷勤一点，或可转圜一下。我们也觉得只要有她的父亲能够稍稍体谅她，不如回去的好。虽说俊英自己表示不愿回去，在她父亲的心里，早已决定回吴市是她唯一的路途。

在广岛顽了一个多月的俊英，较前活泼了多少。她的脸上，常泛出红潮来，不是从前那般的憔悴了。但在她的明眸里，总是映出郁积的哀情。我想，这孩子的悲哀，已深深地锁在她心的深处了。可怜小小的她，在这荒凉寂寞的人世上，已被命运支配，跳不出悲哀之门。人世间的缺陷真多呢！

小王决定到吴市去开家小菜馆，定下午五点的火车，到吴市去。杨德臣正在广岛与几个朋友，筹划经商的事情，一刻不能回家。他决定俊英同小王一路回去。俊英怎愿离开广岛呢？怎愿离开自由天国的广岛呢？当对父亲说了两句——我不去，我死也不去的时候，父亲竟执皮鞭打她，她终于是哭了。不敢再见魔王式的日本妈妈，不愿再进牢狱的深宫，她终于是哭了。

俊英受了父亲无理的严威，不由自主地走来找我。我有什么力量救她，我有什么力量，把她从悲哀的海里，救到光明的彼岸呢。只能望着她堕落，只能望着她走入苦恼之门。人世间最可悲之事，总没有比得上望见一个可爱的孩子，将堕入陷阱而不能救的罢。我只好安慰她，要她不要违反父亲的意思。这于她又有什么用处？顶多在她小小的灵魂里，得有一刹那的慰安。

她来找我的时候，禅林寺正响着正午的钟声。我带她吃了饭，买了一双鞋子一件衣服送她，说明在无路可走之中，只有回去一条路，又同到中国饭店，去找她的父亲谈了许久的话。请他以后稍稍怜悯这孩子——这无人怜悯的孩子。她父亲竟为我的话所动，我走时很感激的送我到电车道上。

可怜的俊英，就是那下午同着小王到吴市去了。

四

俊英走了的第六天晚上，我坐车到东京去。在车站恰巧碰着小王回广岛来，他慌忙地说，俊英到家的那天，那日本婆娘，就大骂她一顿。车铃一响，我即刻跳上车去，虽说没有详细地问他，可想到她的乡愁，她的悲哀比以前更深了。我到了东京，住了一年零五个月。每当独坐沉思，总容易想起俊英。但也无从探听消息，只知道在海国的他乡，有一个这样哀哀无告的小同胞罢了。

我在东京住了十几个月，没有一点成绩。后来竟因为生活太高的压迫，只好重回到半岛上的广岛湾边来。湾边的友人，仍是往日的嬉笑，仍是往日的忙碌。在他们的谈话中，已听不出俊英的消息。命运悲苦的俊英，竟不能在他们的脑海中，留下一个印象。人去如同流水，找不出什么痕迹来。就是杨德臣早已离开广岛了。

有一天晚上，我在一家大咖啡店里，无意中会见了小王。因他在吴市亏了本，菜店早已停业了。现在在这店里，当中国菜的厨子。他望见了我，殷勤地走来同我谈话。稍稍寒暄了几句以后，突然的问我一句：

俊英死了，李先生知道吗？

他这一句话，在我听到的那一刹那，确实惊奇了一下。惊奇过去，我的思潮又平静了。

唉！可怜！我知道这孩子是要早死的呵！

小王很激昂的诉说杨德臣与日本妇人的罪恶，很伤感的诉说俊英之死。滔滔不绝，大有长江大河，一泻千里之势。我没有听他说些什么，有"俊英死了"这四个字，还再要听什么呢？我闭一闭眼睛，又满饮了一杯。

我辞别了小王，乘着酒醉，在夜风中漫步回来。我想——俊英死了，可算脱了苦恼的生活罢。我要祈祷俊英的亡灵，走入天国，有许多执玫瑰花的天使，伴着她游戏。至于她是怎么死的，我们又何必去追问呢？但是故国的北海的春哥，恐怕在她死时，也还是在追念的罢。

十七年元旦作于太湖之滨

盲诗人 *

一

盲诗人自失去了创作的自由以后，就是悲伤，抑郁，苦闷，诅咒，现在，他终于是死了。

他不是寻常的人们，并不感着生的欢乐，或是死的恐怖。他唯一的愿望，能够在他的死前，完成他努力了好几年的大作。使世人了解他苦闷的心情，因这苦闷，而不得不去创作。他反对一切因外部的牵引而去创作的人们，对于杜斯退也夫斯基照着开邮车的时间，而来写文章的事，他曾表示深深的不满意。他的创作，好比鸟儿唱歌一样，全因内部的冲动，而要歌唱，而要表现。不这样，就更苦闷，更悲伤。他有时抬着头，对着黑暗的天空说：

——《宇宙之歌》，是我的未完成的生命。无论如何，在我的死前，要把你完成啊！

但是，《宇宙之歌》没有完成，诗人就死了。

盲诗人由病而至于死，没有人去看过他，除了一个忠诚的女仆。这女仆跟了诗人五年，诗人瞎了眼，衣食都靠这女仆。许多的朋友都同诗人疏远了，只有她，始终跟着他，同情他，他俩成了患难的朋友。诗人也说："我的苦闷，只有她才知道啊！"

粗俗的女仆，经了长期诗人的陶养，竟成了一个尊重艺术的女性了。她同情这薄命诗人的苦境，她怜惜他的寂寥，她愿牺牲她自己的事业，永

---

*　本文原刊于《长夜》第三期（1928 年 5 月 1 日），收录于《盲诗人》（启智书局 1929 年版）。

远地伴着他，伴着他至于死。

诗人死后，女仆很悲痛地哭了一场，因此有人说，诗人和女仆，曾发生过肉的关系。

《宇宙之歌》没有完成，诗人就死了。此后，也就从没有人，看见过那女仆的踪迹。

二

诗人叫马德，在五年前，同亚利自由恋爱而结婚了。什么话也形容不出他俩生活的美满和幸福，他们永远爱着，双双地踏过春天的花草，望过秋天的星月，不知道爱情以外，还有世界，一切都浸在爱的海里。马德是天才的诗人，亚利又是美丽的少女。这是多么幸福啊！

在那时，马德已出过两本诗集了。第二集题名《爱的胜利》，在卷首曾写明是他与亚利结婚的纪念。这诗集出来，立时得了意外的好评，因此马德就得了诗人的雅号了。

马德的性情，非常孤傲，他生平的知己，除亚利外，还有男友施布兰。他们三人，原来都是同学，马德与施布兰同时爱着亚利的时候，亚利费了几度的踌躇，结果，舍了美丽的少年，毅然地同相貌不佳的诗人马德结婚了。

亚利就是马德天才最初的认识者，她想，同他结了婚，使他感到生活美满的时候，做出诗来，一定更潇洒，更浓艳，她负有成就他的艺术的责任。因此她决定舍弃美的施布兰了。

马德得了爱的美满，一心从事艺术上的创作，他想仿照但丁的《神曲》体，做一本长诗，叫做《宇宙之歌》，把世上一切活着的死着的东西，都写进去，他的幻想，结构和体裁，他想特殊的表现他的新奇和伟大。他的抱负不凡，与克莱司忒想扯破哥德额上的花冠一样。他无日无夜，不在计划他的《宇宙之歌》。

关于《宇宙之歌》的事体，只有亚利，施布兰二人知道。他们也是以真诚的心意，在祈祷他这伟大的成功。好使这《宇宙之歌》，做一件高贵的遗产，传给后世的人们。

三

马德将《宇宙之歌》还没有写到一半的时候，在某夜间，他两只眼睛，全然失明了。任何医生，看了都束手无策，从那夜起，他的眼前，永远变成了黑暗，无边的黑暗。

世上的人，都知道盲者的苦痛。心灵不死的活尸，行动的自由，被剥夺尽了。尤其是被创作欲冲动的艺术家，失去了表现的自由，比什么人还要苦闷。

马德有两件最伤悲的事，是寻常的盲人，不容易同时感到的。第一他担心《宇宙之歌》没有完成的希望，第二那样年青貌美的亚利，怕不会再爱他了。失去《宇宙之歌》，或是亚利，是他的生命与艺术的幻火。他感到生命与艺术，分离不开。没有生命，没有艺术；失了艺术，生命也会不能存在。因此亚利是《宇宙之歌》的本质，《宇宙之歌》是亚利的象征。他这次偶然的双目失明，艺术与生活，同时有摇动或幻灭的怕惧。他于是悲伤，抑郁，诅咒，挣扎而哭泣了。

他过惯了盲的世界，忘却了往日的光明，反感到往日生活的平凡无味了。他觉得要在这黑暗的里面，能看到光明，才是真正的光明。往日人类的丑恶，社会的污浊，都在他的眼前逃遁。现在所看到的，是人类的曙光，与最深一层的人间苦。这种人间苦，这种纯粹的内部的冲动，在以前，他从没有感到过。他现在的情感与幻想，更净化，美化，艺术化了。

他想，《宇宙之歌》的后半部，或更深刻，更美丽，更能动人罢。但是，亚利呢？他一想到，就颤栗，悲伤，由失望而至于哭泣。"一个那样美的女子，年纪又那样轻，能爱我这瞎子吗？"马德这样想着，不知有好几十次了。

马德瞎了眼以后，他愈感到看真了艺术，看真了人生，看真了亚利的美。他恐怕失去这真的艺术真的人生真的美，使他悲伤，苦闷。

——亚利啊！我的眼睛，虽说看不见习惯眼下的光明，但我愈觉得你是美了。你的发，面庞，睫毛，眼珠子，就在黑暗中，我还是看得很真确，一刻也不忘的啊！

《宇宙之歌》不能完成，亚利的爱恐会失去，这两件事，播弄马德全部的命运，压迫得使他喘不转气来。

四

在一个微凉的晚上，马德再也忍耐不住，将自己长期苦闷的心情，向亚利剖开了。

亚利：我不好叫你爱一个盲人。

盲人，不要紧。我爱你的天才，我爱你的艺术的幻想与情感。我读你的《宇宙之歌》，我才感着你与寻常人不同的伟大来。

我的痛苦，也就在这里，我时时刻刻，在担心《宇宙之歌》的命运，和你的离开。

不会的，我负有成就你的艺术的责任。只要你能有艺术的内部的冲动，我有眼睛，有手，我可替你写下来。你瞎了眼睛，在你的生理上，当然是痛苦；这种痛苦，我给你最深切的同情。关于艺术的创作，我愿尽我的全力，来帮助你。最低限度，要使这《宇宙之歌》，在短期内完成。

能这样，就好，在《宇宙之歌》未完成的以前，我是不想死的。讲到创作欲，这很奇怪，我瞎了眼以后，什么艺术，人生，自然，恋爱，我都看深了一层，《浮士德》《神曲》里面的世界，我体会到了。我的情感幻想，比以前更清净更真挚起来。不知道有些什么东西，充满着我的全身，恨不得站在高的雪山的顶上，向人间歌唱一个痛快，或可稍稍的松缓一点。这种充满全身的东西，好像燃着红焰的火，在烧着我的生命。妹妹！我现在非大声的歌唱不可了。这种现象，在以前从没有感到过。你若能替我尽点力，《宇宙之歌》是不会绝望的。但是我的，你的，以及《宇宙之歌》的命运，都逢了悲惨的际遇。唉！我想死，又不能死啊！

你说过，"在《宇宙之歌》未完成的以前是不想死的。"你真不能死，你负了重大的人类的责任。请你放心，我愿尽我的力量，来帮助你。你想，我的心，我的美，不是你的，是谁的？

我担心你给第二个人。

第二个人，不会的。你放心罢。你现在日夜闭着眼睛，多做点瞑想的工夫，这本《宇宙之歌》要在诗坛，树起遥天的金字塔来。给人们做一个永久的赠品。

是的，我一定要努力。

《宇宙之歌》还有多少？

已经写了一半。

我想，再有半年，总可以写成。从明天起，我来做书记，每天写六点钟。

是这样，半年很够了。我真高兴，我要庆祝我的再生。我在这盲目的世界里，又得了美，得了爱，得了光明，得了艺术。

明天起，一定

好的好的，妹妹！

……

这样谈话的声音，在这间小小的楼上，慢慢地迟缓下去。月轮已升到中天，在盲人的脸上，也看得出深沉的微笑来。

室里的空气，只是美满与平和。

五

六个月过去，《宇宙之歌》快要脱稿了。

马德一面庆幸艺术的告成，同时又担心亚利在完成这作品之后，将要同他离开。他想，《宇宙之歌》脱稿之日亚利的责任也就完了。一定有风采翩翩的少年，在等着她，在爱她。然而，他没有更好的方法，防备旁人，从这黑暗的围抱中，将亚利夺去。他比以前更苦闷了。

亚利近日的状态，比从前确有点两样。下午出去，有时要到半夜，才回家来。就是平日在家的时候，似乎也常常在同什么人往来的一样。马德的眼睛虽不看见，他的净寂的心灵，已经深深地感到亚利的心，不比从前那样的固定了。这件事虽使马德悲伤，但他从没有对她提及过，他不敢压迫她的心，使她同样感着苦闷。

在这几月里，施布兰用全力与亚利接近，他当着她，恨不得要把他的心剖出来给她看。他献尽了殷勤，说尽了缠绵的情话。在月夜的深林，他曾跪下请求她摸过他的跳动的心。亚利怎样呢？她站在十字的街头了。

亚利踌躇了许久，她决定爱"人的施布兰"，爱"艺术的马德"了。决不离开诗人，使他的艺术消沉；也不断绝青年，使他失望而至于苦闷。她想把他们两个合为一人，来寄托她自己的生命。

施布兰与亚利的事，马德从没有怀疑过。他近来虽感到亚利的行动有两样，在梦中，也没有想到他的朋友，有这种争夺的阴谋。因此在他《宇宙之歌》快要脱稿的几天，他很想同施布兰磋商关于处置亚利的事。

有一天晚上，亚利不在家，楼上的灯光下，只有马德和施布兰两人。

马德把这半年来，每天创作的事情，全部告诉了他。说亚利怎么肯牺牲，说《宇宙之歌》前后部的差异，又谈到出版的问题，又谈到最近文坛的状况，最后谈到亚利近来的行动的时候，在他瞎了的眼角里，竟流下泪来。

你不要伤心，马德，想一个方法罢。

唉！有什么方法。

今晚她到什么地方去了？

谁知道！这两月来，她一出去，便半天，有时要到半夜才回家来。问她，她也不作声，就睡去了。你看，这使人多难堪啊，她常常说，"在《宇宙之歌》未完成的以前，我是不会走的。"现在呢，这作品快脱稿了。以前我日夜总是计划创作的事情，看如何能够早点完成。现在将要完成，她的行动，又使我苦闷了。这种苦闷，除死以外，是没有方法解脱的啊！

《宇宙之歌》写完了没有？

有了十九章，最后一章，又写好了三小节。我的腹稿，早就完成了。半夜在床上读起来，真觉得沉痛。我想，读了这长诗的人，不下眼泪，连叹息也不叹息一声的，这人一定是木石。我的作品，不希望这种人来欣赏，就是没有一个知音者，让这诗沉没到泥底里去。

有了腹稿，写下来是容易的。

但是，亚利也不比从前那样尊重艺术了。你说，她近来这种行动，使不使我嫉妒？

嫉妒是不行的，你得想一个善后的办法来。你要知道，亚利是那么年轻，你呢，又成了一个残废者。她这次助你完成《宇宙之歌》，正可以看出她爱你爱艺术的心境。你现在一定想长期占有她，这是压着她的流动的心，她的生活会感到寂寞与干枯了。

我不能放任她，她的美，她的心，她的温柔，她的一切，我一刻都不能缺少。没有她，我自己就会消灭。瞎眼以后，我更爱她，我更不能离开她了。我以前曾读过德国海勃尔一部戏剧。里面写一个国王，奉了罗马教皇的命令，要到一个辽远的地方去打仗，然而又不许带妻子去。国王正在热烈地爱着他的妻，他知道这次的出征，是不会生还的，他痛苦极了，他不愿他的妻，另外同旁人发生关系，最后，他对他的大臣说："假使我战死在沙场的时候，立刻将王妃处以死刑。"……

爱的极端，就是死。由爱而妒，妒而恨，恨而致于争斗，原是一条直线。

我那时读了以后，觉得国王的妒心与占有欲太强了，因此产生这人类最大的悲剧来。到现在，我才体会到国王的心情，是人类最悲苦最深切的眼泪。被这眼泪把人们驱逐到残忍的路上去。我现在就走到这残忍的路上了。布兰！你是我的好友，我毫不隐瞒地说，我想，在《宇宙之歌》完成以后，设法杀死亚利，而后自杀。我不能在我的死前，看见亚利被旁人夺去。但是，我也想不出杀人自杀的方法来。

马德！你的苦闷，我全了解。不过你这种杀人自杀的计划，太残忍一点。虽说你是一个瞎子，不能拿刀割下亚利的头来，你这样想着，比做了还要残忍。

朋友！你要知道，我是爱她，爱我自己。爱的极致，只是死，真是不错啊！

你等《宇宙之歌》完成以后，再这样做，除了残忍以外，还太自私。因为将来的人们，只知道《宇宙之歌》的作者是马德。

难道我愿这样吗，实在是我心中的矛盾，逼迫我不得不这样想。万一我不能杀死亚利，亚利万一爱了旁人的时候，我只有自杀。

马德，你的苦闷，我全了解啊！

我今天的话，你不要当任何人说，布兰，我这个瞎子，你是应当同情的。

……

六

那晚施布兰回到家里，把马德的话细细地想了一番。他虽同情老友的苦闷，同时又不能放任亚利。

唉！亚利是马德的爱人，我不该欺骗朋友，实在我若是设法去占有她，并不是难事，可是心里总有点不安。在瞎子眼前弄鬼，是世上最大的罪过，尤其是在好友的面前。然而马德今晚的话，也太刻薄，现在救亚利的责任，全落在我的身上。我要设法，我要把这美的痛苦的亚利救出来。

施布兰的心里，充满了矛盾与争斗，美，爱，友情，艺术种种的冲突，使他的生活的内部，感着极端的不安。他那晚睡在床上，辗转了一夜，最后，他还是决定要爱亚利，要与亚利同逃。

第二天早晨，很早很早，他就爬起床来，走到窗前一望，一道温和的阳光，高高地铺在树枝上，晨风轻轻地在卓尖上吹过！深深的草，都歪在一边。小鸟正在吱吱喳喳地叫着，天空又是那么清亮，一片云影儿也没有。他想，这是一个好日子，一个救亚利的好日子。

他什么东西也没有吃，把脸洗好，拢了一下头发，一迳跑到马德的家来。那时马德还睡在楼上。亚利也刚起来，还没梳洗，她那种未梳洗以前的真纯美，把施布兰迷住了。

亚利同女仆正在楼下谈话，看见施布兰走进来，女仆连忙走上楼去打扫。近来亚利的行动，只有女仆知道，她是聪明的了解人意的妇人。所以她总是避开。

女仆走了以后，施布兰真诚的将马德的阴谋告诉了亚利，里面还添了许多恶毒的话。讲到马德想在《宇宙之歌》完成以后，谋死亚利的话的时候，他的声音，又是同情，又是愤怒。最后说：

亚利，我爱你五年了。你看，马德的心，多么阴毒。他现在骗你写《宇宙之歌》，等到完成的时候，他就想害死你。多么自私，后日的人，只知道《宇宙之歌》的作者是马德。亚利！到了这危急的时候，你该快快地决定。《宇宙之歌》在这几天，就要完，说不定你的生命，也就快完结了。说起来是多么伤心啊！

施布兰的真挚，同情，愤怒，复仇的心情与态度，亚利还是第一次感到男性的媚气。她今天觉得他是格外的忠诚而又可爱了。觉得自己落在虎口，他是她唯一的救星。她失了主张，她失了艺术，她失了一切。

男子多刻薄啊！我曾对你说过，我永远爱"艺术的马德"，爱"人的施布兰"。我决定把你们俩人，合为一个，来寄托我的生命。不料男子的心，是这样的阴毒。马德瞎了眼睛，虽不容易害死我，但是，他每天在这样想，就使人感到人类的残忍与丑恶了。可怕啊！这人类！

施布兰见亚利在踌躇与怨恨，乘机说自己是怎样忠诚，怎样了解，怎样怎样，说了许多。站在十字街头无路可走的亚利，于是被他的甘言迷住了。

布兰！那么，我就同你走罢。

亚利走上楼去，马德还没有醒来。她悄悄地拿好《宇宙之歌》的稿子，就同施布兰出去了。

女仆望见太太同施先生一路出去，并不是初次的事，因此觉得毫不稀奇。用眼睛送着他们出门以后，仍低下头来扫地。

七

马德在晚上，早已将《宇宙之歌》的最后一章想好，预备这天，要亚利替他写下来。再有半月校订的工夫，这部大作，就全工告成了。

到了下午，到了晚上，到了第二天早晨，亚利仍没有回来，马德恐惧了。最后把女仆责备了一大顿，女仆说：

昨天早晨，太太同施先生一路出去的。

马德到这时才恍然大悟，用力地叹了一声长气。

——完了，一切都完了，什么爱，什么美，什么光明，什么艺术！

从那天以后，施布兰同亚利，一直没有踪迹。马德想打听，也没有能力，日夜坐在家里，苦闷，寂寞，悲伤，抑郁，而哭泣而狂吟。他没有一刻忘了亚利的美，也没有一刻忘了未完成的《宇宙之歌》。陪伴他的寂寞的，料理他的衣食的，只有那个女仆，只有那个了解他同情他的女仆。

不用说，马德以后的生活，精神或是物质，都感着深深的不安。后来到了困难的时候，连几件旧衣服都送往当铺里去，最后，把女仆的一点余钱，也移作家用了。

盲诗人终于是死了。

八

在盲诗人死后的第二年的春天，在有名的《文学评论》的杂志上，连载一篇《宇宙之歌》的长诗，作者署名为施布兰。这本长诗，在这周刊上，继续登了十期。登完不久，有许多大小的批评家，都争起来批评这《宇宙之歌》，大致对于这位新进作家，都表示赞美。

有一个人说：这诗的作者，是仿哥德《浮士德》的体裁，而又受了梅德林克的神秘思想。诗句的豪放，又与雪莱的《西风歌》相仿。他的结论，这首长诗，在五十年来的文坛中，是一件最高贵的作品。在诗歌史上，建立了不能摇动的位置。

到后来有一位年青的作家，对《宇宙之歌》发表了一篇论文。他说，"这诗就全部看，总算是一部佳作。分开细看的时候，后部要比前部好。最可惜的是最后的一章，比前面任何一章，无论质量，都要恶劣。就是文句，也比不上以前的美丽。若作者是古人，我们一定要疑心这是那一个的续作。

这大概是作者到了最后而疏忽的原故罢。总之，在这贫弱的时代，能产生这样的作品，可算是人类的一件幸事。"

这本长诗的出版，打破了当时文坛的沉寂，激动了当时人们的心。一般青年男女，一面同情《宇宙之歌》里面主人公的命运，一面又热烈地赞美这诗的作者。

但是，自《宇宙之歌》发表以后，施布兰从没有发表过其他的作品。希望他过甚的人们，竟有在报纸上，做文章骂他得了地位而不努力的事。

日月是不死的，宇宙是不死的，《宇宙之歌》也就永远在人间而不死了。

二八，四月十一脱稿

新　生[*]

一

这是一个深秋的夜。

一间小楼上，布置得很整齐。带了绿套的电球，放出又清淡又幽静的光来。仲芷正执着笔，在写一封要紧的信，她脸上的表情，是严重，是惊奇，是奋怒，然而又显出无限的悲伤。

楼上是静寂，窗外是风声和雨声。

……

今天是我的再生，我要庆贺这再生。我再不能因循，再不能苟且，再不能堕落，再不能偷生了。我醒了，我醒了在圆睁着眼。

我自己也奇怪，我怎么有这力量，能推翻能反抗我过去的二十八年的生活呢？在这荆棘满途的社会里。兼之我是人的妻，是三个孩子的母亲。

因为我还没有疲劳，还觉得有生在这世上的必要，所以我要整理行囊，到沙漠或是花丛中，去找我要找的东西了，这东西是我渴望着的。

我不是责备你不爱我，根本我就觉着爱的厌倦与怀疑，然而，你是那样爱着我的，但是我不满足，我仍要追求，要追求我要追求的。

我不相信，在这无边的宇宙里，就没有一块土能容下我这孤独的身。我要去，要去创造自我，完成自我，而自己劳动，自己生存。

在过去，曾有几度想跳出这家庭，因为我是女子，我有弱者的心，

---

[*]　本文原刊于《长风》第一期（1929年1月15日），收录于《昨日之花》（北新书局1929年版）。

我没有那般坚决的勇气，时时被你和孩子们的眼泪，挡住了我的去路。这一次下了决心，硬想在我残余的生命里，流出一点鲜血来。

我不否认我曾爱过你。在八年中，你我互相占有了你我的青春……这是事实。我觉醒了，这青春的占有，不是生命，我要找我的生命去。我恨悔，为什么等到今天，才有这决心。

我虽不敢以娜拉，以玛克达自命，然而我在这世上并不孤单，因为他俩是我精神上的友人。在爱丈夫与孩子之前，我得先爱我自己；在救世人之前，也得先救我自己。我是常人，我比不上耶稣——钉在十字架上的耶稣。

因此我不怕上帝的责备，弃着孩子与丈夫而出走了。然而我又恐慌，恐慌着我以后的生命的计划与安排。我不怕今日世人的唾骂，怕的是我后日的沦落与因循。

你看了这封信，不要悲戚，不要彷徨，不要猜忌，更不要留恋；你把精力献给社会，把你的心，交给孩子们，你再没有缺陷，再没有空虚，在你的生活里，我想。

你要同情我，要尊重我，在今日的社会里，一个有丈夫有孩子有时代的心的女子，想跳出这铁壁铜墙的家庭生活的藩篱，是一件极难的事。在她的心里，充满了爱的肯定与否定的痛苦以及人生矛盾的悲伤。还要在这千难百劫的人世途中，自己凭着失了青春的手足，孤军独战的杀出一条血路来。我写到这里，感伤与悲愤的眼泪，同时流下了，然而我又感着热，因为在我的胸里，燃烧着要跳出这藩篱而前进而呼号的火。

我想用这火，来燃烧你和孩子们的心！

白沙！你好好带着孩子罢。若是真爱着我！

孩子们！别了，白沙，别了。

……

仲芷写完了信，提着她最简单的行囊出门了！

楼上是静寂，窗外是风声和雨声！

二

白沙的夫人出走，很惹起一般人的注目。白沙在教育界，仲芷在妇女界，都是稍稍有声望的人。现在呢！白沙是中学的校长，她以前也做过中学的教员。

对于这件事，社会上发生种种的批评：有的说，中国确实到了一个可怕的时代，一个妇人弃了丈夫，连自己生下来的孩子也不要，自己怎么样想，就怎样去做，这种女子，是扰乱社会扰乱家庭的罪徒；有的说，喜欢讲恋爱的人，双方发生如何的不幸，双方如何的苦痛，都要双方自己去承担，可怜的，是几个无依的孩子；有的说，急进派的女子同保守派的男子的生活，始终是不能调和的，发生这种悲剧，也是必然的结果；有的专责备白沙，也有的专归咎仲芷，尤其是他俩的朋友们，闲谈的时候，就借着这种题材，来批评家庭，恋爱以及社会上的诸问题。

社会上的舆论，好比各种颜色眼镜片底下的风光，有谁能抓住当事者的心，有谁能看透当事者的心呢？当事者永远被世人轻嘲或是重骂罢！

仲芷走后，白沙的生活，是很可惨的；望着几个无依的孩子，更觉得可怜。他觉得仲芷因为孩子们，总有归来的一天，在他的失望与万层的苦痛里，还存着这点小而又小的希望。所以在仲芷初走一两周间，他的内心虽是悲伤，但是他对于朋友，装着镇静地说：

——终会归来的罢，就是不爱我，孩子总是她自己生的。至少她要负一半责任，不能说是新时代的女子，就能抛弃一切人间的责任，海阔天空地去创造自我完成自我而忘记了自身。这样去创造自我，恐怕也不会完成的罢。

但是，白沙很恐慌，他知道仲芷的个性，是一个思索的坚强的澈底的女子，"宁为玉碎，毋为瓦全"，这是仲芷的特质。她一旦爱着某人的时候，她也会不顾世人的耳目，而能以她的全身交给某人。他想起八年前他俩恋爱的时候，仲芷扮着男装，偷到他的寝室来同睡的事，他对于仲芷这次的归来的希望，感着怀疑与震恐了。

白沙虽说是努力教育，他确实充满了艺术家的心情，他是一个唯情论者，他主张世上的一切，都应该建筑在爱上，凡是以爱为基础的事物，才能调和，才能存在，才有永久性。假使世上的人，都能互相爱，互相尊重，世上就平和了。他自己的能够生存，能够日夜的工作，因为仲芷给了他生命的力，驱逐他前进。仲芷是他的偶像，是他的神，他没有这偶像，没有这神，他的生命，就会疲劳，就会干涸，就会死。无论什么人，都应该把自己的全身，献给这神，献给这偶像。

白沙在占有仲芷的这八年间，他是时时对着友人们，宣传他这唯情论的哲学，他时时站在这立场上，去批评社会上及朋友间发生的种种问题。因此，一般友朋都叫他做"爱神"。

仲芷这次的出走，白沙的偶像破碎了。

然而他在蒙眬的希望中，在微茫的烟雾中，他觉得这偶像有复活的可能，他悲伤的，是这偶像失了以前的圆满，有了破碎的痕迹了，在痛哭中，翘着首，等待着。

两周了！

仲芷一点消息也没有，白沙各处的朋友，都来信说，"无从探听仲芷的消息"。

——死了吗？

——跟着爱人逃了吗？

——……

白沙这时的悲痛，就是小说家，也不容易描摹。一两周来，面容全变了颜色，眼珠的光也钝了，眉下现出两个青圆圈，脸上又是憔悴，又是干枯。逢着人就谈他这次的遭遇，常常当着许多人，竟放声大哭。似乎病重的人，望着无依的孩子，等待死神的到来。

孩子们似乎也知道父亲的心情，从不对人提起母亲的事。那个五岁的祥林，每逢着人问：

——你母亲呢？

——不要讲，父亲今天又哭了！

第二个女孩子叫莉莉，今年也三岁了。她又聪明又伶俐，每望见白沙在悲伤的时候，她走去抱住他的腿。

爸爸！让她去罢！我们当她死了。我同祥哥长大了，替爸爸做事。

第三个孩子呢？还不满一岁，乳母带着他，在他小小的灵魂里，感不到悲哀，如同他感不到喜悦一样。他每天仍是微笑，仍是哭泣，在他的心里，没有人间的界限，分不出父亲与母亲。

白沙到晚上更觉难受，望着这三个孩子，他感到人间的责任，一天一天地加重地压在他的肩头。他不能如仲芷那样的自私，抛弃这些天真的可怜的孩子。他每每自心底涌出来自杀的念头，就被这人间的责任与人类的同情克服了。白沙觉得自杀，全是人类的自私。凡是想逃开自己的责任，想摆脱人世的苦闷的人们，就欢喜以自杀来掩饰自己。

然而，他又不能一刻没有仲芷。

他辞去了学校的职务，把小孩交托了朋友，预备着轻便的行囊，开始爱侣的寻访了。

——只要她还在人间，

我要把这人间踏遍。

我有血的泪，

我有热的心，

什么能比上我这旅途？

这旅途，

有我追求的幻影！

我不顾风花，

也不顾夜月与朝霞。

只要她还在人间，

我要踏遍地角，

我要走尽天涯！

……

朋友们对于他这次无方向地去访问仲芷，都认为太无聊太不尊重自己。一个女子既不爱你，她若真下了决心，你就能找着她，也毫无意义。不如自己献身社会，好好地养育着孩子，倒是一条光明的正大的令人同情的路途。与其为爱牺牲，不如为孩子与社会牺牲。何不把这爱仲芷的心，去爱世人，去爱孩子，去爱自己呢！

许多朋友真诚地去劝他，还有责备他的，但是他毫不动心，他不能因世人，因社会，因孩子，因自己而不顾仲芷。他在否定爱之前，先得否定世上的一切。与其没有爱而生存，不如因追求爱而死。

于是乎白沙带着悲伤的心出发了！

朋友们都笑他是疯子。

<h2 style="text-align:center">三</h2>

仲芷这次是下了决心的，她没有闲暇的心情，顾及世人的辱骂。她想，要在种种的辱骂中，能奋斗能创造出来，才配算一个有力量有热血的女子。

——我不是不要丈夫，我也不是不要孩子，在救丈夫与救孩子之前，还有比丈夫比孩子更重要的我的存在。我不能在这样短促的一生，全部献给他们，而不容许我，用自己的力量，去找一条生路；我不相信，世人全不了解今日妇女的苦情，而加以非难，加以辱骂！

仲芷这次离开家庭，决计要再在学问上努力。她觉得女子地位的低落，全是失了思想和文化上的地位。现在一般人，只是呐喊着要提高女权，而自己不真实地在学问上用工夫，这是大大的危机。现在妇女唯一的责任，是在文化上，树立巩固的基础，而给与一般轻视女子的人们一种惊奇，一扫以前的对于妇女种种不平的待遇。

这种论调，仲芷早就认识了。到了最近，才在她的心里成熟而生长出来。因此她持着几年来储蓄的一点银钱，跟着一位姓王的原来在日本读书的女友，弃了孩子和丈夫，决然地到东京去了。

海面上壮阔的波涛，震动着仲芷的心，仲芷望着这日夜奔波的狂浪，感到了努力地奋斗，是创造人生的唯一法门。不到这海面来，不能体会到海的深沉与伟大。可恨空过了二十八年，到今天才踏向这自由的天地。

仲芷一点也不悲伤，一点也不回顾，知道水是不会再向西流，只有把这残生，随着东流，让她流去。不要胆怯，不要失望，更不要追怀。

东京的大地，使仲芷感到自由——从来没有感到过的自由。她想，在这自由的天地里读书，实是一件最有意义的事。可怜一些意志薄弱的女子，就把全生献给了孩子和丈夫，而不能一度来呼吸这自由天地的空气。

——既然我到了这种圣地，我应该加倍的努力，我今日的责任，比在家庭重大，比任何时代都重大了。我的成败，不仅关系我自身，可怕的，关系着社会，关系着妇女全体。万不能因我一人的沦亡，而使全妇女界的精神消灭。我虽是人的妻，虽是三个孩子的母亲，虽是二十八岁的中年，我相信我有世人共有的热血，我也有少年仅有的雄心。我就踏着这热血与雄心而前进了。来日虽不光明，也未必全成了黑暗。易卜生在《国民公敌》（*An Enemy of the People*）里写的司托门医生的境遇，与我相似。他被世人反对，受世人的唾骂，民众把他的窗户打烂，裤子也扯破了，房主不要他住房，市民不请他看病，浴场医官被免了，女儿在学校当教员，也被辞退了。但是，司医生一点也不灰心，他觉得世间只有真理，真理决不会令人失望令人灰心。多数不限定是对，少数也许是不错的。他最后，对他夫人说："世界上最强有力的人，是那最孤立的人。"我相信司医生的话，他给了我前进的力了。我是孤立，然而又是强有力。种种的环境在督促我，我不能从这督促中逃遁，更不能在这自由天地里因循。要知道，现在有如何重大的责任，压在我的肩头。

这是仲芷到东京后写的一段日记，由这些文句里，可以看出当日的仲芷，是如何坚决如何兴奋的心情。这种心情，使她忘记过去一切的闲情旧恨，在她的生命史上，截然地分为两期。

她为省去人间无聊的烦恼，隐去仲芷的真名，改为醒吾。这件事，只有同情她的王女士知道，而王女士也是绝对替她守着秘密。醒吾初到东京的时候，专心专意地学日文，兼之她的英语也有相当的根底，这样用功下去，前途是不可限量的罢。

东京的留学界，于是乎添了一位孙醒吾女士。

四

白沙带着悲伤的心，走遍了各地，仍没有发现一点仲芷的消息。这一年来，在风霜中，在忧虑中，消磨了白沙不少的精力。

他苦闷，他悲伤，他又不敢以过去的欢情幻影，来灌溉这干涸的余生，在黄昏或是在月夜……

　　——人间的苦痛，

　　怕的是整个的偶像破碎，

　　怕的是整个的生命沉沦。

　　撇不开的是离情，

　　展不完的是心影。

　　看呀！世人！

　　好一个爱神，

　　自己的箭头，

　　向自己的心头插进。

　　我讴歌你，

　　——爱！我为你而生存；

　　我诅咒你，

　　——爱！我为你而沉沦。

可怜的白沙，是疲劳了。

　　一个人的生活，不怕艰难，不怕荆棘，怕的是感着疲劳与厌倦。厌倦与疲劳的袭来，是预示这一个阶段的生命，快要停顿，快要没落。有许多人的全生命，就由这停顿而静悄悄地没落了。还有一些人呢，由这段停顿的生命里，换一个方向，伸出头来，还能在社会上做出许多轰轰烈烈的事。这是完全否定了前段的生活无意义无价值，要再确定一次人生观，选一条由前期失败得来的经验而认为可走的路途，再前进，再创造。

　　但是到了生活的疲劳，是没落呢，还是另转一个方向的问题，完全要看当事者的环境与意志。像仲芷这个人，她就是从疲劳而厌倦的家庭生活里跳出来，另找一条新路走的健者。她其所以不悲伤不追恋，就是因为她早已把前期的生命，完全否定了；不仅否定，还正在追逐着第二阶段的新生。

白沙正到了这歧途。

没落的影子，时时在向他招手。

最后，他决定要为爱情的信仰而生存了。

——我没有仲芷，我到底不能生存。爱这东西，我只能诅咒，不能否定。我要把这爱信仰化，宗教化，在爱的信仰之下，我自己还有生存的必要。带着孩子们，努力地去创造一种新生命，也是一件有意义的事。仲芷是我的爱的信仰之神，我将把全身献给这神，而劳动而生存了。我将从爱仲芷的心，分出一部分来，去爱世人，去爱孩子。

白沙就因这一点，从疲劳的生活里，伸出受了重伤的头，把生活转了一个方向。他厌弃虚名的空谈，决定要从最下层的踏实的工作下手，他又厌弃繁华的都会生活，想复归于自然之怀里的乡村去。

于是乎，他带着三个孩子，回到辽远的他的故乡的山野了。

在那里，他用全力办了一个乡村小学。

白沙的生活，又在朝新的方向开始了！

五

三年，孙醒吾女士的妇女问题的文字，连连载在中国的大杂志上。书局或杂志社的编辑，都愿出高价，去特约醒吾的稿子。她那种新颖的大胆的主张，叫出了被压迫了几千年的妇女内心的忧郁，最透彻的，尤其是对于这过渡时代的妇女的种种问题，有精细的评论。用她自己过去的经验，来指示今日许多沉浸在忧郁里的妇女的迷途，又是实在，又是沉痛。较之那些专喜弄文笔以几本外国书来掩饰自己来充学者的人，醒吾的著作，是适合时代病也是看透时代病的药方。

一般青年，尤其是少女，都钦心醒吾的著作。就是几篇短短的随笔，无处不打动少女的心。使这些徘徊歧路于家庭问题婚姻问题以及其他问题的妇女，都得了指路的指南针，得了勇气，得了精神上的援助，他们都感到不寂寞不孤单了。醒吾就是远住在东京，在杂志上的投稿不用说，还有许多直接写信到日本去，询问种种她们自己陷落于困难的境地而不能解决的问题。醒吾对于这样的询问，不厌烦，不偷懒，无一不给以详细的答复。她一回想到往日的艰难苦闷，欲跳出而不能跳出又不得不跳出的悲痛，她对于这些与她感着同样的忧郁的妇女，有时读着从她们来的又是悲伤又是愤怒的信的时候，常常掉下眼泪来。因此她觉得给这些同病相怜的妇女的援助，不仅是她的责任，是她最低限度的义务，在救助人类替人类尽义务之前，先得把这些痛苦的落在地狱底下的姊妹们救出来。

醒吾现在更不相信环境与运命之力了。自己的热血，自己的眼泪，自己的力，能反抗一切，能战胜一切。蜷伏于运命与环境之下而不能抬头的人们，是弱者，是落伍者。一个人要全不假借外力，而能勇敢地去创造自己，去完成自己，才可领略到一点人生的真味来。她想到三年前一个深秋的夜晚了。

那是一个深秋的夜，楼上是静寂，窗外是风声和雨声！

我曾热烈地爱过白沙，白沙到现在还是热烈地爱我。他是主张世上的一切都建立在爱上，我主张在爱之外，还有自我完成的一种责任。他主张世上只有爱的生活。我觉得除爱以外，还有社会的生活。他要我把全身献给他，他像赏玩花一样的赏玩我。他是爱我，但是他把我当娜拉，把我当小麻雀。

初婚的一年，我们过的是世人所谓的幸福生活，我们同踏着峨嵋山巅上的冻雪，我们同饮过黄鹤楼上的香茗，在浔阳江里同泛过轻舟，在南高峰上同看过朝日……

不久，我就觉到这不是我理想的生活了。我几度沉痛的向他要求，请他允许我到外国去，再在学问上用点功夫。我觉得我不是像小麻雀那样的妇人，我不能在这小小的樊笼里，把我的青春送尽。这样消磨我的青春，我不能满足，在这不满足中，我要持着我有力的生命，再去追求我缺少的东西。

他阻止，他敷衍，他以温柔和眼泪，来软化我的雄心。他张开他的贪婪的眼，想永远把我的青春，占有下去。

我是妇女，我是弱者。我每次兴奋起来，都被他的眼泪与温柔冷化了。在欲跳出而跳不出的这八年间，我生了三个孩子。

于是我又多了一层障碍了。

一年一年地过去，更感觉不自由，更感着痛苦，我万不能就在这种生活里，过尽我的全生。

我再不能因循，再不能堕落了。

在三年前一个深秋的夜，坚决地写了一封诀别的信，离开了那樊笼。那时最小的孩子，还不满一岁。

这几年来，我因自己的努力，总算可以生存了。可怕的，社会上充满了兽性的男子，无聊的给你纠缠，给你假面。就是像白沙那样的唯情论者，也不易见。唉！到了今日，真实的人性算堕落尽了。这一点是我这几年来对于人类对于社会的一个大失望，也是人类与社会的一个大危机，今日和我纠缠的那些男子，有哪一个我不看作是兽性呢！然而，他们仍是很得意。

对于孩子们，我常感到有罪过，然而，这种罪过，我不能负责任。这是时代，社会和全人类给我的，这种责任，也要时代，社会和全人类去负担。

社会和人类，既是这样令人失望，我自己的路途更辽远也更艰难了。我一不努力，就将没落，就将死！

……

醒吾这种沉痛的回忆与自励，一刻也不容许她的生命停顿，无时无日，不在计划她生命的安排。

第四年的春天，孙醒吾女士，因国内书店和报馆的后援，又踏上欧洲的旅途了。

大西洋的波涛，一刻也不停地在呼号，在前进，自由的前进。比起日本海来，更伟大，更深沉。

六

白沙回到故乡梧州以后，在北门外的乡村，建立了一个乡村小学。他用他全部的家产，作这学校的费用。在那里，他想实现他理想的乡村。

他觉得世上种种的悲惨，都是人性一天一天地低落，兽性一天一天地生长的结果。要改造这社会，先得改造儿童，先得改造和建设儿童的心。他看到他自己的三个可怜的孩子，对于社会上失学的孩子们，生出无限的同情和救助的心。因此他决定在这风俗纯朴的梧州，开始他的事业。

白沙并非无大志愿的人，他深信"大处着眼小处着手"这句俗话。他想在现在这样人食人的社会里，能救一个孩子，就救一个孩子，能救一个农民，就救一个农民，想改造一个城市，非从小小的乡村下手不可。因此他捐弃他所有的家产，为他的理想而努力了。

然而，他并没有否定爱；在他的脑中，时时有一个仲芷的神的存在。他现在的生活，是为教育的理想，为仲芷的神，为天真的孩子而活着的。并且仲芷的神在他的脑里，比以前更美化更净化更庄严化了。

这个学校的学生，除了小孩以外，全是劳动者。小孩和劳动者，在白沙看来，是社会上比较纯净而容易改造的人们。因此，在日间是小学生，夜校是劳动者。

白沙最低的理想，想把这村的人，都训练到都能写信，都能看报，都能知道国内的大势。最要紧的，是要从狡猾的风气里，转到纯朴的风气上来。

祥林一年一年地长成大人了。每天同父亲读了书以后，帮着父亲去浇花去种菜，莉莉呢，也能扫地，也能喂鸡喂鸭子。第三个孩子，稍稍小一点，然而生长在这温美的空气里，又肥白，又活泼，格外可爱。

到了春天，园里自己手植的花木，满开着绮丽的花，水暖的春池里，泛着一群洁白的鹅鸭，和美的阳光，静静地照着大地，依依的杨柳，开始放出新芽来，许多不知道名字的雀儿，在园林齐唱着迎春的小曲，写不尽的这春光，充满了无限的生气，白沙在这样的空气里，望着可亲可爱的农民，望着活泼的孩子，才发现人生的意义，才知道人生的意义，就是创造，就是劳动。并且所谓人生与自然，只能调和而不能隔绝的话，他也完全承认了。

白沙到了今天，才意识到仲芷离开家庭的伟大意义。他一想到她这几年，完全凭一个人的力量去奋斗去劳动的时候，他不禁流出赞美和羞愧的泪来。像这样一个有意志有热血的女子，真不枉为她倾倒，真不枉为她疯狂。

——仲芷！你是我的信仰之神，你是伟大，你是庄严。我真无地洗濯我过去的污心，我只好尽心的来养育这几个孩子。仲芷！你前进罢！

这个乡村的男女，都叫白沙做圣人，都叫他做贫苦者的救主，他支配了调和了这些人的心，他能给这个村庄以平和与安静。

白沙是复活了，他走进了"新生"。

七

那是醒吾自欧洲返国以后第二年秋天的事了。

在欧洲留学三年的醒吾，一般人对于这中国唯一的妇女学者，加以尊敬与赞叹。在初回国的一年间，就在忙碌的演讲的旅途上过去了。她到一处，都受一般青年热烈的欢迎。她的大胆的新颖的言论，尤其是能打动沉闷的忧郁的少女的心。

醒吾对于这各地奔波的劳碌的演讲，她从没有推辞过，她认定这是她献身社会的时机。因此无论是沙漠，或是花丛，是城市或是乡村，她都抱着宣教那样牺牲的精神，抛弃一切名利的观念，而去献身社会了。

梧州是中国南部一个风气闭塞的城市，当地的教育界，想稍稍转换这闭塞的风气，在那年的秋季，特约国内的各种学者，组织了一个学术演讲会。不用说，孙醒吾女士，也是这讲演会一个最重要的讲师。

她现在的地位与声望，是她意料以外的尊荣，她在以前万没有想到，今日的成就，能够走到这一步。现在，在旁人看来，总算是满足了。

最奇怪的，她在回国后的这一年来，在这种满足中，常常浮起白沙和三个孩子的影子。愈欲压迫下去，影子愈显得分明，最后，终于自责了。

——在没有救出自己的孩子之前，能救出人家的孩子吗？在没有责备自己之前，能责备白沙吗？

可怜的，在她的空虚的心灵里，时时在追恋着以前的家庭了。

她在这一年内往各处的讲演，一面是宣传她的主张，一面也就暗中探听孩子们的消息，然而总是失望了。

在现在醒吾的心灵里，还缺少什么呢？可怕的空虚的影子，在她的心里，一天一天地扩大。

这次的讲演会，在梧州还是第一次，兼之都是国内有名的学者，因此，这个讲演会，把梧州全城都轰动了。

第一讲就是孙醒吾女士的《中国妇女的过去与将来》，这种新颖的论题，在风气闭塞的梧州教育界，最能打动青年的心，是最能叫座的一幕。兼之又是名满全国的女讲师，所以一般人都想来一睹这到过东西洋的女学者。白沙呢，那天也在座中。

在万声的鼓掌中，孙女士和蔼地站在台前，向大众行了一个礼。虽说是三十七岁的她，因经了连年的困苦与风霜，在她的眼角与脸庞，现出四十以外的妇人的皱纹和轮廓了，看上去，醒吾是老了。

一种无名的惊奇，斗然地刺进了白沙的心，在他贫血的面部，很急的泛上一层红潮，耳根和后颈，都发出热来。他再也坐不住，慌忙地退出这会场了。

——天呀！那不是仲芷是谁呢？……

因为白沙正坐在会场的前几排，在大家都悄悄地坐着的当儿，忽然一个人站起来，破坏这平静的空气而慌忙地走动的时候，是最容易惹起站在高处的演讲者的注目的。因此，在不十分的确定中，醒吾望见白沙的面影。

醒吾讲演完后，从一个招待员那里，知道了白沙的情形和地址。她吃了午饭，一个人悄悄地去访问她离开了八年的孩子和白沙了。

到那里，在题着"新村"两个大字的门旁，三个孩子在唱歌，在游戏，又活泼，又伶俐。毕竟祥林是大一点，一望见醒吾走来，连忙迎上去。

——先生找谁呢？

——我来参观你们学校的。

——校长先生刚出去了。

——出去了，再没有旁人吗？

——先生们，都往城里听讲去了。只有我们三个，和几个男女工人。

——我可以进去看看吗？

——可以的，我来领导先生罢。

在这谈话的时候，还有两个孩子，圆睁着眼望着这远来的宾客。在先稍有点恐惧，最后，看见她是这样温和，于是他两个也跟着在后面走。

醒吾的心里，充满着一种她从来没有感到过的感觉。这种感觉，似乎要刺破她的心一般的使她感着这种痛苦。她望着这样活泼的这样聪明的孩子，恨不得就要跪下去，请孩子们审判她的罪。

——我自己能养育出这样的孩子来吗？孩子不是我生的吗？白沙是伟大，白沙是人间的圣者。

醒吾实想同孩子们说话，但是一种悲梗一种羞愧充满了她的全身，使她疲得喘不过气来。比起以前她想跳出家庭而跳不出的时候的情形来，是更苦痛是更悲伤了。

——这样活泼的孩子，我能离开吗？这样伟大的白沙，我能离开吗？在我空虚的生命里，我缺少了什么呢？

"先生！你愿意到我父亲房里休息一刻吗？"祥林这样乖巧地说。

"爸爸房里的壁上，有许多相片呢？"莉莉说。

他们同时走进白沙的书房，书房布置得又整齐又洁净。壁上的正中，悬的是她自己十年前的一个半身相片。上面题着两句话，是白沙的笔迹。

——这是我的信仰之神，

我在这神的脚下活着！

在桌上放着一个新的日记本，醒吾翻开，里面刚刚写了这样一段：

——在这一生，再不愿见仲芷一面，因为她是我的神，神真能活现到眼底的时候，这神的偶像，会生出破碎的痕迹来，不料，今天我竟见着她了。我在我没有细认识她的容貌之前，就即刻离开了她。我不愿使她见了我，在她的心里，生出任何的波动来。

她现在是满足了，达到理想之途。然而，我每天在自己劳动自己生存的意义里，也不寂寞，也不彷徨，我敢说，我是走进了"新生"，我要庆祝这"新生"。

因为我爱她（仲芷），因为我永远爱她，我再不愿在人间再见她一面。

孩子们一年一年地长成人了，都还活泼，都还可爱，这一点我对得起她，然而我对得起她的，也就只这一点。

她是我的信仰之神，我在这神的脚下活着。

我今天更确信了，人生的意义是创造，是劳动，希望孩子们，也要深切地了解这一点。

……

醒吾的心，在受审判了。

——假使我现在能同着孩子同着白沙住在这新村里，这样的家庭，可说是理想的幸福的家庭罢。

但是，我能提出这复合的要求吗？能因我这要求，把他整个的"新生"破碎吗？白沙，我在追恋着你和孩子们了！

醒吾即刻走出门来，最后抱着小惠林，亲了一个嘴。

"可怜，你们都是没有母亲的孩子！"

"先生！再会！"三个孩子同声地说。

"再会！……"醒吾头也不敢回地走了。

……

在那下午，醒吾就离开了梧州。

十七年十二月一号

约莉女士 *

约莉女士因为下午没有功课，正躺在一张藤椅上看书，这书是俄国文豪屠克涅夫的《散文诗》。她并不懂俄文，她现在读的，是加勒特女史（G. Garnett）的英译本。

这并不是普通一般的短诗，与其说是诗，不如说是随笔或是小品。就是屠氏自己，也没有承认这是诗，他在原稿的右端，曾题过"Senilia"这个字，这字在拉丁文里，是"衰老"的意思。屠氏当日写这些东西，是受了一个杂志"The Herald of Europe"的特约，这个杂志的主笔者，在屠氏给他的信里，看出"Poems in Prose"这几个字来，于是他就题以《散文诗》而发表了。

在这些十行或二三十行的短篇里，却都是玲珑的珠玉，这里面所表现的，是美的哲学与深远的诗的真髓。确是从诗人的深沉的幽静的瞑想中，产出来的作品。要知道屠氏对于人生或是自然是一种什么观念的时候，与其读他的《父与子》《前夜》那一类的大著，不如读这些短篇，还容易看出屠氏这个人的真面目来。

约莉女士就是这书的赞美者，她常常当她的学生们，提起这本书。"你们爱读屠氏作品的人，这本小书是不能轻视的。这是他的思想和艺术的结晶。"这几句话虽说稍稍有点过当，然而约莉女士重视这本书的态度是真诚的。因此她每当有暇的时候，常常读这些短篇，似乎想在这些文字里，去找屠氏对于人生，对于爱情及对于一切的指示。

这天下午，她因为没有功课，又持着这本散文诗，躺在藤椅上了。

---

* 本文原刊于《长风》第二期（1929 年 2 月 15 日），收录于《昨日之花》（北新书局 1929 年版），题《昨日之花》。

正是一个晴日秋高的午后。一缕无力的阳光，从庭院树叶的缝里，摇摇不定地晒上窗来，因这阳光，驱走了秋天的沉闷与黯淡，在这间小房里，也现出清明与松快的气象。约莉毕竟是一个倡生活艺术化的人，这小房间，被她一布置，真是又精巧又闲雅，然而又不板滞，写字台，书架，衣箱等类的东西，不知怎的，安置得那么整齐。再就是一张画片，一枝笔杆，也是非如此摆不可地摆着。但是，她却不像其余的人，每天都是这个原样，在她的房间里，过不得一两周，就会换个新样子的，然而这样子，只使人感着愉快，使人感着生活有波动，使人感着非如此变换不可而她竟这样变换了。

在这样晴日秋高的午后，在这样艺术化的房间里的藤椅上，以自己清静而又闲暇的心情，去读名人的作品，这种情趣，不是一般人所能感到的罢。

她正在读《雀》的一篇，《雀》的结尾，是这样写的：

——不要笑罢。这小的悲壮的雀子，他对于爱的冲动，我表示敬意。

我想，"爱"是强于死或死的恐怖的。就因这"爱"，人生连合而进展。

Don't laugh, I felt reverence for that tiny heroic bird, for its impulse of love.

Love, I thought, is stronger than death or the fear of death. Only by it, by love, life holds together and advance.

约莉女士今日的心情，比平时确是两样。不知怎的，她读到这里，在她的心里，生出一种无名的感觉来。她看到屠氏这样郑重地写着"爱"，她一面感到怀疑，一面又感着寂寞。假使在死与死的恐怖之上，真的还存在着"爱"的时候，那末，在她完满的生活里，就只缺少这一样东西——爱——了。

《雀》的下面，就是《髑髅》"The Skulls"。屠氏在那篇里，用最阴惨的笔，写出可怕的人生来。无论谁看了，都是要生出人生是如何的渺小而短促的恐怖来的。不用说，约莉女士一见《髑髅》这题目，从刚才的感觉里，更深刻化地转了一个弯。

她放着书，坐起身来，壁上的圆镜子，正映着她的半身。她顿时要发怒的一般，脸上发红了。她今天忽然感着她的头发，眉毛，眼睛，嘴唇，都现出了老的痕迹，不久，屠氏描写的"爱"那个东西，在镜子里现出来，随后就是髑髅——无数的男女的髑髅。

约莉恨不得打碎那镜子，刚站起身来，听出有人敲门的声音。

先生在家吗？

谁呢？

推开门，门房送封信来，约莉也没有坐下去，就站着拆开那封信。

……

约莉先生：

请先生原谅，原谅我突然写这信给先生的冒昧。我相信我确有写这信的必要，因此我就不介意这冒昧，大胆地写了。我想先生也一定不以这种冒昧来责备我罢。

我听了先生几个月的教课，对于先生起了无限的敬仰心，要像先生才配称为新青年的指导者，才配算为青年的友人。

我们这一级的学生，对于先生的思想以及种种的见解，全部共鸣。所以我们的敬仰先生，不仅是教授的得法，使我们得了学问上的兴趣，最要紧的，是先生能解剖现代青年的烦闷，能指示我们的迷途，给我们种种正确的社会的人生的见解。

我敢说，我们自进学校以来，没有得过像先生这样可敬仰的教师。我希望以后，先生不要弃掉我们，常常教我，常常指示我。

现在有一个关于我自身而我自身又不能解决非请教于先生不可的

问题，因这问题，我苦恼着，悲观着，不知多少日子了。意志与判断薄弱的我，被这问题征服着，早就失了读书的兴趣。但是听先生的课的时候，我还是精神百倍，因为在先生的讲演里，我能听出人生的新义来，似乎因这新义，能克服我的烦闷与悲观。

现在再也忍不住了，请先生允许我，我想同先生谈几分钟的话，就是我这烦闷着的问题，要请先生加以解剖而给我以指示。

我是敬仰先生的，请不要忽视这可怜的我。

如愿意的时候，请先生自己约定一个时间。

学生曹鼎奇上

一个学生要求同先生讨论什么问题，这是一件最平常的事。但是约莉女士看了曹鼎奇这名字，她浑身发起热来，这种热不是惊奇，也不是恐惧，是把一种平静的心扰乱着而又带着一种喜悦与羞耻的热。这热在她的血管里，用最快的速度，激动着她的全身。她的神经立时兴奋起来，然而她又故要装作镇静，极力地压抑这兴奋，因此在她外面的态度，现出似乎稍稍有一点仓皇的样子。

——拒绝他罢！装着病了不行吗？

——他的态度是那样的真诚，我决不能拒绝他。

她的内心虽这样矛盾地冲突着，然而从看信到现在，不过是两分钟的时间，在这最短的时间里，在她的脑里，起了各种各样的变化。

"先生！他等着要回信。"门房望见约莉女士读完了信，带着粗笨的声音，说了这一句。无论从脸色从什么，他丝毫没有觉到这封信，使约莉先生有什么感动。或者他也是没有注意到她的脸色，因为这个老门房，口里是不离"道德"的，所以他每次同女先生们往来的时候，常是垂着手低着头毕恭毕敬地站着。听说校长先生对于这一点，特别嘉奖他。

约莉女士听了门房的声音，才觉到门房还站在身旁的这一件事。真的，她受了那种无名的热，在这一瞬间，她不仅忘记了门房，连这一刹那的自身也忘记了。然而，她即刻就回到了原态，在盒里取出一个名片，执着笔写了几个字。

——今晚八时，请你到我的房间来谈话。

约莉女士把这名片递给了门房，不用说，门房行了一个礼，轻轻地带着门出去了。

到这时候，约莉女士才感到一身是轻松了。无论外态或是内心，都回到了清凉的气味。她这种轻松，不是中了彩票，一时能得七万或八万的突然的喜悦的心情，在约莉女士的心里，当然没有这样简单。不过她这时的心境，是不容易描写的，定要写的时候，可以说是一个囚人，从监狱里逃了出来，而走到一个满天星野的旷野里，前有希望的引诱，后有恐怖的追来。一个人站在这星月旷野的夜风里，确另有一种轻松的情趣。生硬的说来，约莉女士的心里，就充满了这样的轻松。

她再没有看书的心事了。仍躺在藤椅上，闭着眼睛沉默着。在她这双微微动着的无力的眼皮上，可看出她无限的疲劳来。

从窗外射进来的阳光，不知何时，就移到书架的顶上了，摇摇地，静静地。

二

约莉女士是民智大学的预科教授。她每周的功课，六点钟的英文，三点钟的文学概论。因为她在国内的大杂志上，喜欢做几篇小说，一般青年，都对她表示好感。因此文学概论这个课程，除了她本级的学生外，高级的学生慕她的名来听讲的也很多，并且对她所讲演的，都表示满意。在民智大学一般学生的脑中，觉得她是一个有思想的新女性，尤其是女学生，更信仰她，更亲近她。

她在国内的教会大学毕了业，到美国去住了两年半，今年暑假回国来，就受了民智大学的聘。民智的校长曹博士——曹鼎奇的父亲，在美国和约莉同过半年学。正是她春天到纽约去，他暑假从纽约回到中国来。但是在那半年中，他们就成了朋友。听说老博士曾写一封长信给约莉求过婚，被约莉痛痛快快地拒绝了，那封信里，又是责备，又是讥讽。老博士受了这场刺激，于是悲观起来，大喝酒大抽烟，在那暑假就返国了。因此他的许多朋友，硬说他的回国，是失恋的结果。还有滑稽的友人，拿他做材料，写出一些《留东外史》那样的小说来，如"《扯情书天鹅东去，失恋后博士西归》"这一篇，就是脍炙人口之作。天鹅东去，我们虽没有时候去考证他的行踪，但是扯情书这件事是确实的。

这是约莉的一个女朋友传出来的话。说约莉那天接到了曹博士的一封长信，以为是讨论哲学上的问题——因为他是哲学博士——连忙把那封信拆开，那知读完了，大大的失望。在失望中还杂着三分之二的怒意，因着一时的冲动，把那信扯得粉碎了。口里还说出带着半讥讽半怒骂的话来。

——难怪国人看不起美国留学生的，真的，他们只能回上海去开交易所，到洋行里去当买办，有什么学问，除钱以外懂得什么？口里能说几句洋话，拿起笔一封中国信也写不通，不是横三倒四地用着之乎者也，就是别字连篇。然而他们还是不守本分，还要大摆其留学生的臭架子，看见了女子，就像饿鬼一般，挤眉挤眼的谈话，半通半不通的七八页的长信，真令人作呕，真令人要哭……

约莉这女朋友，是很同情她这段话的，或者她也被留美的朋友纠缠过，也接过半通不通的七八页的情书，也说不定。但是，我们借了这女朋友的话，证明约莉扯情书的事是无疑的了。

约莉并不是现代一般的浅薄的倡独身主义的女性，也不是高唱艺术而压倒爱情的人。她极端地反对独身主义，她觉得讲独身主义的人，都是自己不能大胆地表现出来，故意借着这名义来掩饰来摧残来苦恼的弱者。其次呢，她是努力艺术，然而她又同时追求爱情，她主张艺术与爱情，万不可分离，要二者连合着融化着，才有意义，才可产出我们所追求的某物。她痛快地攻击那般抛弃爱情，宣言在艺术里找慰安，宣言把全生命寄托在艺术之园里的人的浅薄。她觉得这些人，全是离了肉去找灵，离了现实去找理想，结果是寂寞，是空虚，是毫无着落。她这种思想，在她的小说里，可以寻出一些脉络来。

她的主张虽是这样，但是她在国内念书以及国外留学的时候，虽有许多人追逐过她，然而她从没有追逐过那些人，就是只被人爱过，而她没有接受这种爱去爱过人，因此一些和她接近的少年，都觉得她有点不可思议，有的疑她的心目中是另有爱人的，有的说她的性格太冷淡情感太稀薄的，有的批评她调子唱得太高，终久会失败的，还有骂她是摆臭架子的女留学生，回国去是要做总长或是主席的第几夫人的。世人的风说，我们可以不去管它是否真实，但是约莉女士凄凉的，一人到美国去，又是凄凉的一人回到中国来，这是事实。

本来她还没有回国的时候，就接了曹博士的电报，请她下年担任民智的课。当时她没有应允，等到她回到国内，知道曹博士在去年冬月就续了弦的事后，才勉强地答应说：

——先试半年罢。

约莉今年二十七岁了。但是从她的面貌看，无论谁都说她是满了三十的人，尤其是她半笑的脸上，从眼下到鼻孔两旁那小小的一块最易显出她失了青春的轻轻的纹路来。这大概是她从小就饱受风霜，兼以读书太勤苦的缘故。但是从全体来批评她，可以说是一个完美的女性，无论是头发，眉毛，眼睛，鼻子，嘴唇，都位置得非常妥当，就是浓淡，厚薄，弯曲，角度，也很相宜。最可骄傲的，还是她那双亮晶晶的有力的眼睛。在她身体的各部分，就是全失了青春，但在她这有力的眼光里，仍保持着一个人最高贵的青春的红艳。至于她那突着胸部又是神气又是大雅的走路的姿态，或者是在留学期间，受了欧美人的影响，关于这一点，未出过国的学生，就是穿起洋服，穿着高底皮鞋，故意去模仿的时候，总比不上她那样的自然。所以望着约莉女士的动的背景，确另有一种动人的风韵。不仅男学生是这样说，就是女学生们，对于约莉先生走路的姿态，也是同声赞美的。有些自命为新女性的小姐们，竟暗暗地模仿她的步伐。

约莉女士初到大学来教课的时候，心里是时时感着惊恐的，她总觉得自己太年轻，太浅学，不料只教了两礼拜，就大大地得了学生的信仰。在前面说过，她教的文学概论那个课程，不仅是本科的学生，就是高级的学生来听讲的也很多。这种事，不是能勉强的，非先生有一种使学生发生兴趣的魔力不可，就从这种魔力，树起坚定的信仰来。想谁也知道，教授们能够得学生的信仰，是一件最快意的事。

她对于学生给她的信仰，虽是意外地感着愉快，但是与她的生活的各方面，并不发生任何的影响，使她的生活起了波动的，还是她认识了一个学生，率性说是爱一个学生罢。

一个这样有思想有身分的教授，随便地倾心一个学生的事，这稍稍有点出人意外的惊奇，但是事实确是这样的，并且这件事，一月来，极端地使约莉女士苦恼着，计划着。

写到这里，无论谁想也知道这学生，是写前面那封信的曹鼎奇了。因为校长曹博士，就是他的父亲，所以同学们，都叫他做皇太子。

约莉女士为什么独爱这皇子，就是她自己也不能解释，她觉得他有一种力，能使她的精神彷徨，苦恼，颤动，微笑，见他与不见他，都使她感着极端的不安。没有见他，时时恋着他那影子，一见了面，又即刻地想避开。在她的脑里，充满了矛盾，羞愧，希望，热情……

她除在课堂里见他一面以外，并没有另外同他谈过话，无论在思想，性格以及他方面，双方不用说都是隔膜的，不知道为什么她在教室里留心他一次以后，就热烈地爱着他了。因此约莉女士对于从前反对过的，无论男女，不能以眼光一射的满足，就捧给对方以爱情的事，她现在觉得可以成立了。所以有一次几个女学生问她，一对不认识的男女，就凭秋波的一转，能否发生真实的爱情的这问题，她毫不怀疑地说："从这一点延长下去，就是爱情，就是夫妇，就是孩子……"。不过她对于"秋波"这两个字，表示有修改的必要，她觉得"秋波"虽是艺术，被中国旧文人用滥了，现在总难免有点轻浮，因她绝不承认她对于曹鼎奇的态度是轻浮，是浅薄……

讲到她有一次留心曹鼎奇的事，也稍稍有点趣味。不知是那一天了。正是上午第二点钟的英文课，约莉女士叫学生站起来，答复她问他们的问题。她把问题讲完了，低着头照着点名簿上，叫了曹鼎奇这名字。她一抬头，站起来的是一个这样的美少年，眉清目秀，衣帽整齐，望去就感到他是一个英气勃勃的男子，在这一级中，真好比鸡群中的一只白鹤。约莉女士不觉地连望了他几眼，她觉得有点意外，为什么天天上课，到今天才叫过这可爱的学生，曹鼎奇这名字，当时就在她心上来去了好几次。

不幸的曹鼎奇偏没有答出这问题，望着自己最敬仰的先生，好像失了自尊心的一般，满脸泛出薄薄的红潮，在他这一刻的表情里，是惭愧又是惊恐，然而他这种表情，现出他所有的柔媚来，这柔媚打动了迷住了约莉女士的心，在她的眼里，似乎还是第一次看见这样她心爱的男子，这种情感，立刻通过了占据了她的全身，于是她怎样要摆脱也不能摆脱了。

她见了他这种情急羞愧的态度，立刻生出爱护的心来。叫他坐下，自己很详细地讲解这问题了。在讲解中，又乘间地偷看了他几次。

第二天第三天上课的时候，她再没有问过这学生，但是这学生自己，似觉先生和学生们都在耻笑他，因此老是低着头，无论前后左右，都不敢望一望。在约莉女士呢，以为这学生看透她爱他的秘密，故意低着头，来拒绝她的眼色。这一点，她下了课后，仍是这样怀疑地感着不安。幸而过了几天，曹鼎奇的态度，回复了原态，先生才安了心。至此以后约莉女士只问曹鼎奇一些最容易的问题这件事，除她自己以外，无论何人，就是曹自己——也是一点没有感觉到的。

就是这样，约莉女士一天一天地片面地热爱着这学生了。一天不见他，她就闷得发慌。似乎她的心弦上，被什么敲着的不安。有一次他在英文课上缺了席，她足足地感着终日的疲劳与苦闷，还杂着一种恐怕他是病了的担心。后来间接地探听出来他是同青年会比赛网球去了，她才安心去预备明日的功课。

这样说来，约莉女士在民智的教课，在她过去的二十七年平静的生活里，确实起了一个大大的波动。这波动使她的生活上进，也会使她的生活沉沦。她平日总是指示青年的迷途的，到今日，她自己也觉得飘流在无边的大海中，四处是烟雾，四处是浪涛，怎样地用力去寻找，也辨不出方向来。

但是，约莉女士虽说陷到了这苦闷的环境里，曹鼎奇仍是和从前一样，丝毫也没有觉到他最敬仰的先生在为他颠倒，彷徨，哭泣与欢笑。然而约莉女士这种忧郁，比一般的恋爱，是要深一层困难一层的。所以她那天忽然接到了曹鼎奇的信，感到极端的愿见然而又不愿见的矛盾的不安。

三

晚饭后，约莉女士化了一下妆，这是她饭后照例的工作，若定要疑她是因为要和曹鼎奇会面而化妆的，未免有点轻视约莉女士。但是她在饭后——尤其是晚饭——从来不擦胭脂，而独有今晚在两片嘴唇上，薄薄地抹了一线嫩红的事，这一点是令人可疑的。

深秋的夜晚，已经有令人感到火炉可亲的寒意。在约莉女士的房间里，从前天起，学校里已预备了一个小巧的火盆。白昼有阳光，还不感到火的需要，一到夜晚，女仆就升起熊熊的火来。本来在西洋留过学的约莉女士，也就不大高兴这又烟又灰的不文化的火钵，然而在学校方面，对于这女先生确是另眼相待的了。由这一点，也可以想见曹博士，对于约莉女士，到现在仍是很关心的，不过在约莉，没有觉到罢了。

那晚到了八点钟，曹鼎奇果然来了。在见面这一瞬间的内心的情绪，双方全是两样。学生呢，是抱着一个难解决的问题，来请教自己最敬仰的先生的一种单纯的情感，先生的情感，是由单纯而复杂而变化而矛盾了。这种变化的情绪，使她在那一刹那失去了平日的镇静，稍稍现出一点仓皇来。

学生坐在隔火盆稍远一点的书架旁的小椅上，端端正正的态度，使得对方也不得不跟着庄严，约莉女士坐的是一张垫了绿绒的西式椅，这椅正靠着火盆。火盆熊熊的火花，使她的全身都发起热来，她刚将椅子移开到书桌的附近的时候，鼎奇开口了。

对不起，今晚要打扰先生了。

这算什么，有什么问题，学生同先生应该常常在一处讨论，这种讨论，比在教室里讲五十分钟有益得多，学生和先生是不许有隔阂的。

约莉女士虽说很快地这样答复着，总有点讨厌"先生与学生"的称呼，然而自己又不得不称自己做先生，又不得不装着先生态度，这一点在她当时的心里，十分地感着苦恼。

我早就想来请教先生，因为先生是我最敬仰的一人。先生确是能解剖现在青年的烦闷而加以指示的。像我这样烦闷而彷徨的青年，社会上不知有多少。独我能得着先生的指导，我觉得很荣幸。

学生对于先生，用不着太客气。我很惭愧，我不能像你说的那样有指导青年的能力，因为我自己还是刚跨出学校的门，走进社会来的一个不识路的旅客。不过我能有一份力量能援助苦闷的青年的时候，我绝不吝惜这力量。你有什么不能解决的问题，请你说出来，不要客气。

约莉女士今晚说话的态度，确有点不自然，在自己爱人的眼前，要装着庄严的态度，这确是一件滑稽的事。然而在这种庄严中，仍是忘不掉爱人，时时想偷看爱人的眉毛，眼睛，鼻子……更使她不安的，还是她内心的波动，假使环境要容许她的时候，恨不得把这灯下的美少年，双手抱住，痛痛快快地接个吻。但是，这学生听了先生的话，更胆壮起来，稍稍移动了一下椅子，不客气地讲他自己苦闷着的问题了。

——我有一个表姐，叫做徐德昭，今年暑假在女子师范毕业了。我因为母亲死得早，小孩子的时候，就在外祖母家里住着，表姐比我大四岁，今年二十五了。不用说我们从小就一起读书一起顽，在这些兄弟姊妹中，从小时到现在，只有她和我的性格合得来。不要再详细地说，想先生也知道我们是互相爱着了。我原来想等父亲从美国回来，就解决这问题的，不料父亲自小就不欢喜这表姐，因此坚持着不许，他唯一的理由，说是在文明的美国，没有女子大丈夫四五岁的。至于我的舅舅，他并没有特殊的意见，完全以我父亲为转移，因为父亲是一个博士，他们都是相信博士的。我常同父亲交涉，有时是哀求的，父亲一点也不感动。在暑假中我和他大吵了一次，他差不多要拿手杖打我了。最后他说了："你再不听我的话，请你回云南去。"他并且写信给舅舅，要舅舅应允表姐和一个姓王的订婚，这姓王的是父亲的学生，是父亲自己作介绍人。可是表姐……

他刚说到这里，想去吸一口茶，似乎很奋激一般的，额角上现出青色的筋来，因为他正坐在白的电光下，约莉女士的眼睛本来就很锐利，加之他的额上泛出一层红热，因此那青筋，现得格外明显了。约莉女士听了他的话，很同情他的心情和命运似的，在那一刹那，或者忘记了他是自己的爱人，也说不定。因为在他刚一停口预备吸茶的时候，她急问了一句：

——可是表姐怎样呢？

——表姐虽说是那样的爱我，但是她总觉得她的年岁大了，自己有点不好意思似的，因为父亲说过，我太坚决了，就叫我回云南去，表姐很爱我，她不愿我因她而致于失学，她最近同我说，"你忘记我罢！你是一个这样年青这样有为的少年，你会找着比我好几倍的女子的。不能因我误你的前途，更不能因我这姐姐，占有你的青春。我现在除表示赞成同王家以外，再没有路可走。你忘记我罢，虽说我到死也不能忘记你……"这是表姐在最近一壁哭一壁对着我说的。我当时听了，心里好比刀割的一般，恨不得持着手枪同父亲决斗去。最后，我同她说，就是要死，要死在一堆。现在我们将到了最险恶的穷途了。我想，现在只有两条路，第一条是牺牲自己，其次呢是牺牲父亲。牺牲自己，我是做不到，我没有表姐，我情愿死，这一点从先生的眼光看来，或者是人类太自私罢。但是我是个最普通的人，是免不了这自私的。因此，现在我决定要家庭革命了，据先生的意见，我还有什么路走没有？

鼎奇说到这里，比以前更兴奋了。有时竟带着呜咽的声音，约莉女士对着这纯洁的青年的哀诉，大大地生了感动。

——你这问题，还是双方都顾全的好。……

——我现在还要问先生一句，一个二十一岁的少年，不能爱一个二十五岁的女子吗？

——真有爱情的时候，当然可以。……

约莉女士说了这一句，即刻觉到这句话，好像是自己辩护的一般，连忙低下头去，望着那火盆。

——据先生看来，我现在应该怎样办？

——假使你和表姐两个，双方都到了非爱不可的程度，自然你们应该订婚，另外想法子去疏通你的父亲，这是比较平和的一条路。

——我也是这样想，我今晚来的目的，就是想请先生到父亲那里，替我们疏通一下。若能得着结果的时候，我和表姐永远不忘记先生是我俩爱情结合的圣者。我知道父亲，是很尊重先生的意见的……

约莉听了这句话，立刻现出惊疑来。她想，他父亲写信给自己求过婚的事，他也知道罢，不然，他决不会说出这些话来的，然而他的态度，是那样的诚恳，又是那样的哀求。兼之，她在前面当他说过"只要有帮助的力量决没有不尽力的"话，所以对于他这种请求，自然不便当面拒绝。

——我可以去说说，我想你父亲，总不致于像你说的那样固执罢。

—— 只要先生愿意去说的时候，父亲或者也有转圜的余地。先生这样慨然地允许，这样给我们多量的同情，不仅我，就是那可怜的表姐，也是要深深感谢先生的。

——……

约莉女士稍稍有点说不出话来，脸上的表情，比以前明显了些，在曹鼎奇看来，以为先生也在感着这问题的困难，在苦心苦虑地计划着，或者是自己说话太多，先生有点感着厌倦了。然而先生仍是努力地装着镇静，她想什么感情，都要压到最深一层去，暂时不让它在表情上显露出来。

——我可以去同你父亲说说……

——这全是先生给我们的援助与同情！

鼎奇很端正地站起来，行了一个礼，出去了。约莉女士望见他的背影，一步一步地离开，她立即感到一种无名的损失，这种损失，一瞬间扩大了她心灵的空虚。她刚欲站起来，从门外的庭院，吹来一阵冷风，使她忍不住地打了一个寒战，在她的眼下，这间温美的房间，即刻变成了荒凉的沙漠。

这时候，约莉女士深深地体会到深秋静夜的寒意了。

四

鼎奇走后，约莉女士的脑里，生出各种各样的幻影。她真是第一次，感到她命运的悲哀。她很明显地意识着，在她的全生活里所缺少的，就是越过死与死的恐怖以上的爱情了。就是鼎奇和德昭所苦闷，所追求的，也就是这爱。人类没有这爱，人类会变成沙漠中的木石，枯燥得一点味也没有罢。无论艺术，无论宗教，把爱这东西抽去，将变成一种怎样没有趣味的东西罢！她以前读《三姊妹》这个剧本的时候，里面有句话，"上帝因为爱情，才生出不同的男女来"。她当时觉得这俄国文人，写得太滑稽了，到现在她不仅不觉得滑稽，对于这文人能写出世人的苦闷时期的心理来，这正是文人的深刻。自己呢，正陷落在这苦闷的时期，稍稍望见一点爱的微光，这点微光，又将从烟雾中渐渐的消去，并且消失这微光的键，又握在自己的手里，用自己握着的这键，去左右自己的生活，去扩大自己的空虚与寂寞，这实是人世中一件最苦恼的事。

鼎奇对于表姐那样真实的态度，在约莉女士眼里，更觉得可爱，更觉得他是一个有热情的少年。她现在所追求的，正是这个男子，除这男子外，什么人也不能驱逐她的寂寞，填满她的空虚。但是，现在的事实很明显，这个男子一步一步地在向她离开。

使她稍稍感着有点惊奇的，是那个徐德昭，有什么魔力，能使这个这样活动这样温柔这样美的少年，为她颠倒为她死。他既能爱二十五岁的表姐，就不能爱二十七岁的自己吗？自己的性格，容貌，思想，态度……为什么不能打动他的心，为什么不能使他为自己颠倒为自己死呢！

约莉女士想到这里，若是有机会，恨不得就去访访徐德昭，看她到底是怎样一个人物。她又想，她——德昭——大概是一个最风流最娇艳的女性罢，她持着这风流与娇艳，来迷住这少年，来占有这少年的青春。若真是这样，那万万不能赞成他们这次的事，就凭着先生的资格，也有干涉的可能。真以风流与娇艳来引诱男子的女性，在我们女子中，是败类是贱妇，我非干涉不可，我非破坏不可，不仅要干涉要破坏，并且对这种女性，我还要严厉的责备她，我认为这是我的责任。

她不觉的大大的愤激起来，想立刻把曹鼎奇叫回来，教训他一顿。一个青年的男子，初次同女子讲恋爱，双方都要谨慎，都要互相观察，若是像游戏一般的，随一时的冲动，就把全身捧给对方，这就是悲剧的开始。只以先生的地位来说，也决不能望着这般没有一点人世经验的青年，来演这动摇全生命的悲剧。

这种想像，立刻使约莉女士见出自己的卑鄙来。她觉得她所有的猜忌，卑鄙，阴谋，自私，全在这一刻表现出了。她立刻自责起来，自责不应该这样猜想徐德昭，更自责自己想去破坏他们这次的事的卑鄙。然而她又不能平心静气地就让这爱人离开，她的心，是矛盾，是冲突，是苦恼，是燃烧……

她在床上翻来覆去，想到她的命运，想到她的青春，想到鼎奇和表姐结婚以后的幸福的家庭，又想到以前爱过她的那些男子，最后想到的，是曹博士那封长信……到两点钟，始沉沉地睡去。

第二天早晨起来，约莉女士稍稍感觉一点不舒服，然而也说不出具体的病来，不过头有点昏，神经有点乱，全身感着一点疲劳而已。于是在学校告了一天假，想借这天好好地休息一下。她想，无论如何，不要就是这样萎靡下去，从明天起，要振作精神做事。至少要不让这内心的苦痛，在表情上显露出来。

上午在房间里坐着，想借名人的作品，来解解闷，不知怎的，到了今天，无论是谁的，无论是小说或是诗歌，全没有一点趣味，在一点钟内，换了四五册，到底仍是没有澈底地读完过一篇。并且在小说里描写的，在诗章里歌咏的，似乎都与她的命运有关，似乎都在嘲笑她的青春的消失，最后她读到夏芝（Yeats）那首短短的《失恋的哀歌》，立刻感到屠氏描写的那老妇人，那黑的墓穴，那暴风雨，那人间不能逃开的命运，都向她的身旁袭来，最后在她的眼睛底下出现的，是转动的房屋，是黑水的汪洋，是无数的髑髅，是露牙的魔鬼……

她哭了，暗暗地轻轻地哭了！

二十七年来，她第一次感到这样无法安排的苦恼，这苦恼，似乎能使她的生命动摇。

午饭后——本来就只吃了一点点，在床上躺了三点钟。起来梳洗了，太阳已经偏到第三株柱上。她望见这没有一点生气的阳光，立即感到自己生命无力的恐怖来。在房屋内再也坐不住，连忙走出校门，跳上到世界公园去的电车。

到公园，已是五点半了。薄暮的斜阳，把这公园显出阴沉来。——或者是约莉女士看着阴沉罢。因为还有几对爱人，正在斜阳的树下，在拍着手唱歌呢！——真是深秋了，虽说还有些野花，但是树叶都脱尽了，草地也全变了病的颜色，这春日曾灿烂过光明过的公园，现在受了秋神的威力，现出老大的迟暮的背景了。

约莉女士望见这些景色，深一层地摇动了她的心情，她想一个人得不着自己心爱的人，人生还有什么意义，紧张的生命的弦，岂不是就这样慢慢地弛缓下去。她到现在，才觉得"爱情是强于死或死的恐怖的"这句话，是道破了人的内心。

她一壁想，一壁慢步着，刚要走出一路常绿的矮林，要到一个亭子近旁的时候，不料坐在亭里的曹鼎奇一眼瞥见了他的先生，即刻又是温和又是笑脸地步下亭来，不用说，先生是一点也没有注意到。

——先生！一个人来的吗？

约莉一惊地抬起头来，见鼎奇站在她的眼前，在那最短的一瞬间，她毫不疑的这一定是幻想的影子，正在踌躇与惊愕之间——当然是一刹那——鼎奇又问了一句。

先生一个人来的吗？

是的，一个人！

今天请病假，病好了吗？

没有什么大病。

恰好表姐今天也在这里，先生愿见她一面吗？她久慕先生的名，常常要我介绍给先生做个学生。她就坐在那亭子里，那里有清茶，先生去休息一下怎样？

约莉女士听到他这些话，心中立即冲突着。"不见罢，见了更难为情。见一见又有什么要紧呢？看她到底是那样的人物，使鼎奇那样颠倒。"她正在踌躇着还没有说出话来，鼎奇已在前面引路，不觉地她也跟着走上那亭子了。

不用说，鼎奇很诚恳地互相介绍了一遍。德昭一见这先生，不禁肃然地生出无限的敬仰来。她觉得什么也不懂的自己，站在这样可敬仰的先生的眼前，只显得自己是一个浅薄的孩子。在约莉先生呢，她一见这表姐的温存的态度，朴质的服装，动人的声音，可亲的面貌，对她生出无限的爱怜来，她想，这才是她理想中的新女性。再一想到昨晚上疑她是以风流以艳娇来引诱男性的下等女子的时候，良心用力地责备着自己，恨不得跪下去，请表姐恕她。

他们一面吃茶，一面谈闲话，鼎奇今天特别高兴，满脸堆着微笑，一扫昨晚在先生房里谈话时候的阴影。至少在约莉先生的眼下看来，是比昨晚更可爱了。

由闲话又谈到他俩的切身问题，鼎奇向着德昭说：

——表姐！你要深深地感谢约莉先生，我们的事，先生全知道，先生是我们的救星，是我们的爱的保护者，你有什么话，尽管对先生说。就是说错了，想先生必能原谅的罢。

德昭连忙站起来，向先生行了一个礼。

——先生！我是一个最悲苦的人，我是一个弱者，我除了爱以外，我什么都能牺牲。要我否定爱，我先得否定人生。所以我无论如何悲苦，无论如何微弱，我只要活着一天，我就要追着这爱的，与其没有爱而生存，不如跟着爱而死灭。但是我又知道，我的青春在凋谢了，然而，在我的青春还未死尽之前，我还是要为着爱为着青春而奋斗。并且鼎奇现在还没有因我的青春凋谢了而弃我……

德昭说到这里，竟哭出声来，约莉先生连忙安慰她，鼎奇呆呆地望着，似乎在沉思什么。

——不要这样悲伤，我总替你们尽力。

——先生能够救我们这两个可怜的无知的孩子，我们除拿出血的心来感谢先生以外，再就只有热的眼泪了！先生！不要弃掉我们！不要望着我们沉下去。

德昭哭得更伤心，自己又觉得太唐突了先生似的，立即拿出手巾来拭脸。德昭每一句话，都敲在约莉先生的心门上，使先生感到好几层的悲伤，曹鼎奇故意调和这空气，带着哀求的声音。

——不要哭，我们还是求先生到父亲那里去疏通，先生也说，只有这一条和平的路。

——是的，我总替你们尽力，今晚上去试看。我想，你父亲总也不致于那样固执的罢。

……

阳光沉得没有一点儿影子了，一群一群的暮鸦，从空中飞过，游人渐渐稀少了，半轮月影，早已挂上天边，暮色已占领这园的全部了。

约莉女士就在这暮色中，坐在洋车上，带着受了伤的心，悠悠地回到学校去。在她各种各样的心情中，使她感着稍稍有一点愉快的，德昭是一个忠实的可爱的女子。

五

一礼拜后的一个晚上，这是多么光明多么丰美的一个夜晚啊！

为曹鼎奇与徐德昭的订婚，曹博士在太平洋俱乐部的大客厅里，举行一个盛大的茶话会。

这是用不着惊奇的，曹博士一面因为避开干涉儿女婚姻的罪名，一面也是尊重约莉女士的劝告，稍稍踌躇了一刻，就允许他的儿子这次和德昭的婚事了。并且带笑地对约莉先生说：

——先生这样热心，那末就请先生作介绍人罢。

"热心"这两个字，立时像利刃一般地刺透了约莉先生的心，然而处在那样的环境里，对于这介绍人，就是想推辞也不能推辞地承认了。

曹博士对于儿子这次的订婚，能得着约莉先生作介绍人，他感着特别的高兴，他因此对于这件不满意的事，反大大地生出兴致来。要在太平洋俱乐部，开大茶话会，举行郑重的订婚礼，都是曹博士自动着计划的事。

因为曹博士是大学的校长，这次是校长的公子订婚，加以博士又有这好的兴致，他的一些好友，还有一些拍他的马屁找饭吃的人们，都是笑容满面地去道贺去凑热闹。在老了的博士的脸上，从皱纹的笑容里，现出了无限的喜悦。关于招待和布置的琐事，是鼎奇自己负责最多，但是长桌上的三瓶鲜花，是德昭亲手插的。这一点使博士对于德昭生出几分爱意来。

开始由曹博士报告开会的宗旨以后，随即就是曹鼎奇站起来，宣告他们这次订婚的经过，最后说：

——我们所有的光明，幸福，全是约莉先生一手赐给我们的。我们在感谢双方的父母允许我们的宽大以外，最不能忘记而得深深的感谢的，是约莉先生的援助与同情。由先生一手，造成我们这样幸福的环境。不仅我俩，就是诸位先生诸位朋友，能够今晚有聚在一处吃点心的机会，（大家都笑），也不得不感谢约莉先生。我相信，不仅我俩是愉快，是光明，我相信约莉先生今晚望见我们这样圆满的结果，也必是很愉快很光明的罢。诸位先生诸位朋友，今晚的灯光，为什么这么明亮呢？今晚的鲜花，为什么都在微笑呢？我今晚因为太愉快，心里反而纷乱了，说出话来，没有一点层次，请各位先生朋友们，还是听约莉先生的演讲罢。我想介绍人，一定有许多新奇的意见，指示我们的。

鼎奇坐下，接着就是一阵鼓掌声，博士站起来说——介绍人约莉先生演讲。

约莉先生正在迟疑与不安之间，又是一阵鼓掌声，这一阵声音，像一种力量似的把她推动着站起了，在站起的那一瞬，瞟了鼎奇一眼。

——今晚我能参加这个盛会，并且我还是介绍人，我觉得很荣幸。至于曹君说了许多客气话，倒反使我感着惭愧。因为今晚这个会，是建筑在爱情的基础上的，假使他俩没有这深厚的爱情，无论我怎么尽力，也不能造出这对爱神来。我不过在这爱的隔离之中，稍稍牵引了一下，我认为这是我的责任。人间最高贵的是爱情，也可以说因爱情而存在着人间的事。屠克涅夫说过，By love, life holds together and advance……

她说到这里，停着，想去吸口茶，坐在右旁椅上的一位教国文的老先生，听了她说洋话，很不高兴，乘气地摸了一粒香蕉糖，送到口里，对邻座的老书记私语一般地说："一个中国女子，为什么要说外国话。"不用说，不仅约莉先生，就是这些人，也都没有注意这老秀才动了怒。约莉先生吸了一口茶，继续说：

——爱情这东西，最怕是随一时的冲动，没有深深地观察与了解。我敢说，徐君曹君这次的恋爱，是经过了无穷的波折，而得着最后的结果，由这种了解的奋斗的结果，他俩的生命因此而连合，而进步，而幸福，而光明。我再没有多的话说，我诚恳地庆祝他俩因爱的胜利而更努力地奋斗，就以这爱作基础，将来在社会上，做出许多于人类有益的事业来，我想，在座的诸位先生，也必同样庆祝他们的罢。

约莉女士坐下去，大家都鼓起掌来，曹博士也兴高采烈地在附和着，拍那双老了的手板。约莉女士一抬头，望见秩序单上，还有徐女士报告恋爱经过，来宾演说，茶话，余兴等，她自己刚刚这一段话，使她的脑里，又昏，又热，又沉重，在这样杂乱的会场里，她再也坐不住了。最使她难安的，是徐女士那副骄傲的微笑的脸，似乎徐女士故意在她的眼前，做出种种的怪样，嘲笑世间的弱者。约莉女士立时怀疑起来，为什么今晚的徐女士，全失了那天在公园的朴质，温存，与可亲可爱的态度！

约莉女士即刻同主席说明，她因病不得不早点退席的苦衷——本来她这几天在学校里，也是常请病假——曹博士很抱歉的亲送至门外，不用说，鼎奇和德昭，等着先生坐上车子，才回到会场来。

约莉女士坐在车上，从河边慢慢地走过。她眼前的东西，似乎都在崩坏，河水，灯光，屋宇，就是高远的天空。

一阵冷风，从河面上吹来，她伸上手去，想去理理被风吹乱的短发，不觉地在眼角上触着一滴眼泪，到这时候，她才觉到自己在这夜的深寒与夜的寂寞中，是在哭泣了。

——这眼泪是什么呢？是我凋谢了的青春罢。

她这样想了！

车子仍慢慢地在河边走着！

十七年十二月二十三日写完

花美子 *

花美子今年是八岁了。然而，看去似乎是满了十岁的孩子，高高的身材，对人的礼节、人事的了解，读书的能力，普通一般的十岁的孩子，都比她不上。尤其是帮助她母亲料理家事，简直就是一个大人。

人家听着花美子这名字，会想到这女孩是美得如何的动人罢。但是事实上并不如此，虽说美丑没有什么绝对的标准，可是，花美子的不美，凡是见过她的人都是如此说。她并不是那种不伶俐不清洁的讨厌的孩子，她的衣服，她的头发，她的脸，无论何时，都是周正，光滑，清洁的，至于面貌的轮廓，在普通的女孩子中，并不显出她有什么弱点，颧骨虽说稍稍高一点，因为衬着一个圆肥的下巴，和一个高高的鼻子，并也显得自然了。至于那双亮晶晶的眼睛，那一束长而又黑的头发，不仅在花美子个人，就是在一般的女孩子中，也很难得到那样美的特点。更可爱的，还是她那排整齐，细致而又洁白的牙齿。

可是，破坏花美子一切的美点，残留一个无论在她自己或是令旁人看了都感着不快的痕迹的，是花美子的上嘴唇的正中，缺了一小块。虽说只一小块，她已受了莫大的损失，就因这小小的缺点，她全部的美貌都崩坏了。因此有许多老婆们，一谈到花美子的时候，总是带着同情的叹息说：

——实在是一个好孩子，可惜缺了嘴唇啊。

——七八岁的孩子，有那样伶俐有那样了解人事的，真是少见啊！

——要是她不缺嘴唇，真是一个完美的女孩子呢！

同情花美子的命运的，除了这些老妇人以外，凡是和她接近过的男子，

---

* 本文原刊于《长风》第四期（1929 年 4 月 15 日），收录于《盲诗人》（启智书局 1929 年版）。

至少在初次见着她，总没有不叹息一两声的，"小小的她，就碰着这样的不幸啊！"还有几个住在她附近的中国留学生，竟因此而讨论到她将来的恋爱，会发生如何可怕的影响。

花美子是一个生下来就缺了嘴唇的可怜的孩子。当时她的母亲，知道女孩子有了这样的缺点，是她一生的悲苦，兼以家用穷困，连自己也养不活的这样年头，添一个无用的孩子，更多一层烦累。因此，她的母亲曾有几次想把这孩子抛到海里去的决心，后来说是受了丈夫的责备，才忍痛地养活她。

母亲从她生下来，就不喜欢这孩子，一直到现在除了呼叱的声音以外，母亲从没有给过她笑脸，从没有给过她温柔的怜惜的母性爱。与其说花美子是依于母性爱而生长的，倒不如说，她是避开威张的强迫的母性，靠在父亲的怀里而长成的一只可怜的小鸟。

父亲对这孩子的热爱，一是对于妻的态度的反动，其次是对于世上弱者的同情。由这两点的结合，他感到他自己是花美子唯一的保护者。更感到她在世上，除了她自己以外，再没有第二个扶助她同情她的人。就是她的母亲，也没有了解这孩子在世上是一个如何的不幸者。

花美子这名字，是父亲费了许多心思才想出来的，因为她在小的时候，母亲总是说她丑，总是说她讨厌，父亲气极了，故意替她想出这个又美丽又吉祥的名字来。在当时父亲的心里，绝对没有因这名字去褒她或是贬她的图谋，不过后来，一般人因这名字的动人，而故意去审视她的面貌的人，倒是不少。

花美子从她知道人间有羞耻与悲伤以来，在她小小的灵魂里，就充满了深刻的羞耻与悲伤了。在她初觉到别人都有圆满的嘴唇，只有自己的缺了一块的那一瞬间起，最初是怀疑，后来是羞耻，最后是由羞耻而临到悲伤的深渊。她这种羞耻与悲伤，由她的年龄的增加，强烈地威迫着苦恼着她幼弱的心。

从她了解羞耻与悲伤以来，她的天真就全失尽了。以前的笑脸，以前的跳跃，以前的一切活动的表征，都消沉下去，一转而变为一个终日沉默的可怜的孩子。

六岁的时候，她才进学校，她初去的时候，总想在几百个同学里，至少可找到一两个像自己这样的同伴来。但是，结果是失败了。在那里，烂了耳壳的也有，坏了一只眼睛的也有，塌了鼻子的也有，缺了嘴唇的，终只有花美子一人。

在学校的生活，花美子是感着痛苦的，上课的时候，只是低着头，怕先生看她的嘴，下了课，在游戏场里，总是一个人远远站着，望着一群活泼的孩子，拍皮球的，打秋千的，捉迷藏的，跳的，跑的，笑的，唱的，那样有趣的游戏，除了羡慕以外，她不敢去参加。就是偶一为之，她也要等到那些同学散尽了，才一个人偷偷地走去，带着惊奇与尝试的态度，站在秋千的架上，有时竟独自露出寂寞的微笑来。

她在家里，等到身旁没有人的时候，就站到镜旁去。自己做出种种的样子来，总想能找出某一种姿式，稍稍能掩饰自己的缺点。有时开着口，伸出舌尖来，抵住那缺了的地方，有时又紧闭着嘴唇，但是一合着口又现了两个白的门牙来的时候，她又愤怒地用手去摸那两个牙齿。有时她用手指把上唇用力地抵紧，向镜子里望去，似乎再看不出什么缺处来，但是把手一松，又还了原状。她费了种种的力，仍是找不出一点方法来的时候，她把镜子一抛，倒在席子上哭了。

她这样在镜子前面的失望，也不知有了多少次，自从她知道缺了嘴唇是一件不美的事以来，就时常避开家人的眼睛，在镜子里去描摹她的面目。但是，每次是使她失望，是使她悲哀，是使她厌恶那镜子。

后来，不知怎的，她想出碰着人的时候，用手巾或是用衣袖掩着嘴唇的方法了。这方法，在花美子自己，或者认为很得意。因为有许多和她初见面的人，被她这样瞒过去的，倒也不少。不过一些早已知道她缺了嘴唇的人，每见她这样掩着口的时候，倒反容易留心到她那嘴唇的问题上去。这种心理，小小的花美子，不用说，是不了解的，因此暂时用手巾掩着嘴唇的这法子，她是感着满足了。

花美子虽说是孤寂，然而她也有两个朋友。一个是豆腐店的秋子，今年也是八岁，还有一个，是叫做关太郎的九岁的男孩。关太郎的父亲，是一个军官，这孩子也身强力壮，生出一副英气勃勃的面貌来，但是，他的性格，非常横暴，同他年龄不相上下的孩子们，受他的欺侮的很多。至于花美子呢！她本是讨厌男孩子的，她同关太郎的结交，还是秋子的关系。秋子是一个从小就和花美子要好的人。她们同住在一个山谷里，从生下来到现在，已经有了八年。在这八年中，她俩是相依着长大的。就是她两家的父母，也都非常亲切。

关太郎是两年前，方搬到这山谷来的新户，因为秋子的母亲和关太郎的母亲在以前就认识的，因此在他们搬来没有几天，关太郎和秋子就做了很好的朋友了。

后来就因秋子的关系，他们三人成了很亲切的同伴了。有了果子，或是玩具，总是三人共着吃共着玩的事，他们三家的主人，看看都很欢喜。关太郎对于他的同伴，虽说是横暴，然而在秋子的眼前老是低头。这原故虽很难说，但关太郎横暴的性格，一到秋子的跟前，就变成温柔而又体贴的孩子，这是事实。至于花美子，关太郎本就不十分欢喜她，一碰着秋子不在跟前的时候，花美子被关太郎欺侮的事，这是常有的。但是秋子一来，总是帮着花美子反抗他，因此她稍稍感到一点快慰。

可是，关太郎虽说有时欺侮过花美子，不过是夺她的玩具，或是把泥水洒在她的衣上这类的小事，关于她的嘴唇，从没有耻笑过。但是在花美子，时时刻刻只担心这一点，因此每当他怒目而视的时候，她只好低下头去，用力地将手巾捧着嘴唇，似乎除了这点以外，无论什么地方，都禁得起侮辱，都受得住指摘。

花美子的父亲，是一个种菜的人，他的房子，在山腰的树下。门前都是菜地，菜地的右旁，有一个大池，池边有一个小花园。这花园是他们三人每日集会之所，他们在这里拍过皮球，踢过毽子，滚过铁圈，玩过许多的游戏，因为秋子的家，就在这家的对门，关太郎虽说稍稍远了一点，然而他是每天必要来找秋子的。秋子一见了他，定会拿着皮球，去找花美子。

上学的时候，关太郎虽说比她们高两班，仍是在一个学校。早晨谁先起来，总是背着书包，去找其余的两个。每每是三人同下山去，三人同上山来。不过，在三人的友谊中，关太郎和秋子，确实另有一种特殊亲切的痕迹。因这一点，花美子更现出来寂寞和呆痴的面貌。

花美子总怕人谈到她的嘴唇，不仅她自己的，凡是嘴唇这两个字，她都不爱听。似乎她的自尊心，全系在这两个字上。她和关太郎游戏或是谈话的时候，时时提防他说出来，有时关太郎故意做着滑稽的样子，把上嘴唇卷上鼻子尖去，惹得秋子笑的时候，花美子以为他是在嘲笑她，在侮辱她，一个人生气回去，也是常有的事。秋子知不知道她这种心情，这是一个疑问，在关太郎呢，他本是一种无意识的举动，一时高兴起来，张着口，伸出舌头，或是翻着眼睛，装妖怪吓人的事，这是男孩子们惯做的把戏。

在这两年中，他们三人，就是这样地同游戏着。虽说有时也互吵着嘴，但是到第二天，就忘记了，仍是在一块玩。这样的过去，花美子今年是八岁了。

那是一个黄昏时候的事了。

仍在那小园里，只有花美子和秋子在拍皮球。不知怎的，她俩因胜负的关系，先由吵嘴而打起架来，最后，那皮球被花美子抛在池中了。秋子急得大哭，正在骂花美子的时候，关太郎跑来了。

"怎么了，秋子？"关太郎执着秋子的手说。

"花美子打我呵！我的皮球，她抛往池里去了！"

"花美子？"关太郎带怒地问。

"她先打我的。"花美子也在哭。

"谁先打你？"秋子见了关太郎，得了势似地说。

关太郎似乎受了很大的侮辱，翻转身去，握着花美子的手，用力一下，把她那条手巾扯掉了。

——你这缺嘴婆！你还打秋子不？

——……

——缺了嘴唇的人，不要脸啊！

……

关太郎设法拾起那皮球，给了秋子，两人轻轻地回家去了。花美子一人倒在石凳上哭泣。手巾落在草地上。

秋子和关太郎，比以前更要好了，每天总是两人唱着歌同下山去，晚边唱着歌同上山来。

花美子呢！再不敢同他们玩了。在她的脸上，更添上一层冷寂而又呆痴的影子。

三月一号写完

春 草[*]

一

十八块钱一月的小学教员，在汪碧如女士，真是感着厌倦了。不能因厌倦而抛去这种无味的职业，另找一条有趣味的有生意的路走，那是一种最苦恼最疲劳的人生。碧如就是一枝活泼而又美丽的春草，硬被这种厌倦，压榨得翻不转身来。她现在差不多对于世上事业的一切，都感到空虚和绝望了。

然而，她对于青春和现实生活的享乐，反而强烈地追恋着。她想，现在再不要拿着对于社会事业的责任心的话，来欺骗自己。她深深地感到，她就在这欺骗里，失去了她的一切。最宝贵的青春和美质，无意中一年一年地跟着几枝粉笔变成灰烬而消去了的事体，在她是引为最伤心最可痛哭的。

是的，像碧如一个那样活泼伶俐的美人，把人生最美的青春期，献给于十八块钱一月的干枯无味的小学教育的事业上，年年过着穷困而又忙碌的生活，使两年做一年老去的这件事，一般持着批评艺术品的眼光的人，都认为这是社会贫穷的残酷，故意要来摧残或是毁灭这位上帝造给世人鉴赏的美人。因为她的不幸，要生在这可怜的中国，若是生在华盛顿或是纽约的时候，恐怕早已被好莱坞电影公司的经理聘去，至少也可以得到一点钟五百美金的薪资。在今日碧如女士的心里，只要能离开这十八块钱一月的穷困的境遇，能使生活丰美一点的时候，就是电影事业，碧如也是情愿

---

* 本文原刊于《长风》第六期（1929 年 8 月 15 日），收录于《昨日之花》（北新书局 1929 年版）。

干的。因为她在最近写给一个和她十年前是中学同学，后来在大学毕了业现在是东方银行行长的夫人的靖之姐姐的信里说：

——姐姐！请原谅我！我现在厌弃世人所说的一切有价值的有社会意义的生活，我准备冲向享乐生活的范围里去。我若是还有十年前的美质的时候，我真愿加入电影界呢！在世人评为第八艺术的电影，难道你还轻视它吗？

"贫穷的人，生在世上干什么呢"的这个问题，是碧如这几年来所怀疑的而永无解答地在她的心里冲突着。她近年来，更知道了要解答这个问题，除非自己走入贫穷以上的阶级，或可得个结论，若是终身混在这贫穷阶级里面，不仅不能解答这个疑问，还可以一天一天地因这疑问增加着苦恼而走入自杀之途的。

父亲的早死，母亲替人家洗衣服的劳苦，弟妹的年幼，使得她无可逃避地不得不干着这枯燥无味的生活，来维持她一家的用度。九年前卒业的时候，望着许多同学纷纷地到上海、北京各处去投考大学，她不知暗哭过许多次，终于因生活和母亲的逼迫，第一年以每月十二元的薪金，在一个县立小学担任二年级的教席了。虽说远地的学校，曾以较多的薪金聘过她，毕竟因家庭烦累太重不能自由离去的困难辞掉了。不用说，在这县立小学，薪金也是随着大众而增加的，最近两年，因升为四年级的主任，而加为十八块钱一月，在碧如女士每月的进款上，要称是最高的记录了。

碧如的母亲，对于能干的女儿的满足，是用不着多写的。在她原来辛辛苦苦地积几文钱送她女儿在师范毕个业，也没有想到女儿能有今日的出色。一年能拿进两百洋钱回家来的事，在她的丈夫，是梦想不到的。就是她邻居的老妇人们，望着她们母女，是又羡慕，又嫉妒。在她们看来，她的境遇比从前确是向上了。以前靠着洗衣服吃饭的她，现在竟然在日新昌绸缎店的檐下，摆出一个水果摊了。虽说是小买卖，然而一天也可捞获一两吊钱，比起洗衣服来，这是有意义有趣味些。在碧如的母亲，是每天筹划着这件事情，她梦想着一旦转了好运，碧如嫁一个有钱的女婿，从中得几个钱，把这水果摊，扩成一个大店子，那末，她自己和她幼儿弱女的终身，都有靠山了。

可是，碧如女士对于她母亲这种小买卖的行动，她觉得在贫穷上，更加上一层羞耻，这种羞耻，永远使她苦闷着，她每天到学校去，路上的行人，学校的同事，就是那些小朋友们，似乎都在暗笑她，都在讥讽她，似乎有人在呼喊着，"水果摊的先生，水果摊的先生！"在那时，她会满身发出热来，眼里射着有力愤怒的光，恨不得一翅飞到另一个清凉的世界去。然而，环境不允许她，硬逼迫着她向这条充着羞耻而又贫穷的路上走，似乎四面都有锋利的防卫的鞭剑，一步也不许她离开。

二

碧如女士今年是二十七岁了。从十九岁到现在，在小学差不多教了十年书。在这长期流去的岁月里，她没有得到什么好处，虽说教过的学生们现在也有进了大学的，但是对于这个可怜的女先生，似乎都忘记了似的——或者有些是看不起她而一直就没有记忆过——在这长的期间，所失去的东西，是她生命中最可宝贵的一部分。然而，连容许她悔恨和追忆的期间都没有，就是那样忙乱那样干枯地付之东流了。所得到的是男人和女人的黑色的心，是贫穷中的羞耻和苦恼，是上层阶级的白眼，是风流浪子的秋波，是和她母亲同等的人的嫉妒和讥讽……碧如女士就是这样知道病根而无法医治地一直拖延着拖延着地过下去。虽也有几度，想拼命地另找一条有意义的新途，换一个生活的方向，终于是失败了，终于是要保持最高的自尊心，持着从来不愿屈膝求人的态度，仍是勉强提着无力的脚步，走向不愿意走而又不得不走的路上去。

可是，她现在的心情，无论从那方面说，都有点变态了。似乎从这十年来的人生的经验，得到了一个人生的结论似的。从种种的苦恼和悲哀里，体验到"精神"和"理想"这两个名词，是世上最空虚的骗人的虚话。若是一个人的肉体和现实的生活感着如何的困恼的时候，决不能在精神和理想上找着慰安。她觉得她自己这长的期间，就是被"教育神圣""劳动神圣"这些名词，把她的"肉体"和"现实"陷到不能挽回的苦境。精神一天一天颓唐下去，理想变成了白日的梦幻。而自己的生活，岩石似的无底的、无底的沉往海下去，现在差不多连一个小小的水泡也没有，就是这样无声无息地过着有春意有红情的日子。现在呢，她决不能再任着这岩山沉下去了，她维持着她剩余的一点所有的热血，燃烧着，沸腾着，硬要使这岩石，从海底跳出来，在现实的水面上，生出两个大浪，一破昔日的沉寂。什么是"精神"？什么是"理想"？她将一扫这些好听的名词，另走一条满足她需要的前路！这前路似乎是背着世俗的指望，在社会上恰成一个相反的方向。

因此，由这变态的立场，她的恋爱观也起了变化。她从前把恋爱和结婚看得是如何的神圣，看得全是一种精神的理想的最高的象征。她从前所信任的要在贫穷里面才看得出真正的爱情的话，现在觉得是一钱不值了。不仅这样，她现在对于穷人能否有享受爱的幸福的权利，也大大地成了问题。她总觉得无论有怎样说得好听的爱情，结了婚，生了孩子，连饥寒也免不了的人们，永远被一种为肚子而劳动的生活逼迫着，就是比蜜还甜、比花还美、比月还要纯洁的爱情，也会变成最无味的泥土，为生活的苦恼所压迫，无形地会离去会逃遁的罢。像这种美的生活的破灭，是人生一种最大的悲剧，与其这样，倒不如戴着恋爱的假面，在极端丰美的生活里，过一点肉体的现实的享乐生活。一月十八块钱，自己毫不装饰一下，一五一十地送到母亲的手里去，这岂不是一件蠢事。真的，一个人生在世上，把幼年和老年截去，能过几度红艳的春天？况且自己今年又是二十七岁了。

她虽是二十七岁，她虽是悲叹着自己美质的逝去，然而在旁人看来，她仍不失为是一个持有动人的魔力的美人。她那双有力的两道剑光似的眼睛，一头光黑的长发，不待脂粉而显着相宜的红白的面庞，一排整齐而又洁白的牙齿，加以长长的颈，短短的腰，高高的脚跟，轻盈的体态，在她这样的人，是不需要衣服和外貌的装饰，就能显出自然的美质的。她不似桃花的轻浮也不如牡丹的妖艳，她是集合着菊的孤标、梅的高洁和山茶的静默的美质，而成为一个最完美的女性。她的美貌，是深沉然而又很显露，无论某一个阶级的人们，见了她，总会给她一个美的评语。所以杨师长那次到她的学校来参观的时候，一眼望见了碧如，就中了意，从校长那里问了她的名字和家世，千方百计地要娶她去做第几夫人的事，到现在仍使碧如的内心冲突着、苦恼着，一直得不着圆满的解答。

要是在两三年前的碧如女士，对于这样的一个问题，是用不着放在心头，更说不到什么冲突和苦恼了。堂堂正正的一个从事神圣教育事业的自命为新时代的女性，对于恶魔式的军阀官僚的欲愿，还有一顾的必要吗？可是，以前曾也呼号着"妇女们快些觉醒，为防卫自己而战"的碧如，到现在，不知怎的，失去往日呼号的热力了。虽说有时也曾想到一个女教员嫁给军阀是一件如何可笑的事，然而也不能就此把这事一手撇开；为十几年来贫穷生活所压迫而尝尽了苦恼的人，为享乐的宫殿的欲望所引诱，使往日的信仰与理想，全部动摇，想抛弃今日厌倦的旧路，跨进另一种生活的阶段，这是在任何人，都是有这种心境的过程的。释迦也就是十分厌弃了华美的宫殿的富贵，抛弃那样美得为各国王子相思而致于病倒的娇妻，为一种素朴的自然美的、人类爱的梦所引诱，毅然地投入到另一个世界了。本来，一种人能够极端满足他现实的生活的时候，可以说，那个人的心灵，是停滞得如池中的水，毫无生气了。碧如女士还是二十七岁的青年，生的欲望，是时时刻刻在波动着。她万不能就让她这短短的一生，不变地全捧给这干枯的十八块钱一月的生活上。

"既然持有这美质的碧如，受着这贫穷的压迫，为什么不到爱情里去找点安慰呢？像这样美的她，难道她还没有被人爱过吗？"凡是认识碧如，知道她生活状况的人们，是常提出这种疑问的。若是她早就和一个心意相投的男子结了婚，不是早就脱离了这种无味的生活吗？至少精神上不致于像现在这样的孤寂这样的彷徨罢。

是的，碧如是一个尊重爱情的人，她在师范的修业时代，受了新文化的激荡，就高唱"婚姻自由，恋爱结婚"的口号。她的好友黄靖之女士，和她是同级的窗友，她那时为想脱离旧婚约而走入新的恋爱之途的欲望所苦闷，碧如曾以青年的热与力，督促她鼓励她，终于使她和家庭奋斗了一两年，把旧式的婚约解除了。靖之现在因恋爱而能得到圆满的爱的家庭生活的幸福，碧如是帮助她不少的。

碧如在师范毕业的那一年，正是十九岁，婷婷玉立，美得好比一枝含了早晨的甘露急于要开的娇嫩的蔷薇。那时国内正介绍着西洋的文学，易卜生的《娜拉》，她读了曾下过兴奋和感激之泪。《少年维特之烦恼》，强烈地打动着她的未受着任何创伤的处女的心，一面同情书中的少年，一面自己的心，无意中陷入追想恋爱的情热的梦境。后来她读完莎士比亚的《罗米欧与朱利叶》以后，更深切地了解所谓爱情这东西，在人类的生命上，是占着如何重大的地位了。

她在女子学校，和男子接触的机会不多，因同靖之是最好的朋友，因此得和靖之的哥哥相识。靖志也是一个为新思潮所迷醉的大学生，一旦和同调的碧如女士相识，在当日两人的心里，只恨相识太晚。爱情的苗，春草似的一天天伸展着。当日的杂志上，虽说有许多人在尝试着写白话诗，靖志还在怀疑之中，所以那时他送她的诗稿，都还是旧体，用着缥缈缠绵的情致，模仿曼殊的伤感的调子，曾博得碧如女士许多同情的眼泪，如那年暑假他俩因事离别，靖志送她的句子"此去无言哭问君！君心是否百年心？"在当日碧如的心里，一面是如何的欢喜自己的朋友是一个这样天才超卓的诗人，一面又因这多情的诗句，曾流下许多相思的眼泪。离别后，碧如模仿着少年维特里面那种情丝不断的通信，给靖志寄去无数的情书。后来因靖之的协助，他俩暗中订婚了，这件事，除他们三人以外，双方的家庭是不知道的，第二年——就是碧如投身教员生活的头一年——靖志负着科学救国重大的使命，一轮西渡，到巴黎学工业去了。去后的一年间，双方的信札，仍如昔日，第二年是疏，第三年是没有了。就是靖之进了大学，似乎也忘记了她可怜的女友似的，也不常见她的消息。当日碧如的心情，是由欢喜而转入忧郁的境地，到第四年的春天，从朋友处听到靖志在法国娶了妻生了孩子的确实消息以后，她陷入绝望的悲哀，差不多要发狂了。毕竟一病三月，入了濒死的危险的状态，亏了靖之书信的安慰，医药费的资助，渐渐地又从病中恢复转来。从那以后，碧如女士的心，变成如同死木槁灰的毫无生气的了。可怜的，因着一家贫穷的压迫，仍不得不继续着那种机械的教员生活。可是她失去了以前一切的美梦。"牢狱！牢狱！"一面呼喊着牢狱而又不能避开，仍是每日步入黑暗的铁槛中去，那正是碧如女士的人生的路！

旁人一点也不了解碧如女士内心的苦闷，那时与她同事的男先生们，望见这枝美丽的海棠，谁也想着摘去插在自己的花瓶里。她成了众矢之的，为那般人们所包围，殷勤的举止，温柔的言笑，恨不得把心也剜出来捧给她的热情，在碧如的眼中，都变成了有毒的蛇蝎，一面是远远地避开，同时又想到人类的虚伪，是装得如何真实。这些男人们言情寄意的丑态百出的场面，一幕一幕地展开着的时候，碧如是多么的痛心呀！世上真的还存在着爱情吗？再不对男子复仇，还待什么时候呢！

男人们对于铁面无情的毫不为情感所动的碧如，都有点在"暗中摸索，不得要领"之慨。以貌夸，以钱胜，或以学识见强的斗将们，只好一个个地退去，有的对她更抱着为教育牺牲而独身的敬意，有的是因爱而想占有的失败的怀恨，有的鄙视她，待观她后日的结果，有的把恋爱当作游戏，得了就朝口里送，失了就说是葡萄酸……这样下去，碧如在世上是绝对成了一个孤寂的人了。

在她的伤痕，时时在她的心灵出现的那几年，她觉得愈孤寂愈好，最好是不要看一个男子，在一个寂无声息的世界，使她的曾燃烧过熊熊的烈火的心，平静，停滞而致于死亡。忘去这世界，忘去可怜的母亲弟妹，忘去自己，忘去自己昔日的青春的甜蜜的梦！

这样沉静的生活，又过了几年，在静极思动的还是年青的碧如的心田，似乎从半天里掉下一颗石子，落在平滑如镜的湖面，不止的不止的生出一层一层的波纹来，这是她在一年前和一个小说家田源相识的事。这件事，是使她对于男性，重生出来一点好感。虽说她也有几次想拼命地斩钉截铁地撇开他，可是，她这次却不能了。

三

田源是一个极其贫穷的新进作者。靠卖文稿来维持衣食，在现在的中国，在现在的他，是一件很难的事。他在大学二年级的时候，因为对于文学特别有兴趣，厌弃学校的功课，抱着以文学终身的决心，退学出来投身于社会为生活而苦斗了。

这两年的结果，使得他懂得金钱的价值，看透了社会的正面与反面，体验了人类的丑恶。每次费了许多心血写一篇稿子，寄往杂志去，三五月没有回信，若是靠着稿费来买早饭米的时候，会饿死得骨头变了灰，恐怕还不会有钱来。后来和一个编辑有了相当的友谊，稿子稍稍行了一点，然而钱是太少，于一个文士的生活费用，是相差很远的。一万三四千字的创作，卖了九块半钱，那是田源的稿费的最高记录了。

不过，他是一个会享乐同时又受得住苦的人，腰里有了几块钱，不是到衣服店买一两件新衣，就会到酒楼谋一个大饱。第二天没有了，他也不十分苦恼，在那间小而又暗——因为只有一个小木窗——的书寝并用的房间里，坐在那把挺得股疼的没有靠背的圆凳子上，又开始瞑想他的小说。有了钱电车也不愿意非坐汽车不可的他，穷的时候，高唱着"散步于身体有益"的论调，自己穿着那双破了的软皮鞋，双手插在裤袋里，一个幽灵似的，轻轻地慢慢地在街边漫步着，似乎厌弃了这浮沉的人世。

他是一个自信力很强的人，他总觉得他的作品，是有艺术的价值的。虽说一时没有人赞赏他，这对于真的艺术品，并没有什么损害。不过因此生活更感着困难，名望不高的作者的稿子，想随时换出钱来维持衣食的事，这是一种妄想。他有一种孤高的僻性，情愿饿死，也不愿拜倒于所谓文豪的门下，求一点间接或直接的帮助，因他们的提拔，而自己的地位向上，他认为这是艺术家无上的耻辱，一个作者，不能全因自己的艺术去创造自己去完成自己，这是艺术家的品格的破产。

因此，他这两年来孤军独战，虽说在作品上，增加了自信力，可是在文坛上，仍是被人看为三四流的作者，生活一年一年地向下，总是想挽回然而又挽回不转来，拖欠地他现在是负了一身的债了。好点的衣服，不用说，早就进了当铺，后来连买原稿纸的钱也没有的时候，把一个旧手表做八角钱也卖去了。这样一来，他的思想和他在作品所表现的，都偏向社会主义去，英国吉辛、法国马比塞的作品，他最欢喜，吉辛那篇《穷绅士》，读完了，不禁拍案叫绝，初次在远远的欧洲，找着了一个命运完全相同的朋友。

于是他的作品，又转了一个方向，一个七万字的以八十元卖去的长篇小说，名为《破灭》的，就是他这最穷期的有力的作品。《破灭》的发表，出于意外的，竟有时髦批评家，在杂志上评论了。他的几个朋友，也都写信来奖励他，就是他和汪碧如女士的相识，也是这长篇小说的媒介。

《破灭》的内容是很简单的，写一个新时代的女性，失身于一个青年，生了一个孩子，后来青年弃她了，她带着孩子过着穷苦的劳动生活，结果孩子被人轻视，又无意中折断了一只腿，自己身体病弱，堪不住过苦的工作，最后是因贫穷逼迫得无路可走，先杀了孩子而后自杀了。这书的情节，虽很简单，然而以作者多年贫穷生活的体验，和作者长于青年心理描写的笔锋，精细地深刻地写下去，成功了这部有力的创作了。

碧如过了几年味同泥土的沉寂的生活，不能完全死去的心机，总是春草似地时时求着向上面伸展。那样的家庭，不用说得不着慰安，学校的生活，更是机械得没有一点趣味，自然地恢复以前的嗜好，在文艺上来找一个安慰心灵的世界了。

她的阅读文学作品，唯一的目的，是厌倦了这现实的世界，厌倦了这现实世界一切丑恶，虚伪，阴谋，险刻的人类，总想把她受了伤受了苦的微弱的心，寄托到另外一个清净的世界去。浅一点说，就是把艺术，当做人生的娱乐也无不可。因为她的长年寂寞的心，再不加一点雨露，是快要干枯，快要萎缩了。

她不像七八年前的她了，情热的恋爱的浪漫的作品，她倒不欢喜了，如少年维特那类的小说，她觉得已经不是像她这样的人所爱读的。现在能打动她的心的东西，是比较把人生描写得深刻一点，把心理解剖得精细一点，是反映着人间苦和生活苦的青年男女的跃动的缩图。因此，一个新进作者田源的小说《破灭》，大大地得了碧如的赞赏了。

碧如一气读完《破灭》，她感到作者，书中的主人，和她自己的命运，是打成了一片。她觉得这三个毫无关系的人，无论在性格，在思想及其各方面，都是一个方式，尤其是写一个女子被爱人抛弃，为贫穷所压迫的苦痛，心灵的悲哀，世人的白眼，那种深刻地描写，碧如是能深刻地体会到的。作者的心，无异就是碧如的心。她读的时候，真有点茫然了，几次反问着自己，书中的主人钱女士，不就是自己吗？她在灰色的人生路上挣扎，嗟怨，愤怒，苦恼，不就是自己吗？她为这钱女士掉下许多眼泪，她想，这不是悲叹自己的身世而流下来的悲哀和热血的结晶吗？为什么有一个这样伟大的作者，能捉住为生活为恋爱所苦恼的一个现实的女性，表现得这样深刻呢！再一想到世上还有一个这样的作家，突然在忧郁的心田，浮上一层神秘的苦笑。

碧如几年来，除事务的必要外，从不和男子写应酬信的。这次她破例了，她再不能在这位伟大的作家的前面，仍把自己的苦闷守着秘密。在那时总没有一点爱情或其他的作用，她是带着无上的敬意，赞赏他的作品，一面讲到自己是一个可怜的女性。她的意思，是说作者所写的人物，不是世上没有的，像自己就是这样的一个。她忍不住地把几年来心中的郁积写了一封长信，寄给田源，信里还说了若能当面请教，更是光荣的话，最后还问了他夫人的安。在碧如女士的心理，这位深刻的作者，年龄总是三十以上了，有孩子虽不确实，夫人是无疑的，所以在信的最后，就附了一句"祝夫人安好"！

因这封信，他俩就相识了，由通信而会面，由会面而亲密，进一步地进一步地双方是陷入恋爱的状态了。至于田源是一个青年，还没有娶妻的事，在田源回她的第一封信里，就坦白地告诉了她。她当时听了虽说稍稍有点踌躇，再一想到作者是如何的坦白，如何的不像一般男性惯用一种伎俩来欺骗女性的时候，一面又觉得自己是卑鄙，一面觉得作家是更伟大，于是乎她就坦然地和田源交际了。

爱情是由酝酿而生出芽来，再伸展再蔓延，而致于成熟。从去年春天到今年十月的现在，这一年余的期间里，他俩的心里，是不知不觉地成长一种热烈的爱情的。在以前，碧如一觉到这是与寻常的友谊不同的时候，她自己曾有几度的考虑和振作，"无论如何，我再不要陷到那漩涡里去。"她虽是在心中这样反复地说，不知怎的有一种什么力驱逐她似的——想摆脱又摆不脱，仍是推着她前进走向原路的一种力——使她失去了以前的理智。可以说，他俩是互相爱着了。

和碧如的相交，在作家田源的立场上，于他的精神，于他的艺术，都有大大的活动。至少他无意中得了一个异性的知己，贫穷虽是贫穷，至少在黑暗的境遇里，减去许多寂寞了。他不怕贫，他不怕苦，他只要有了女子同情他爱他，他会精神百倍的拼着所有的热力，到艺术的园里去找出慰安和光明来。他要仗着热烈的爱情的刀剑，去制服贫穷与劳苦。他觉得几年来的苦斗，到底是找出了一点光明，这点光明，是他用眼泪用热血用艺术换来的代价。换句话说，碧如女士是照透他的艺术的明星。

四

在碧如的心里，他俩的爱情，时常生出一点不快意的波浪来的事，是田源过于贫穷。是的，在昔日的碧如，绝对不致于闹出因恋爱而顾及贫穷的笑话。可是她现在，不知怎的一想到"贫穷"这两个字，她就会退缩似的。她十年来为"贫穷"压迫所受的苦恼也够了，小说里所描写的一些人因穷得无路可走而自杀的事，碧如是体验过这种心情的。一月十八块钱，要供给家庭，要供给自己，眼望着社会上的衣服和鞋帽，变了许多新的式样，自己硬没有做两件最新式衣服的能力。严寒的冬天，从家里到学校去的路上的削人的北风，吹得脸上发痛，连买一瓶雪花膏的小钱，也不自由。同事的女先生们，装扮得花枝招展芬香扑鼻，对她又是骄傲又是冷笑似的，碧如在这种空气里，较之饥寒的实在的苦痛所受的精神的不安，自尊心想保持而又时时在动摇的精神不安，除使她暗暗地流着眼泪以外，是再没有一点方法的。若是不立身于教育界，还好一点，本本分分地做一个工场的工人，或是大家的女仆，那是多么自由呀！站在所谓神圣的教育界，连一瓶雪花膏，一双人造丝光袜都没有钱买的时候，不要说是一个小姐，就是在社会上滚过多年的老于世故的男人，他对于他的生活，是要怎样的厌倦，怎样地诅咒呢！

体验过苦恼过贫穷生活的人，不敢借以爱情的美名，再去尝试的事，那正是今日碧如女士的心。她知道世上的一切，都是要被金钱战败的，就是号称神圣的爱情，望见金钱也会低下头来。任你爱情是如何的热烈，没有金钱，生活是冷如冰炭。她明明知道世上爱她的、了解她的、同情她的是田源，同时知道世上为生活压迫为贫穷苦恼的也是田源。现时他一人还在千难万难的饭碗里挣扎，有了妻，有了孩子，生活会难到一种如何的程度呢？

在田源那方面，绝对没有因碧如是贫穷而不爱她的心理。因为她是贫穷，在爱情上更加上一层同情，并且明知道自己是一个穷的作者，她仍是爱他的时候，他对她更感到敬意。不用说，田源是将他的全身捧给碧如的了。

可是，在碧如今日的心理，倒没有为爱牺牲而继续着贫穷生活的决心了。她明知道她自己为恋爱在颠倒着，同时又知道这次的恋爱，不比从前的，全以热情而左右的了。可以说，她确实正在通过一个"爱与穷"冲突着的难关。

这难关在最近的五六月，无日无夜不使她的心困恼，自责，冲突，悲伤。因此，田源屡次向她求婚，都被她婉言谢绝了。一直到现在，仍然没有结果。

因田源过于穷困而她不敢毅然地和他订婚，而自己想和他断绝又不能断绝的这一年来的这个场面的最近，因配角杨师长在舞场突然地出现，更生出一点枝节来，这枝节，使这幕悲剧的场面，骤然紧张。不要说演者，就是舞台下的观众，也都陷入紧张的危机了。

二月以前一天的上午，正是县立小学的十五周年纪念。学校放假一天，开一个大大的运动会，以资庆祝。杨师长和县知事就是这次运动会的名誉正副会长。就在那天，杨师长见了碧如了。这般豺狼成性的军阀们，他还踌躇什么呢！见了钱、见了女子都是要搬到自己屋子里去的雄赳赳的畜生，那能在他势力范围之内，放走这个曾负过美名的还是女教员的汪碧如呢！

就在那天，杨师长叫着校长训话了——因为他们的总司令，也是叫大学校长训过话的——开始是说了几句学校办得还好的客套话，接着就谈到男女教员混一起的利弊，最后，他毫不隐瞒地说明了他想娶汪碧如的话了。校长先生一面点头，一面说，"这件事是好办的，好办的！"后来，若是校长能做成这件婚事，杨师长应允给他一个少校参谋的位置，就以这个条件，在那天还没有等到闭会，杨师长得意地和校长告别了。

校长先生为这件事，曾费了许多心血。亲自访过碧如的母亲，亲自陪碧如赴过杨师长的夜宴，亲自给碧如写过"革命时期，女子与军人结婚，就是间接帮助革命"的词严义正的长信，还亲自捧过杨师长送她的花缎旗袍。在那一月中，学校的事，全放在脑后，为想兼顾那个少校参谋的差事，拼命地在替杨师长跑腿。

天呀！杨师长是一副多讨厌的相貌呀！大头大脸，满面是鸦片烟的灰黄色，那双东射西射的猫儿眼，凶险得可怕的鹰嘴鼻，两道直竖的眉毛，一排镶了三个黄金牙的门齿，一切是下等，粗鄙，凶险，恶劣。第一次碧如听到校长说要她嫁杨师长的时候——本来校长也就说得太不委婉了——她觉得是如何的可笑呀！

可是，一月后，碧如的心，有点立脚不住地动摇着了。母亲带着眼泪的逼迫，校长带着卑鄙的微笑的催劝，杨师长夜会的绮丽，穿在身上花缎旗袍和预料的种种华美的衣饰的引诱，再加之自己贫穷的苦恼，教员生活的厌倦，都使她现在的心踌躇，突变。再一想到自己就是因为那爱情，而牺牲了自己的时候，不仅对于田源，就是对于他的艺术，也感到渺如云烟的虚幻了。

她想：

世上有什么理想之梦，又有什么精神的乐园呢？教员生活与妓女生活，能分得出多少高下吗？有谁完全能忘记现实世界的享乐，把短短的一生寄托到某一种信仰上呢——如爱情如艺术如教育——像我一个这样饱受了爱情的创伤，饱受了贫穷的苦痛，饱受了所谓神圣的教员生活的厌倦的女子，还有力还有血再能走入同方向的路途吗？我现在需要什么呢？在我的生活里，我需要什么呢？有的是青春的美梦的追怀呀！有的是因爱而流出来的血和眼泪呀！有的是贫穷的刀剑呀！有的是粉笔的灰尘呀！我现在还需要什么呢？难道我还要顾及世人和社会的褒贬吗？这个把我陷入于地狱之底的世人和社会呀！

接着又是母亲带着眼泪的逼迫，又是校长带着卑鄙的微笑的催劝，又是杨师长的丰美的生活的引诱，更凶的是贫穷带着恶魔的面孔的恐吓。"这到底是一种什么人生呀？"她苦到无可奈何的时候，只好深深地叹一声长气。

若是没有田源，就痛痛快快地嫁给杨师长罢，若没有杨师长，同田源的问题也是很简单的了。她现在已成了同情田源和玩弄杨师长的心情了。持以女子特有的美质，去玩弄一个有钱的军阀，又有什么不可呢！

最后，她是把这件事的原委，在田源的面前告白了。田源听了，是如何地愤恨她母亲、军阀和校长呀！一面可怜碧如站在人生最难解决的地位，同时又愤怒自己为什么得不到一点金钱的势力——到这时，他真怀疑艺术的微弱和爱情的无力了。他恨不得把他写的创作，痛快地毁它一个干净，但是一想到军阀的罪恶，校长的污劣和教育的破产，贫穷与爱情的争斗的种种社会的丑恶的现状，他觉得把这种万恶的现状向人间暴露的事，是他唯一的责任了。

"我没有你，我自己和我的艺术，都全会灭亡的呀！碧如！"

"我没有力了，我失去了一切的热与力了。请你把我看作是社会上一个最下等的女子罢。你想，像我这样的女子，是多么卑鄙呀！"

田源当时所受的突击的痛苦，在碧如的心里是深深地体会到的。因为她一想到在以前她听到靖志在巴黎娶了妻的消息，自己是受着如何的打击和动摇的时候，她就由此可推想到田源今日的心情了。不过她不承认她像靖志那样的薄情，她今日的变态，是受着各方面的黑暗所包围，使自己的眼睛失去了见路之光明的。她认为这是社会和人类的罪恶。

于是乎，这幕三角的社会悲喜剧，转了一个重心。这重心移到杨师长的头上。杨师长部下多的是参谋和顾问，对于这次的事，决定先以金钱的引诱，后以势力的威吓。他这种双方并进的手段，收着很大的成效了。那个多年梦想这样喜事的碧如的母亲，趋炎附势的校长，又是如何地在旁面尽力呀！然而也还是她自己对于世上一切的事，都感到失望，反动的生出对于现实生活享乐的渴慕了！

五

就在汪碧如和杨师长结婚那天的上午——那是一个多光华多明媚的小阳天气的上午啊！碧如接到从田源那里来的一封信。

……

我为减少你心灵的苦闷和牵挂，我离开你了。你接到这封信的时候，你会想到我是在风尘仆仆的旅途上飘泊了。"远呀！远呀！"我总想和你隔别一个世界，流到一个无穷远的寂无人烟的沙漠去。你要知道我的内心，是如何地沸腾着青年的热血的呀！

你为种种的逼迫，而走到那样的路上去，我为什么没有力量救出你来呢？你二十七年来所经过的人生的灰色的路程，就是一部最悲痛的最矛盾的人生的写实小说。最痛心的，你持着这样美质这样伶俐的心的女子，你所经过的人生的路程，还不过是一部小说的开端呢！你将来的生活，再会转到一种怎样的场面，这是令人所难预料的事。

你的心，你的境遇，我全了解。我不责备你，不责备我自己，不责备其他一切的人们。我觉得这就是世界，这就是社会，这就是人生，这就是艺术，这就是人的心。

我敢说我是一个真爱你的人，所以我现在要离开你了。若是在天涯海角的黄昏月夜，在我俩的心里，同时浮出对方的影子的时候，我认为这是最高贵的艺术，这是灵感的诗了。爱一个女子，为什么定要强迫地占有那个女子呢！我这样想着的时候，我又寂然了。

在以前，我曾计划过写几个长篇，卖一笔款子，和你结婚后过一点丰美的生活，后来我知道这全是一种不能实现的梦了。我想起那次请你看法国的电影，受尽了侮辱的讥笑的眼色才借到两块钱的事，我知道像我们这样的人，是失了爱一个女子的资格的了。我那时就想决绝地同你告别，一种什么欲望，仍然推着我，陷入于迷离恍惚的梦境。我知道，我自己终会要做小说中的主人的，终会要做舞台的主角的，真的，今日终于在舞台上受伤了。我想就带着这点伤痕，悄悄地逃去，好让把这幕剧快快地闭幕罢。

碧如——在这幕剧里，还是你的命运最苦，我是能带着伤痕逃去，你是带着满身的厌恶、疲劳、愤怒和耻辱，仍是要直驱前往，待演第二幕的。我为什么没有力呢！为什么没有力帮助你跳下那五光十色的舞台呢？

你是知道我的境遇的，我这次除去身边的几元路费以外，什么也没有带，饭钱房租都没有付，就是这样寂寂地逃开了。这怪谁呢！我不能去抢，又不能去偷，我有要付房金要付饭钱的必要吗？若社会把我看做是罪人的时候，我是置之不顾的。

我不像英国短命的作家吉辛所写的那个没有肉吃而大骂吃了肉不消化，没有酒饮而大唱禁酒论的穷绅士，我不能因为贫穷失去了恋爱，而我就主张恋爱至下主义，我始终把恋爱是当做人类最高尚的超过一切的精神的结合。不过，我这次是失望了，因为这次展开在我眼前的恋爱，仍是不能超过一切的精神和生活矛盾的社会喜剧呀！

我现在真要怀疑世上没有真的"爱情"，只有真的"贫穷"了。碧如！你叫我怎能不这样怀疑呢！然而我又是忘不记你的，你只要能在你丰美的生活里，稍稍留心我的作品的时候，你可常看出你自己的影子的。碧如！你真是我在小说里描写的美丽的女性呀！可是，自己每天在写小说，到底自己逃不出小说人物中的一个，我又觉得很可怜了。

最后，我再述一遍，因为我是真的爱你，所以我离开你了。我是了解你爱你的，然而，请你忘记我。

……

在第二天的晨报上，有一段杨师长和汪碧如女士结婚的记载。在记者的笔下，是说着这对佳人武士的结合，于中国革命的前途，也是有很大的关系的。最后是校长先生一篇很长的结婚革命化的演说。

枯萎的荒原，明年又是深绿的春草，只是旅途上的车轮，载去了一去不返的"王孙"！

五月四号

剧 本

枇杷巷（独幕剧）[*]

人物

  蔡锷，三十五。

  筱凤仙，十八，稍通文字，云吉班的妓女。

  张婆，五十二，鸨母。

  杨湘，十四，凤姐的假妹。

  周三，二十五，蔡的护兵。

时代 民国四年冬。

地点 北京。

布景 筱凤仙的寝室，靠壁置一铜床，床左有一小门通内室。床之左侧，
   有一梳妆台。台之左端，有一睡椅，上有皮褥。睡椅前，有火钵。
   室中有一小圆桌。桌旁有数小椅，梳妆台前有小窗。窗前悬凤仙全
   身像片。在壁前端有一门通外，上悬绣帘，后端置洗面架。中有藤
   坐椅二，茶几一，壁上中悬寒林晚鸦图一幅。旁集宋词小对联一幅。
   词云：

   亦爱吾庐，买波塘旋栽杨柳。

   顿成轻别，问后约空指蔷薇。

---

 * 本文收录于《盲诗人》（启智书局 1929 年版）。

再床上桌上及一切的陈设，演时可酌量处理，总以不似普通妓院之华艳为原则。处处要显得清闲，处处要显得幽丽，桌上最好也要放几本书。

幕开　黄昏时候，凤仙着青色花缎棉衣，躺在睡椅上，手执《花月痕》，火盆火小。杨湘在桌旁整理。

凤仙　（读《花月痕》）"薄命怜卿甘作妾，伤心恨我未成名。"……

杨湘　北京这个地方，那怕你一天打扫三次，桌上椅上总还是堆满了灰尘。（自语，一边拭茶杯）

凤仙　（放下书自语）不管他诗是怎样，读起来总觉得太伤心了。堕落红尘，能遇着一个这样的男子……（拖长声音）"薄命怜卿甘作妾，伤心恨我未成名！"

杨湘　姐姐读诗的声音真好听啦！

凤仙　唉！（翻了一翻身，叹了一口长气）

杨湘　怎么？怎么姐姐这几天总是这样长吁短叹的？

凤仙　呃？（闭了一闭眼睛）

杨湘　都是那些诗闹坏了的，我劝姐姐以后不要读那些东西罢。老太太看见你这样子，也早不高兴了。嘴里常是咭唎咕噜的……

凤仙　怪读诗的什么事？

杨湘　病了吗？一定是昨晚在公园着了凉了。

凤仙　我没有病，一点病也没有。心里不畅快，这不畅快不是病，你不知道的，不要管。

杨湘　不是要管，不过我觉得姐姐老是愁眉不展的，总是高高兴兴的好。

凤仙　难为你担心，夜色快来了，早点把电灯扭开罢。（杨湘扭开电灯，走至火钵前）

杨湘　哦！再不加炭，就快没有火种了。（加炭）

凤仙　老是说东说西的，做事又不留心。我说怎样脚一刻冷起来了。幸而也没有什么客来。

杨湘　"没有客来"，老太太心里有点不自然了。今天吃午饭的时候，姐姐先走了，她那种借鸡骂狗的样子，对我有意无意地说："只有我们是冷冷冰冰的，你看对门是多热闹。"

凤仙　不要告诉我，没有客来，叫我怎样？

杨湘　姐姐不要这样气凶凶的。我是一片好心，才说这些话。老太太的脾气你是知道的。门前挤满了包车，马上就是笑脸，嘴里也就是说这说那的。一天两天稍微冷淡一点，脸色也就变了。

凤仙　脸色变了还不是脸色变了。

杨湘　我劝你对她不妨和气一点。

凤仙　我生成是这样的，难道你倒管起我了吗？

（张婆从内门上，凤仙起立）

杨湘　老太太找什么东西吗？

张婆　不是，我来看看你们在这儿干什么。

（向凤仙打量一回，坐下，凤仙亦坐）

凤仙　有什么事？还不是闲坐。

张婆　闲坐，不是在读诗吗？

凤仙　什么读诗，不过解解闷的意思。

张婆　姑娘的烦闷，也太多了。自己在吃碗饭，也就不能这样随随便便的，一天到晚闲坐着读诗，这成什么话。有许多人家里的小姐，还不送到学校里去呢！

凤仙　我不知道要怎样才不是随便？

张婆　你看，你看对门的，那个不是锦围翠绕，金钻满头。都是香扑扑的打扮得仙子一样。要这样，客人自然也就多了。

凤仙　我的脸皮，没有那样厚。

张婆　这更不成话了。吃了这碗饭，还讲那一套吗？

凤仙　我生来就是这样的，生来就是这样的脾气。

张婆　我看姑娘的脾气，也应该改改才是。

凤仙　改不下来。

张婆　你不能这样说，眼看天气寒冷了，一家皮货还没有上身。

凤仙　人家不穿皮货，也有过日子的。

张婆　谁说没有皮货，就不能过日子。不过你要知道，一样做这行生意，左邻右舍，那个不是冷有冷的热有热的。穿起来正要比颜色赛花样呢！他们自己会有钱吗？还不是从人家腰包里掏出来的……

凤仙　冻死了也好，省得在世上……

张婆　动口就是"死"，真的能死吗？一天不死，一天是要衣穿要饭吃的。什么事情，还不是都靠各个人自己。人家的门口老是人来客往的，是何等热闹。所以她们就穿的好，吃的好了。也不限定要你怎样，自己收拾收拾，殷勤一点，多给客人两个笑脸，也就不致像现在这样冷冰冰的了。

凤仙　生成这副愁脸，强笑能行吗？

张婆　什么"生成"的，你自己总要知自己的地位。天天老是念两句诗是不行的。

凤仙　难道读诗犯了罪吗？

张婆　并不是说你犯了罪，不过你读了诗，总是这样长吁短叹的，一天一天好像把自己做的生意忘记了的一样。

凤仙　我叹气，我叹我自己。（下泪）

张婆　你听！人家那里正在闹得轰轰的，多么的热闹。像我们这样的冰清水冷，谁看得上眼。这两天不仅没有旁的客来，连那个姓蔡的也不来了。纵然你自己不欢喜热闹，你也得看一家的用费有多大，差不多是要靠你一个人养活的。像这样的下去，连饿死的日子还有呢！

凤仙 （泣，用巾拭泪）他们不来，叫我有什么法想，难道叫我去找他们吗？

张婆 （冷笑）那个叫你去找他们，他们来了，只要你招待殷勤一点，有说有笑的，那便行了。

凤仙 面孔生来就是这样呆呆的……

张婆 本来吃了这碗饭，再想像小姐奶奶样的是不行了。到了冷落的时候，就是去找客人，也是没法的事。他们做野鸡的，不是冒着风雨在马路上拉客吗？和他们比起来，那又是"高高福赏"了。

凤仙 （泣，伤心，泪如雨下）

张婆 这也值得哭吗？这样伤心，未免把眼泪空流了罢。我是来好好劝你的，劝你以后也该把脾气改一改。并没有叫你像马路上的野鸡一样冒着风雨去拉客。你听了，就以为我骂你了……

凤仙 谁说你在骂我。

张婆 知道我没有骂你，那就好了。姑娘！你以后还要听我的话呢！（向杨湘）火又退下去了，快加点炭，来了客，冷清清的像什么样。你在这个房里，做事就要精明一点。人家里十一二岁的姑娘，要在家里当个大人用呢！

杨湘 这回买的炭，太不结实了，三斤抵不住上回的一斤呢！明天王老板来了，得问问他。（加炭）

张婆 天色变下来，炭也加了价，真正这样的炭，也没有钱买了。

凤仙 没有钱买，我房里不烧，总可以罢。

张婆 你不要说气话。

凤仙 谁敢说气话，唉！也可怜！

张婆 你就这样脾气不好，说话总是上句不接下句的，一副不温不和的面

孔，怪不得他们来了一次就不来第二次了。你要知道，人家老爷大
人们，花了钱是来寻欢取乐的，那个高兴来看你这副嘴脸呢？

凤仙 不高兴看，叫他们不看就是。

张婆 还有一层，你今年也二九一十八岁了，替你自己打算，也应该趁这
个时候，拣个美貌的心肠好的男子，做后半世的靠山。一月一年虽
说过得快，但是将来的日子长久呢！一日不死，一日就要吃喝穿的。
光这样是不行的，也得早些打定主意……

凤仙 我……我想……死……（泣，伤心）

张婆 那个姓蔡的，也不是什么没钱的人，手也不紧，不过钱在人家身上，
那就得你自己想法子了。

凤仙 ……

蔡 不在家吗？（声音自外室传来，隔尚远）

张婆 （向杨湘）你快出去招呼，恐怕是客人来了。

（杨湘从前门下，张婆起身，排列桌椅，又加炭）

张婆 别哭了，客人来了像什么样。

凤仙 （止哭，起至梳妆台前擦眼睛，拢头发）

杨湘 （进门，手卷绣帘）蔡先生来了。

（蔡锷鼻下有短须，提手杖，着旧皮袄进门。一切表情，都是英雄落
魄时状态）

张婆 （迎上一步笑道）怎么今天贵脚踏到贱地了。难怪今朝的喜鹊在树上
喳喳的叫个不住呢！天色变了，外面怪冷的，快到我姑娘房里坐罢。
杨湘还不递茶来。

凤仙 怎么好几天不来了。

蔡 这几天一直事忙。

张婆 蔡先生再过两天不来，她就要想疯了。刚才还在这里拭眼泪，我正

在劝她，说不要这样乱想，蔡先生公事完了就会来的。好容易才把她劝住。现在你来了，我可不管了。随你们亲亲密密的去说罢。杨湘来帮忙，蔡先生的肚子恐怕也饿了。（张婆、杨湘由外门出，蔡坐藤椅上，凤仙坐椅旁）

蔡　　眼睛揉得这样绯红的，真的哭了吗？

凤仙　没有的事，香烟熏了揉红的。

蔡　　（握凤仙手）看看天色变了，你还穿得这样单薄，不觉得冷吗？快坐下烤烤火罢。（凤仙坐蔡侧）

凤仙　还烤火，刚才脸上闹得发热了。

蔡　　为什么，你娘又和你淘气了吗？

凤仙　唉！不要说这些罢。

　　　（杨湘送茶上，即下）

蔡　　（顺手摸着《花月痕》）哦！你在读这样的小说吗？

凤仙　闲坐着解解闷！

蔡　　……薄命怜卿甘作妾，伤心恨我未成名！读不要读这些没志气的东西。（放书）

凤仙　是的，我虽说不知道是好是歹，读起总觉得太伤心了。所以读了两句，也就放下了。

蔡　　你高兴学诗吗？

凤仙　顽意儿。

蔡　　做过没有？

凤仙　做是想做，总是写不出来。今天午后闷慌慌的想出了两句，读起来怪不顺口，恐怕他不是诗罢。

蔡　　快告诉我！一定好的。这真是青楼雅事了。

凤仙　说出来别笑话我。还请改正改正。

蔡　　自然好的，人聪明，诗句就也聪明了。

凤仙　还是不念罢。太不成诗了，何必念出献丑。

蔡　　嘿嘿！快说！不要这样吞吞吐吐的。

凤仙　（念诗）青楼也有刀枪泪，日夜私心慕木兰。

蔡　　（拍掌后，握凤仙手，摸弄）好诗好诗！不仅平仄不错，此所谓慷慨
　　　悲歌，壮人壮语了。

凤仙　别笑话我，别笑话我。

蔡　　想不到你有这大的志气，因为这两句诗，我倒想起日俄战争时，一个
　　　日本女子报国的事情来了。那时的报纸传遍了，谁不鼓掌称快呢！

凤仙　什么事，告诉我长长见识。（以手摇蔡膝）

蔡　　因为我那时正在东京，所以知道得很详细。原来有一个日本女子，
　　　同一个驻日的俄国公使恋爱了。后来俄使返国时，就同这个女子结
　　　婚了……（抽出一支香烟，凤仙擦洋火）

凤仙　结了婚，又怎样？

蔡　　结了婚他就把她带回俄国去了。那是日俄战争未起以前的事。不久
　　　两国发生战事，这位公使，因为他熟悉日本内情，俄国政府就派了
　　　他做第一路的司令。（抽烟）

凤仙　后来打起仗来，难道这个女子被俄国兵杀了吗？

蔡　　没有的事。因为两方快要接触了，俄国军官，开了一个高级秘密军
　　　事会议。会议的内容，就是计划分几路进攻，水陆两线，都是从行
　　　什么地方经过。因此很秘密的决定一张军用地图。会散了，他就把
　　　那张地图，压在枕头底下。不料他的日本夫人早已注了意。就在那
　　　晚上，把地图偷出来，单身的逃到日本去了。

凤仙　难道那个俄国司令以后不知道吗？

蔡　　知是知道的，不过不敢声张，怕政府查办他的疏忽之罪。所以他也

就没有说明。

凤仙　后来到底怎样了呢？

蔡　俄国司令既然不敢声张，还不是一切都照规定的计划。日本政府得了那张秘密的地图，那俄国的行军计划，就一目了然了。所以俄国的波罗底海的舰队，还没有到太平洋，就被日本的伏兵，打得一只也没有存留。讲到日俄战争，这个女子关系很大呢！

凤仙　后来这个女子又怎样了呢？

蔡　战事停了以后，她想起她的丈夫和儿女，然而，又不能离开她胜利的故乡，回到俄罗斯去，她陷落在这种极端的悲伤和痛苦里，结果是自杀了。政府和人民都很仰慕她，就替她立了一个铜像。现在到东京去的人，谁不去瞻仰瞻仰她那像的威严呢！

凤仙　哦！真利害，恐怕比木兰还要利害罢！

蔡　那是自然，木兰代父从军，其志虽说可嘉，但比起她来，因国事紧急的时候，抛弃了可爱的丈夫和儿女，来救祖国的危亡，那就有轻重之分，家国之别了。

凤仙　呀！真勇敢，那是应该立铜像的呵！

蔡　你既然也有这样志气，现在不正是你们的机会来了吗？

凤仙　什么机会？

蔡　你看，现在的北京城里多热闹。袁总统快要做皇帝了。恐怕再过几天，就要登基了罢。

凤仙　与我无干，他做他的皇帝，我当我的妓女。

蔡　你不知道吗？现在的民意都一心拥戴袁总统，所以组织了许多的请愿团。妇女请愿团的首领，是山东的安静生女士，青楼请愿团的首领，是你们队里那个花枝招展的花元春。她们这样识时务，将来帝制恢复了，当然要得许多的好处的。青楼请愿团，你总也签了名罢。

凤仙　名字虽贱，也没有这样容易签的。我又不想去图名图利，何犯着列
　　　名呢！

蔡　　那就怪不得你的门前冷落了。你就是不图名图利何妨去露露面子，
　　　凑凑热闹呢！

凤仙　（冷笑）这次的热闹，可不能随便去凑了。

蔡　　你看现在那个不倾心帝制呢？

凤仙　我比不上他们，我执业虽贱，我自己也有我自己的志气。心里不愿
　　　去，谁也不能勉强的，况且人微言轻，人家也犯不着来计较。不比
　　　你们做官的，风吹草动，两边倒。今日向东，明日朝西，帝制也好，
　　　共和也好，口是心非的只自己弄得一官半职，就万事不管了……

蔡　　（抽一口烟，蹙眉，面现惊疑反复注视凤仙）我是一个读书的穷士，
　　　做什么官，做了官，也就不穿得这样寒酸了。

凤仙　谁知道你做官没有，不过我觉得你还不是那样的人，所以我才说这
　　　样的话。你不要把我看太低了，看得和他们一样。你当官了，你有
　　　钱了，我就来格外的奉承，我只要是性格相投，脱了那些人们俗气，
　　　就比什么都好。

蔡　　可怜！你别把我看得太高了，我是一个流落在北京穷而又穷的穷士。

凤仙　我不相信，你现在就是穷士，将来一定可以大发达的。我的脾气，
　　　你来了几次，总也知道一点罢。你现在既然不是官，为什么也要溷
　　　在腌臢的北京呢？快远走高飞！

　　　（张婆带笑地从门外进）

张婆　请蔡大人点菜！

蔡　　（冷笑）好好的怎会叫起大人来了。我刚才在朋友家里吃酒席来的，
　　　用不着酒菜，多少拿一点点心来罢。以后再来！今晚有事，坐一刻
　　　儿就会走的。

张婆　蔡大人不要再骗我们了，我刚才问了大人的二爷才知道大人是当朝的一品大员，在前做过云南的都督，现在北京同着梁大人、杨大人一起在公府走动……

蔡　　（脸现惊色，抛烟头）

张婆　只怪得我们有眼不识泰山，大人来了几次，都怠慢了。所以今天特要办几样新鲜菜蔬，替大人赔罪。我们这里也没有什么好的，不过也尽尽心事。

蔡　　我讲了不必，来点点心罢。

张婆　（向凤仙）我们险乎放过活财神了。怪道我今年给你算命，刘瞎子说你要遇贵人提拔，一年快完了，我早已忘记了这件事，谁知道今日竟应在蔡大人身上。哦！真好极了。

　　　（凤仙顾蔡微笑）

张婆　你以后要好好伺候蔡大人，不要再孩子气了。蔡大人今晚当然要赏一个脸的，来点什么酒？

蔡　　（面色不愿意）真的刚吃过，改日再来罢。

凤仙　蔡大人是随随便便的，大概是刚吃过了罢。有什么点心送两碟来。

张婆　（笑）那我就去拣点心，再替蔡大人冲一碗好细茶来。外面风吹得怪冷的，蔡大人这儿过夜罢。姑娘好好地伺候。（张婆笑容可掬的徐出）
　　　（台上暂时沉寂。蔡从睡椅上起立。两手抄在背后，在室中打圈子。脸上表情，犹豫，疑虑，不安然。凤仙仍坐，时偷视蔡）

凤仙　怎么一时不自在了？

蔡　　没有什么。（假笑，装自在）

凤仙　心里有什么事情吗？

蔡　　一点也没有。（仍躺在睡椅上）

凤仙　（对蔡媚笑）总算我的眼睛不错罢。

蔡　　什么？

凤仙　我的可敬可爱的蔡松坡将军！

蔡　　唉！没有什么希奇，现在已经流落得这样了。

凤仙　流落算什么，英雄落魄是难免的事。刚才说起的那梁大人、杨大人
　　　是向来就有交情呢，还是到京里才认识的？

蔡　　杨大人是我的同乡，梁大人是我新识的朋友。

凤仙　你愿意同他们做朋友吗，愿意同他们鬼混吗？

蔡　　（面色愈疑虑）是的，他们都是识时务的俊杰，我惭愧仰攀不上。（望
　　　凤仙脸色）他们适顺国民的公意，恢复帝制，皇帝登基了，他们都
　　　是开国的元勋的？我不过随着他们跑跑的意思，那有他们那样的才
　　　干。（注视凤仙脸色）

凤仙　……

　　　（杨湘奉茶点上，小桌置蔡旁。杨入内室。蔡用茶点）

蔡　　现在因适民意，帝制非恢复不可了。

凤仙　（急起，声激昂）你，你是谁？敢来假冒蔡将军的名义来，我……
　　　（蔡此时表情，极端疑虑凤仙是袁氏收买的试探，又希望凤仙是一个
　　　实心的女子，面色时变。凤仙表情，激烈和惊讶）

凤仙　蔡将军我以前虽没有见过，知道他是一个顶天立地百节不变的男子。
　　　决不像这样苟且营私的。

蔡　　……

凤仙　就是真正的蔡将军，我也看你不起了。唉！我真替你可惜，你革命
　　　时候的光荣，恐怕在这一次要完全丧失了。我不怕，我不怕死，我
　　　是反对帝制的，请你们这些保皇党快去报告，要他们把我捆去枪毙。
　　　痛痛快快地死了好了……
　　　（杨湘听凤仙怒声，从内室出外门，凤仙泣）

蔡　……（用力注视凤仙神色）

凤仙　你们把我们都看得下贱，我们嫁给了那个男子汉，也愿度一世到老的夫妻，不像你们这些当官的，朝三暮四的只要有钱就什么都不管了。我的话说的不应该，抢白了大人，我也知道，我是不想活了的。送我到警察厅办罪罢。（凤仙泣，伤心）

蔡　（变脸色，急声）凤仙！

　（张婆、杨湘由外门间入）

张婆　（骂声）你发疯了吗？在蔡大人面前，敢如此放肆。你来，你来！我同你算账，看我有什么事冤枉了你。你自己看，这样成什么规矩。
　（张婆一壁指手指脚地说，一壁向凤仙拖扭，蔡起，用手隔开）

蔡　没有什么，我一点也不怪她。

张婆　（笑）这孩子没有分寸，能得大人包涵，便是她的福气……（稍停）

蔡　没有什么！

张婆　不过大人这样护着她，她越发撒起娇来，以后天不怕，地不怕，我也不敢动她了。

蔡　你放心地去罢。

张婆　也不要这样放肆，幸得蔡大人宽洪大量的包涵，旁的客人就不行了。明天蔡大人走了，再来同你算账。（向蔡）蔡大人！点心不好，多少用一点，肚子饿着呢！

蔡　很好很好！油酥葱花饼子，特别有味儿。
　（张婆，杨湘同下，蔡仍坐下，握凤仙手。凤仙揩泪）

蔡　凤仙，你不要哭，我知道你了。

凤仙　……

蔡　你不要哭，我认识你了。

凤仙　将军。

蔡　　我真钦佩你的英豪巨眼了。

凤仙　我望你告诉我你的实情。

蔡　　你再不要哭，知不知道我的心，比你还难受呢！

凤仙　我罪过，因为我的眼泪，打乱了大人的心情。

（凤仙止哭，斜视蔡）

蔡　　我何尝是赞成帝制的，不过处在他们这种积威之下，一时不容易摆脱。袁氏惯用暗杀手段，不防不备的随便丢去一个头颅，也太不值。他们都在嫉刻我，每天有便衣侦探，在我的后面跟着。差不多我的公文信件，都要暗地受他们的检查。前几天梁任公在报上发表了一篇反对帝制的文章，叫做"异哉，所谓国体问题者"，险乎遭了不测。现在躲往天津租界里去了。我送他上车的时候，那种情形，多么悲惨。

凤仙　（抢着说）你为什么还不快走呢？

蔡　　谈何容易！只有我一个人，老早就走了。一家人都在北京，丢了他们在这里，一定是要受害的，国事虽说紧急，和我共了十几年患难的妻儿，也不能随便丢下。总要能够两方顾得周到才好。

凤仙　真是我在许久以前仰慕的蔡将军了。

蔡　　所以现在没有办法，不得不跟着他们在这儿鬼混，前几天杨大人在湖南会馆开会，商议上劝进表。我怕引起他们的猜疑，拿起笔来就签了名，他们才高高兴兴地散了。你看有什么法。……

（稍停）

凤仙　大人怎么又不说了，难道对我有什么疑心吗？我不能拿刀割开我的胸，把我的鲜血淋漓的心给大人看。唉！我真愿死在大人的面前。（哭）

蔡　　不要哭，老实说，在以前我对你是疑心的，我疑你被帝制党收买了

　　来探我的口气的。所以我也不露我的真名，同你说的话，也是那样的话。现在我不疑你了。

凤仙　你无论如何，还是要快想方法逃出这个虎口。

蔡　　就是，只要能够逃出北京就好了。所以我现在故意放荡，迷恋酒色，免得他们疑心我有什么举动。只要他们对我的防范疏忽一点，就有办法了。但是这次能够遇着你，那也是我的不幸中的幸事了。

凤仙　我！我算什么！我祝将军的事能够成功。

蔡　　事情当然有成功的希望，万一失败了，情愿因国事牺牲我的头颅，不愿因金钱牺牲我的气节。

凤仙　大人将来不要忘记我。

蔡　　我总要想方法救你出去。

凤仙　大人你是我的靠山。

　　（杨湘自外门入）

杨湘　蔡大人的二爷周三要向大人说话，可以叫他进来吗？

蔡　　他来了吗？进来可以的。（杨湘出）

凤仙　周三是个怎样的人？

蔡　　他是我的一个最忠诚的仆人，跟我十年了。

　　（杨湘引周三入，杨湘下。周三行礼）

蔡　　你在公馆来的吗？

周三　（沉默，注视凤仙）

蔡　　有话不要紧，你只管说，这里不比别处。

凤仙　不要紧，不要疑心，我和你，一样的知道大人的心事。

周三　不是，从车站来的。

蔡　　到车站去干吗？

周三　送太太上车，太太出京了。

蔡　　（面现喜色）真的吗？不是商量想下一周走吗？

周三　是的。大人今天上午出来没有一刻，杨大人来了。太太一壁假装哭，一壁向杨大人说："他近来太不管家务事了，三天四天不回家，说了又脾气大，前天回来我说了他几句，他就闹得天翻地覆的，饭也不吃的赌气出去了。这样的家庭谁过得惯。要讨姨太太也不妨，不要睡在外面，就把家里的儿女都不要了。今天我就要回去，请杨大人送我回去。"

蔡　　杨大人怎么说？

周三　杨大人听了，把太太的话听真了，一面劝太太不要哭，一面说："他近来因为恢复帝制的事，心多事多，心里稍微烦燥一点是有的，就是吵骂了几句，夫妇间也算不得什么事。我早已听说，你俩近来在家里吵嘴，嫂夫人现在要回去，也好，也到家里去看看父母，他那里我们当然也要劝劝他的，等他气平了，再来接你。要我派人送，那是无可无不可的，不过车上带几个听差的，也没有什么要紧，先打电报到汉口，车到了就有人来接的。这边我可以打个电话到车站去，要他们预备一间头等车。钱少了，我这里多少还有一点，不要去惊动他，免得他又生气。"太太听了杨大人的话，说一天也停不住了，今晚就要走。杨大人说，今晚走也可以，大人这里，杨大人来说明……

蔡　　后来又怎样了？

周三　杨大人叫太太检点行李，他说他自己去打电话告诉车站。他临走的时候，要我同大人说后天是风月会的第四集，是杨大人的主人，在锦春园吃番菜。说今晚他有事，不能到这里来，要家人先告诉大人。阮大人顾大人那里都早已通知了。

蔡　　行李不太多了吗？

周三　太太说，拣着要紧的拿几个去，其余的都寄在李公馆了。

蔡　　车开了吗？

周三　车开了。等太太车开了才回来的。

蔡　　你不同太太一路回去吗？

周三　我本想送太太的，太太说，大人在外面，没有一个心腹人，不放心。太太带去的人已经不少了。

蔡　　太太对你没有说别的话吗？

周三　有的，临开车的时候，太太叫我在车里，悄悄地说："现我算是走开了。要大人今晚就逃往天津去。在外面要大人格外谨慎，你也好好伺候大人。"还说那口小皮箱没有带走，留大人用。

蔡　　好了！好了！那么我们今晚就走罢。

周三　今晚走顶好，无论那里都没有防备的。

蔡　　就是这样决定，你回家去收拾那口小皮箱，只带一点日用东西，床上桌上都不要动。快去，快来，我在这儿等你。

　　　（周三行礼，出）

凤仙　（下泪，手巾掩面）

蔡　　好好的又哭什么？

凤仙　大人要走了，唉！刚认识大人。

蔡　　我走了还不好吗？

凤仙　不是不好，这次别了，不知何时再能见面？

蔡　　将来革命成功了，总有见面的机会的。

凤仙　（泣）我一刻也忘不了将军，但愿将军能忘记我。将军的责任太重了。不要因我这样一个女子，有误将军的前程。

蔡　　我当然是要想法救你的。

凤仙　只要将军知道世上有一个这样仰慕将军的女子，我死了比在生还愉快呢!

蔡　不要这样说,你认识我一场,你这种牢狱生活,当然是要替你设法的。不过现在我自己也没法。

凤仙　将军要救的是中国,我,我算什么。(泣)

蔡　救中国与救你,是我的第一步第二步的责任。革命成功了,中国与你都有光明。失败了,我的头颅,情愿砍在革命的旗下。

凤仙　将军!

蔡　你放心!

凤仙　……

　　(静默一刻,蔡抬头,呆看着对联)

蔡　这副对联,竟应了今晚的情景。你看,今晚不正是"问后约空指蔷薇"吗?

凤仙　离别多么伤心啊!

蔡　唉!人生如梦。

　　(周三提小皮箱急入,行礼)

蔡　来得这样快!

周三　本来就相隔不远,坐车跑去,提着箱出来了。趁着九点三刻,有一趟快行车。

蔡　好!就走罢!衣服不换一换吗?

凤仙　我家王瞎子,有几件旧衣帽,等我去拿来。

　　(凤仙下)

　　周三　今天当她说了那些话,(指凤仙)不要紧吗?

蔡　不要紧,一点也不要紧。

　　(凤仙携一顶布帽,一件旧马褂上)

凤仙　你戴上这顶帽,穿了这件衣!谁也认不出来呢!(凤仙替蔡戴帽,蔡

　　　　至镜前）

蔡　　哈哈! 成个什么样子。

凤仙　脸上太白净了，弄脏一点罢。

周三　正是，正是!

蔡　　晚上他们未必看得这样清楚。

凤仙　凡事精细一点的妥当些。

蔡　　（面上化装）好了，好了。走罢。（向周三）你去叫洋车! （周三提
　　　皮箱下，蔡与凤仙并立，蔡执凤仙手）

凤仙　将军这次走，前面有重大的事业，我当然不应该这样儿儿女女的，
　　　不过，（泣）不过我刚认识将军就要离别了。后会，后会知在何时？

蔡　　你，你不要这样。

凤仙　（哭）我不敢说，真不敢说，我的身子以后是属了将军，我知道我自
　　　己是太卑贱了。

蔡　　别这样说，将来总有一天使你看见中华民国国体的复活，总有一天
　　　使你看见你的前途的太阳。你等着罢。（周三在门外叫着）
　　　×× 车雇好了，动身罢。

凤仙　将军。（执蔡手向前门徐进。蔡左手携手杖）

蔡　　（取二百元钞票给凤仙）暂时收下罢。在家忍耐一点。

凤仙　将军的用费不足，我在家里不要什么钱用。

蔡　　我一到天津，钱就多了。这二百元收着给你妈妈，免得她时常和你
　　　淘气。

　　　（凤仙接钞票）

凤仙　我不能再留将军了。在外面望一切谨慎。（又向门边前进）

蔡　　我走了会有信给你的，明日杨大人来问你，你只说不知道。（已近
　　　门边）

蔡　　真要走了，你好好保重。

凤仙　（以手巾掩面，倒在蔡的肩上）我祷祝，我成天的祷祝，用将军的血手，竖起革命大旗。

——幕徐下

十五年十二月一日作于日本

散 文

歌 鸟[*]

她是一只美丽的歌鸟。

她住在一座森林里，这是一个广无涯际的森林。这森林里住满了人，住满了凶暴的兽，住满了虫蛇，住满了魔鬼。然而也有秋天的月色，春日的花香，也有红的绿的香甜的果子。她白天总是轻盈地飞，自由自在地飞。飞去吸取荷叶上的露水，花里的香，山洞里的清泉，果子里面的糖。她没有一点牵累，也不向谁闪耀着她的秋波。她唯一的工作，就是向人间歌唱，唱着她的美丽的歌。

一到了深静的晚上，她便高高地站在树上的枝头，伸长着颈子，大声地唱着她的新诗。她的声音是那么响，那么悲哀，又是那么清纯。月光听了停住了车轮，树叶子都跟着发出了清韵的回声。

她唱了一节，又是一节……她现在已经是口渴喉枯了。月光被浮云遮住了，这森林浮出一团阴沉的静黑。她还是唱，流着泪地唱……

人们都沉浸在深静的夜里，无人来理会这只歌鸟，无人来倾听来赞美她的歌声。她哭了，她轻轻地哭了。

她并不因此就去责备听歌的人们，她只怨她自己，怨她自己的歌唱得不美，不悲哀，不动人。她又飞去吸取荷叶上的露水，花里的香，山洞里

---

* 本文原刊于《海潮》第六期（1932年10月23日），收录于《她病了》（青光书局1933年版）。

的清泉，果子里面的糖。她无时无刻不在刻苦地训练她的声音，无时无刻不在一字一句地修撰她的词句。她不灰心，总梦想着她的音乐，有一天要成功，要惊醒这森林里的人们的迷梦。总有一天大家要爱她，要赞美她，要听着她的歌流泪。

到了晚上，她仍是唱，仍是高声地唱。她相信她有天才，相信在她的声音里，充满了灵魂，充满了热情，充满了鲜红的血和跳跃着的生命。但是，她唱的时候没有一个人出来听，这森林正如一座阴沉的坟墓。她的美丽的音乐，好像树枝上吹过的一阵风，无人理会。

一夜两夜，一日两日，一年两年……她老是不疲劳也不灰心地，总是高声地唱。可是仍然没有人理会她，森林也变得更阴沉更暗淡了。

她病了！在她的心里，充满了一种难以形容的孤寂。在她休息的时候，她听见了虫鸣鬼叫和野兽的狂吼。

"在这种粗野的声音里，有谁能比得上我的歌唱呢？我唱的每一句是音乐，每一句是艺术，每一句都是血与生命。幸福！光明！都在前面，不要退罢！"

她又鼓起勇气来，大声地唱了。大地仍是一样的沉寂，森林里如往日似的仍然找不着一个人影。

她老了！

在一道小小的清泉里，她看见了她自己的影子。她的美丽的羽毛脱落了一半，两只深深地凹下去了的眼睛，也失去了从前的神光。那两只壮健的翅，失去了力，不能再在高阔的天空，同鸟雀们比舞了。她真的是老了。

然而，她仍持有同往日一样美丽的歌声，并且，她现在的歌声，比从前更圆熟更纯真了。她想：

"这残年，这短促而又宝贵的残年，也就是我最后的艺术生命。我不要辜负这时光，我要对这人间，吐着我最后的艺术的血！我是要一面歌唱一面死去的啊！"

她在静夜的树枝上，仍是唱，流着泪地唱！最后，在她歌唱的喉舌里，果然流出鲜红的血来了！森林仍是静，仍是没有出来听歌的人们！

"难道在这广阔的人间，就没有一个人能懂得我的艺术吗？我的呕心呕血的艺术，就是这么无痕无迹地在这世上消去吗？假如上帝对我是这么残酷的话，那我对于艺术的本身也就怀疑了。难道我还不是将我整个的身心，献给于艺术的吗？声音，美丽的声音，你跟着我死去罢！"

她流出最后一滴伤痛的眼泪，最后一滴鲜红的血，怀疑而又孤寂地死去了！在这一座森林里再没有她的歌声了！森林里没有一点变动。秋天的月色，春日的花香。住着的人们，出没不定的猛兽，虫蛇与魔鬼。到了晚上，总是一阵粗野的声音。虫鸣，鬼叫和野兽的狂吼，这种声音，使人听了，只感着惊恐，厌恶与嘈杂。

"那只歌鸟的美丽的音乐呢？"到这时候，住在森林的人们，都感觉到、都回忆到了。到这时候，他们都带着赞美和惋惜的心灵，在这荒野的森林里，寻找着他们的歌鸟了！

歌鸟终于是死了。但是，她的声音，她的美丽的歌，她的有生命有血肉的艺术，永远存在这些人们的回忆里。

十月二十写完

文艺评论

关于《野性的呼唤》*

在我读过的许许多多的小说里，没有一本，能够像这本书——像这本《野性的呼唤》，这么使我惊奇，感奋和赞叹的了。这是一本小说，同时又是一本圣书，同时又是一本社会演进和人类争斗的历史。也可以说是一本哲学，是一本达尔文学说的哲学。在这里面，指示了我们优胜劣败天然淘汰的公理，使我们明了了在这世上要怎样去生存。本书的作者贾克·伦敦（Jack London），他有充分的浪漫性，却不是专写那种风花雪月男情女貌的浪漫性，他是一个自然主义者，又不是那种专写人类的丑恶方面——如遗传，性欲，酒毒等类——的左拉主义者。他有极其丰富的想象，同时对于下层社会，又有极其高尚的同情。因此，读他的作品，比起读那些自然派诸家的作品，要有趣味得多。他自己宣言他是一个社会主义者，在他的作品里，却不是宣传式的喊口号，喊革命，他只是忠实地锋利地暴露着资本家的专横和罪恶，对于无产阶级泄露着优美的同情。读他的长篇《深渊的人们》（*The People of the Abyss*）、《铁踵》（*The Iron Heel*），短篇《奇妙的破片》（*A Curious Fragment*），就可以看出他这种忠实的态度。他的寿命，虽只有短短的四十一年，他却是一个多产的作家，在这短短的生涯里，短篇长篇戏剧杂文，他一共写了四十九卷。因此，在美国的文坛，把他看成了一个通

---

* 本文收录于《野性的呼唤》卷首（中华书局 1935 年版）。

俗的作家，就是在我们中国，那些写文坛消息的人，自己并没有去细嚼他的作品，也时常称他为二流三流的作家而加以褒贬了。本来，在他这许多作品里，难免有些低级的产物，其中有如《铁蹄》《野性的呼唤》《白牙》《矜夸之家》《海狼》等，却都是珠玉之作。尤以《野性的呼唤》为压卷的名篇。在这篇里，极端地表现了他的浪漫性和写实性。几乎无一处不是力，不是诗，不是艺术的芬香。在这极其恐怖极其悲惨的故事里，充满了诗意，充满了北国的情调。阴郁的森林，惊人的冰川雪道，凄冷的月光山色，北地的奇怪的动物，种种的好材料，织成了一首极其鲜艳的诗。然而在这诗里，又有哲学，又有科学。又充分地表现了他个人的人生观。他自己是一个嘲笑文明和因袭的自然论者，怀恋着自然的原始的生活的形态。在这本《野性的呼唤》里，就显然地现出他的这种观念了。

《野性的呼唤》，是一本七万字不到的中篇小说，但是，在这里面，包含了社会演变的种种原则，给了我们许许多多残酷的教训。从有人类有社会有国家以来，你专讲公理讲人道讲和平讲慈悲，想在这世上存在，你别做梦。要存在，就要武力，要残暴，要流血，要阴狠的奸诈和恶毒。世界本来就是一个战场，你有力你就能生存，无力就死。什么正义，什么公道，什么不抵抗，一切好听的名词，都是弱者依赖的符节，强者所拿来欺骗弱者的话。所谓和平也只有武装的和平，在强者口中才能发生效力，在弱者看来，简直可以说等于毫无意义的呓语。日本也就凭着它特有的武力，残暴，流血和恶毒，安然地夺取它中意的物品了。然而它仍在宣言正义，倡导和平。于是，日本就昂然地站在世界的舞台。他们的枪炮，他们的阴舌毒剑，在向四方散射了，他们就得了生存的能力。这种残暴的公理，《野性的呼唤》中的主人翁巴克——一只南方的毛长体壮的狗子——它在北地的许多悲惨的经验中，真确地感到了。它懂得世上没有法律，只知道有咬人的牙齿，世上没有道理，只有打断筋骨的棍棒。武力是最上的权威，是生存的利器。它是真的懂得了。

"它的头脸和身上，满布着许多狗子的齿痕。它争斗的凶猛，和从前一样，而且比以前更灵敏……它很知道牙爪和棍棒的法则。它既然是以死相拼，所以决不放松任何有利的机会，也不退避任何敌人。它从司披资以及警察方面邮政方面等主要的战犬处，学到了教训，知道争斗上，决没有折衷的办法。只有征服人家，或者是被人家征服。以慈悲对敌，是一种弱点。在原始的生活中，本无所谓慈悲的存在。慈悲会被误认为恐惧的。而这种误认，便是致死之道。杀，或者被杀，吃，或者被吃，这即是法则。这个从'时代'的深渊中淘出来的法则，巴克便牢牢地守住了。"

这段话真是不可消灭的法则。"它既然是以死相拼，所以决不放松任何有利的机会，也不退避任何敌人。"这正是日本这次对待东北和上海的战法。巴克和日本都是同样的懂得，它俩同样的得着胜利了。巴克能杀死司披资，取得了群狗的支配权，最后能战胜庞大的牡鹿，做了群狼的首领，它这种优越的权利都是用生命拼来的。因为它知道要求利就只有死，要生存就只有战的一条路。"杀，或者被杀，吃，或者被吃。这即是法则。"古代不要说，就是现代，就是号称文明社会的现代，这种法则是一点也没有变的。什么坦克车，什么飞机，什么鱼雷，什么烟幕弹——都是这种法则的拥护物。

可是，这本书的故事是很简单的。这小说的舞台，是在极其寒冷的阿拉司加（Alaska）地方。十八世纪的末期，在那里发现了砂金，许多人到那里采集金子成了暴富。这个惊人的消息传到外面来，于是各处的人，都潮涌一般地疯狂一般地奔向北地去，想在那里去采集诱人的黄金。可是那地方交通既不便利，气候也非常的坏。到处是高山峻岭，一年四季都是冰冻的川流和雪道。在那方面旅行，只有狗子拖的橇车，才勉强可以行走。当时的情景，凡是看过滑稽明星卓别麟主演的《淘金记》（*The Gold Rush*）的，都可以想象得出来。因此，狗子在那时候成为一般人的需要品了。一匹特别好的狗，可以卖到一千多块美金，真是骇人听闻了。本书的主人公巴克，就是一匹生长在旧金山一个推事家里的南国的驯良的家犬。它在推事的家里过的生活，是近代文明的生活，吃的是新鲜的煮熟了的肉类，热天里每天同着孩子们在水门汀池子里洗浴，冬天就躺在推事的客厅的炉旁烤火，这种生活，这种优裕闲逸的生活，养成一只极其驯良极其忠实没有一点野性没有一点反抗性的家犬了。后来推事家里的一个门房输了钱，没有办法的时候，便偷偷地把巴克卖给一个做狗生意的了。以后，巴克便一天一天地离开了文明的社会，一步一步地走向原始的生活中去了。

　　在它此后的生活中，尝尽了苦刑和虐待。用铁链锁住颈子，完全失去了自由，重大的棍棒，锋利的斧头，一有反抗，就致命地打了下来，它真是几度地昏迷，几度地死去，在这种残酷地虐待中，它苟延残喘地痛苦地生活着。加之它的同伴们——各种各样的狗子——对它没有一点情谊，动不动就攻击它威吓它，在它这种变动生活地初期，弄得它头破血流伤痕狼藉，可是，它能忍受，它具有一种适应性和耐苦性，懂得了武力是最高的威权，懂得了牙爪和棍棒的法律的公理，并且它还懂得了如何去避开他人的武力而培养自己的武力，于是它渐渐地能够在那个艰苦的环境中生活下去了。它在那冰天雪地的北国，身体皮毛，也变得更为坚实，能够在雪洞里和冰河上睡觉了。并且，以它那种特有的适应性和战斗力，渐渐地在它的同僚中，取得首领权了。它的工作，是同着十几匹狗，拖着运送邮政的橇车。饮食缺乏，路途艰难，工作苦重，加之同类又互相残杀，这时候的生活，较之它在南国的推事家时，已是人间地狱了。每每在它冰天雪地的睡梦中，时常想起它的南国温和的故乡，想起它的天真的朋友——推事的孩子们，想起它的堂皇亲切的主人——推事——南国的一切，都使它回忆，都使它眷恋，都使它啼笑。它做了许多时候的苦工，走了几千哩冰川雪道的险阻艰难的长路，用它最残暴的争斗，杀死了它唯一的劲敌司披资——

一只最凶狠的狗子，也是它的同僚。它于是因它特有的威力，获得了支配权，为它们那一组的首领了。可是，最后毕竟因为劳顿过度饥饿过度的原故，便是任何铁鞭任何利斧，打也打它不动了。别说要它拖车，就是让它空手步行，也是踉跄欲跌毫无气力了。在这紧急的关头，遇着了一个叫蒋沙登的淘金者，他是一个善良的男子，看见它可怜，就从它的主人那里讨了来，养活了它，救了它的性命。它有了好的抚养，几个月后，它又长成一只毛光体壮的雄狗了。它感着蒋沙登的恩惠，对他生出浓情厚爱来。它从离开推事的家以来，遇着的都是残暴凶恶的人，没有一个不拿鞭子击它，所谓人类爱这东西，在它是消失尽了。可是，它这次意外的遇着了蒋沙登，失去了的人类爱，一天一天地生长出来，时时刻刻怕失去了这亲爱的主人，忠心地献身于他，几次地救了它主人的性命。蒋沙登也特别地看重它，把它看为一个忠实的朋友。在辽远的北国，真是相依为命地生活着。它虽是涌出了浓厚的人类爱，可是因为在这荒野的北方住久了，存在它心灵最深处的野性——远昔的祖先传给它的野性——时时在它的内部发动。开始它还制止得住，后来时时被这野性的呼唤（The call of the wild）引动了它，在深夜的北国的清冷的月夜，时时听见它祖先的野犬对它作着长号的呼唤。于是它那种家犬的驯性一天一天地减少，野性一天一天地复活，使它陷于极端苦闷的境地了。然而使它不能决然地离开它现在的地位，加入野犬狼群中去的，就是为对于蒋沙登的人类爱所牵制。它一面受着野性呼唤的强烈的引诱，一面又受着纯情的人类爱的强烈的羁绊，它真是彷徨，痛苦而狼狈了。后来，它的生活方面，也起了变化，欢喜去捕吃活着的禽兽，小鹿小兔被它杀害的不知道有多少。它的残暴性也渐渐地强烈起来，捕杀禽兽的技能也进步了。能够在树上追捕松鼠，能够跳起来捉雀子了。有时它被那种野性的呼唤引诱得无可奈何的时候，独自地好几天地跑到深山大谷中——去找它的野兽的同伴，去找那呼声的地方。但是每一想到它的亲爱的蒋沙登，它又飞奔似地跑了回来，躺在它主人的身旁去献奉它的温良。它这时候的生活，是它最苦痛的生活，若没有蒋沙登，它早已归还到它祖先的原始生活，成为一匹纯真的野犬，成为一匹凶狠的狼了。

不久，蒋沙登和他的同伴，被伊哈特的土人打死了。当巴克从深山大谷回来的时候，正看见这场恶斗，它奋力地咬死了好几个土人，但是蒋沙登毕竟是被害了。这时候巴克是无限的悲伤，然而它脱离了人间的羁绊，它得了自由，它就安心地加入了野性的狼群，回到它原始的生活中去了。但是，它每年还一度地，率领着兽群，来到它主人的被害处，作着悲伤的凭吊。这本小说，就在这里闭幕了。

看了这样的梗概，或者是无味也说不定，但是读原作的时候，全部是紧张的，几乎无一处不引起你极大的感叹和兴奋。描写得那么巧妙精细，又是那么尽情尽理，我们读时，感着这故事的本身，有十分的真实性和自然性。同时绝没有想到巴克是一匹狗，完全是一个人，完全是我自己。几乎在每一章每一节里，都要为它下泪，为它痛哭，为它求救。写男女恋爱的悲剧，没有这么悲哀，写穷人自杀的惨状，没有这么悲哀。加之那北国的冰天雪地，险道高山，人尽粮绝，日冷霜寒的环境，把这悲哀衬托得更深刻，更沉痛了。读过这本书的人，总不会怪我过于夸张罢。

贾克·伦敦（Jack London）于一八七六年一月十二日，生于美国西部的旧金山。他有强壮的身体和冒险的精神。他的幼年时代，同着父母住在利威姆尔谷的农场。八岁到十岁，虽说年纪还很小，因为家穷的原故，已经在家里帮着父母做苦工了。当时他虽很想读书，但是没有钱买，旧有的几本书，被他读得破烂了。十岁的时候，他家移别到哦格兰（Oakland，今多译为"奥克兰"，编者注）。到了那里，最使他高兴的事，就是能够在公立图书馆里借书读。在那里，一面进小学，一面做着苦工度日——如贩报，送冰，跑街……十六岁，他又在船上做着种种的小事，开始海上的生活了。

当时受他母亲的鼓励，应一家报馆的悬赏，把日本海飓风的经过，写了一个短篇小说寄去，不料竟得到一等的奖金了。后来使他决心投身于文学界，因为这次的成功，确是一个重要的关键。

后来，他因为多年的苦工，身体疲劳不堪，于是放弃了职工的生活，开始放浪的生涯了。太平洋、大西洋、美国、加奈大各处之间，到处都有他的游踪。不料他竟因浮浪罪而入了狱，在他后日的作品里，曾描写了这件事。

不久，他又下了决心去读书，进了中学两年，考取了大学，到底是因为经费困难又停学了。这时候，克洛达克（Klondike）金矿发现的消息，打动了他的心。他当时只二十二岁，从幼年就受金钱的窘迫的他，带着好奇的充满着希望的心情，加入了北国淘金的队里了。真像巴克一样，辛辛苦苦地十几天中间，走了两千哩长远的路程，谁知希望成了一个梦。黄金虽没有找到，不料竟以当时的经验，成就了他的名作《野性的呼唤》了。

他的父亲死了以后，家庭的扶养非靠他一人不可，于是他的负担更重了。他没有法，试试地执着笔了。意外地，杂志报纸上都登他的稿子，稿费的收入并不少，他的家用借此就可以维持，因此他便专在这方面努力了。一九〇三年，他二十七岁的时候，《野性的呼唤》出版，一跃而成了名家。此后他一天也不休息地写了下去，十五六年中成了四十九册的著作，确定他在文坛上的坚固的地位了。

《白牙》（White Fang 1906）是称为《野性的呼唤》的姊妹篇。它与《野性的呼唤》完全相同，是描写一匹在大森林中生长的幼狼，做了橇犬，做了斗犬，最后回到了南国成为家犬的有趣味的历史。作者自己也说，《白牙》是从《野性的呼唤》的结局的反面开始的。不是 devolution，是 evolution。不是 decivilization，是 civilization。读了这本书的人，再去读《白牙》，更可进一层地明了作者的人生观和社会观了。

伦敦氏的少年青年时代的生活，虽是艰苦，然而他得了各种各样的丰富的人生经验，使他的作品，加了一种异样的颜色。有人称他为美国的高尔基（American Gorky），这是确有几分相像的。他的人生经验最丰富，做过小贩，做过跑街，做过拾海蛎的，做过渔业巡查，日俄战争的时候，到东方来做过从军记者，金矿发见的时候，冒险地到北方去淘过金，到伦敦的贫民窟里住过，同夫人 Charmian 乘着帆船，在太平洋中航过海。因他这种丰富的人生经验，使得他的作品生出力来。他的夫人说他是一个充满了好奇心，胆大，富于感动性，有女子一样的爱情与直觉，热烈的头脑和坚强的自信的男子。我们读他的作品，再看他的生活，知道伦敦氏确是这么样的一个人。

他对于生的念头，本是很强烈的，他时常对他的夫人说，他最怕的就是死。谁料在一九一六年十一月二十六日的那一天，他刚四十一岁，竟服了毒药，结束他最爱的一生了。他为什么要自杀呢，原因不明。大概像日本的芥川龙之介似的，所谓失去了生命的爱（love of life），对于这社会这人世，无所眷恋无所期待而死去的罢。

这本书我五年前，在东京第一次读它的时候，使我受了大大的感动。可是随便读下去，并不觉得什么大困难，一拿着笔译起来，可就不容易。单这书名，真是费了不少的考虑。由《野性的呼声》改为《野性的呼喊》，又改为《野性的呼唤》，又想改为《野性的诱惑》。后来看见了郁达夫先生，问他的意见，他说译作《野性难驯》罢，徐志摩先生（可怜他现在已经死了。）对我说，译作《野性的复活》也很好。《野性难驯》确是译得好，似乎又不成为一个书名，《野性的复活》似乎又太意译了，最后我还是直译地用了《野性的呼唤》。

这本书是我去年暑假中译起的，刚译到第四章的时候，安徽大学一定要邀我去教书，我便把稿子原书一齐带去，总想在教书的余暇，抽点工夫把它弄完，谁料在那里一住半年，从没有拿过笔。到了上海，中日两国打起仗来，飞机大炮，弄得我们无日不在兴奋与惊恐中，正在想写一篇小说，实在无心再来译书了。恰遇着友人张梦麟先生闲着在上海，我便托他把后面两章代为译完，他慨然地应诺了。这本小书的完成，我是得向张先生重谢的。又末附之二短篇亦出自张先生手笔，也应在此说一声。

附录的一篇《贾克·伦敦的小说》，是出自厨川白村的手笔。厨川氏这名字，在中国是无庸介绍的。这篇文章，做得更出色，他不仅细心地读过伦敦氏的作品，并且还亲自到夏威夷岛去访问过他。在他这篇短文里，明白地指出了伦敦氏的艺术观与人生观，并且对他那几本重要的小说，也都深切地批评到了。

最后，我得谢谢钱歌川先生借我参考书，间接地帮助了我。

民国二十一年四月刘大杰识于上海

中国新文化运动与浪漫主义 *

我们如果把清朝的朴学运动，看作是中国的文艺复兴，那末戊戌政变，辛亥革命，一直到五四，我们都可以看作是一脉相承的浪漫主义的大运动。这运动在中国民族文化的历史上，树起了划时代的伟大的纪念碑，它宣告旧时代的结束，新时代的开始。不过，我们必得注意，中国的文艺复兴——朴学运动——比起欧洲的文艺复兴来，有一点不同。所谓不同，不是研究的精神，是研究的对象。在欧洲那个运动以后，科学与哲学，都朝新的途径发展，但在中国却不然，当时虽也有人注意天文、数学一类的学问，那成绩是微而又微，至于哲学，更是毫无生气。许多学者都集中全部的力量，献身于经典的考据。因此哲学与科学的研究，到了浪漫主义运动起来以后，才正式开始。

中国人向来把戊戌政变，看作是政体革命；辛亥光复，看作是民族革命；五四时代的运动，看作是文学革命；这实在是偏狭的庸俗之见。这种错误，因为他们只看到事实的一面，就在这一面的事实上下了结论，没有注意到支配这一个时代的时代精神，社会意识和民众对于这个时代的一种心理上的要求。这一种精神，我们可以名之为浪漫主义的精神。

这种精神的特征是什么呢？我们可以简单地回答，便是对于古典，封建，专制与压迫的势力的反抗。对于政治要求民权，是爱国不是忠君。对于家庭要求人权，要做一个善良的儿女，不要去做那惨无人道的割股疗亲的孝子，望门守寡的节妇。对于婚姻要求恋爱自由，是儿女自己作主，不是由父母包办。对于无我，要求有我。对于古典的贵族文学，要求自由的

---

* 本文原刊于《前进》第一期（1936 年 11 月 1 日），《宇宙风》第 32、33 期转载（1937 年 1 月 1 日、1937 年 1 月 16 日）。

平民文学，对于一切的旧道德旧思想的束缚势力，要求解放，要求自由。这种精神，无论反映到任何事件上面，都会生出来反应；虽然他的程度有高低，颜色有浓淡，我们都能看出这种反应来。

中国自一八四〇年（道光二十年）鸦片之战，到一八九四年中日之战，接连地发生了许多惊人的事件，整个地暴露了满清政府的衰弱，割地赔钱，开商埠，订条约，亡国灭种的危机，深沉而又悲哀地映在中国知识分子的头脑里。尤其是甲午战争，惨败在一向不重视的日本人的手里，给中国民族的刺激更深。在当时人民的精神生活上，起了极大的危惧的动摇。自五口通商以后，欧洲的资本主义，积极地向中国发展他们的经济侵略，中国的手工业，家庭工业，受了西洋机器工业的压迫，日趋于崩溃，市场上洋货一天一天地增多，社会上失业的人，也就渐次地加多了。加以光绪即位以后，几乎没有一年没有天灾，不是大水，便是大旱，社会经济日益枯竭，民众生活受了压迫，社会上自然会生出不安的现象来。这种精神生活和物质生活的动摇，在当时人民的心里，自然会酿成一种积极的反抗精神。这种精神便是我在前面说过的浪漫主义的精神。

首先表现这种精神的，是谭嗣同的仁学。这个湖南的青年，国学根底很好，读了一点翻译的西洋格致和宗教的书，稍稍得了一点西洋的知识，加着湖南人那种愚蛮的气质，在仁学里大胆地发表了他的浪漫主义的理论。他说：

"初当冲决利禄之网罗，次冲决俗学若考据若词章之网罗，次冲决君主之网罗，次冲决伦常之网罗……名者由人创造，上以制其下而不能不奉，则数千年来三纲五伦之惨祸烈毒，由是酷矣。君以名制臣，官以名轭民，父以名压子，夫以名困妻，兄弟朋友，各挟一名以相抗拒，而仁尚有存焉者乎？"

"二千年来，君臣一伦，尤为黑暗否塞，无复人理，沿及今兹，其祸尤烈。"

"君臣之祸亟，而父子夫妇之伦，遂各以名势相制为当然，此皆三纲之名之为害也。名之所在，不惟关其口使不敢昌言，乃并锢其心使不敢涉想。君臣之名，或尚以人合破之，至于父子，则真以为天之所命，卷舌而不敢议。"

"分别亲疏，则有礼之名。明礼自亲疏，而亲疏于是乎大乱。心所不乐而强之，身所不便而缚之，则升降拜跪之文繁，至诚恻怛之意泪，亲者反缘此而疏，疏者亦可冒此而亲。日糜有用之精力，有限之光阴，以从事无谓之虚礼。故曰礼者忠信之薄而乱之首也。"

四十年前，谭嗣同就有这种议论，我们现在读起来，真还有点心惊胆战。不过我们要注意，他的反抗的对象，不仅是满洲的皇帝，是对于一切的纲常名教旧道德旧家庭的宣战。他认为要达到这种自由解放的理想，不得不借政治革命这一条路。因此他便参加了康梁的维新运动，作了一八九八年戊戌政变中的一个伟大的牺牲者，我们可以说，他是浪漫主义运动中一个最勇敢的烈士。

戊戌政变是康梁想利用皇帝来救国，皇帝也想利用康梁来保皇。因为双方各有一种念头，因此满洲的皇帝，对于那几个初出茅庐高谈阔论的青年，寄托了深深的信心与重大的责任。如果不在那种政治局面之下，康有为就是十次公车上书，也是枉然，结果是送了性命了事。

变政运动，虽说只有一百天就宣告了破产，然而给予当时知识阶级的影响是极大的。六君子的惨死，康梁的逃亡，满汉民族感情的恶劣，民众反抗情绪的紧张，都是由变政走到革命的一种准备力量。这种力量由脆弱趋于坚强，由散乱趋于统一，由理论的鼓吹，趋于实际的斗争。

康有为是一个悲剧中的人物，他从戊戌政变以后，他的思想便失了民众运动的领导权，带着复辟的圣人的迷梦，静静地离开了这世界。死的时候，几乎为一般青年所遗忘，就是偶尔想起的时候，那只是呈露着一个腐败顽固的影子，然而这影子也极其轻微。到最近两年，他的《大同书》，在中华书局出版以后，才有人对于他的思想，作了重新估价的工作。在中国近代文化思想界的舞台上，我每想到这位悲剧的人物，不知怎的，心中总是感着微微的哀伤。

梁启超在戊戌政变以前，思想言论同他的老师完全是一样。康氏讲的公羊孟子，他讲的也是公羊孟子；康氏倡保教尊孔，他也倡保教尊孔。政变以前，虽是康梁并称，其实只是康氏一人的时代。政变以后到辛亥革命，在言论界才是梁启超的时代。他那时在日本一面办报，一面读日文书，因此得了一点西洋的哲学，文学，政治与社会学的知识。于是他再不讲公羊孟子，再不倡保教尊孔，他讲的是卢梭，孟德斯鸠，罗兰夫人，提倡的是人权与自由。这一位南国的热情青年，用他特有的那一枝锋利的笔，先后在《清议报》《新民丛报》《国风报》上，作了无数篇火热一般的文字。这些文字，树立了他在当日言论思想界的权威。真像海上的暴风，把国内千千万万的苦闷、彷徨的青年的情感，煽动得好像炉子里的火一样。这种精神的煽动与鼓舞，对于当日孙中山先生领导的民族革命，给予了极大的援助。因此，我们不得不承认，这位出身长兴学舍的南国青年，作了戊戌政变以后言论思想界的骄子，浪漫主义运动中有力的英雄。

这种浪漫精神的对象，范围是宽广的。主要的是政治，其次便是宗教、家庭、文学及人生观各方面，都提出了坚强的反抗。梁启超的《新民说》《德育鉴》这些长篇的论文，对于人生、家庭、宗教，都提出了新的见解。这种精神在文学上也并不是没有反映。在理论方面，梁启超的提倡小说，谭嗣同、夏曾佑的诗界革命，黄公度的尊今贱古说，旧有的文学观念，因此起了初步的动摇。在创作方面，康有为的《爱国歌》，梁启超的《满江红》词，黄公度的《琉球歌》《悲平壤》《台湾行》《降将军歌》《度辽将军歌》《山歌》《己亥杂诗》，在这些作品里，一面深深地反映着当代社会生活的苦痛，一面表现着当日人民感着亡国的恐怖与爱国的热情。同时在黄公度的诗及梁启超的散文里，已经呈现着文学革命的暗示。再如小说杂志接连地发刊，不管他内容如何，总之在文学的观念与形式上说来，表示了新的倾向，是无可疑议的事。这种反映在文学上的精神，给予五四前后新文学运动很大的影响。

我们现在，如果翻读《饮冰室文集》，有时候会惊异梁氏的思想言论，为什么那样粗浅空虚。这惊异确实不足奇怪。不过我们必得知道，现在我们觉得有些粗浅有些空虚的文字，在当时的统治阶级看来，无异是洪水猛兽的毒药，在青年的眼里，却是救苦救难的福音。最要紧的，我们现在要注意到他那种思想言论，在当时的社会发生了什么影响，对于后日的文化运动发生了什么力量。我们可以把谭嗣同、梁启超看作是浪漫主义运动的启蒙者。

或许有人要问，为什么这时候的思想言论界，不将梁启超、章太炎相提并论呢？我觉得章氏在学术界自有他的不可磨灭的地位，但在思想界，他却不能与梁氏争席。他当日所发表的言论，大半偏重于满汉民族感情的煽动，不如梁氏的范围的广泛，其次是他的艰深的文字，不容易使大多数的民众了解与接受。在当日的革命时代，梁启超的思想言论，恰好适合了民众的要求。

还有两位翻译界的巨人，我们万不能在这里轻轻忽略。两位都是福建人。一个是以周秦诸子的文笔，把西洋的哲学思想输送到中国来的严复，一个是以桐城派的古文，把西洋的近代文学输送到中国来的林纾。他们两位，虽不能算是彻底的浪漫主义者，但是他们的工作，对于这一个运动，实在有极大的助力。《天演论》《群己权界论》《法意》《群学肆言》，这几本西洋思想界的杰作，用他那种古木苍苍的文笔输送过来，对于当日的中国知识青年，真是极有用的精神的粮食。在严氏以前，上海也有译书的事体，不过都是宗教格致与军事的书。当时一般人，对于西洋的认识，程度幼稚得很，以为中国不如他们的，只有枪炮与科学，至于哲学与文学，当然是中国的好。可是在严氏的九本译书里，表现了西洋的高深的哲学与社会科学。论进化，论自由，论法律，论经济，这些新奇的学问，使当日轻视欧洲学术的士大夫，吃了一惊。古文大师吴汝纶，一面赞赏译者的文章，一面惊叹洋鬼子的学问。我们可以知道严氏的工作，在社会上确实发生了不小的影响。这种理论，也就更加充实了当日浪漫主义者的理论，增加了浪漫主义者的勇气。其次便是那位举人出身的林纾，前前后后译了一百五十六种欧洲的文学著作。选材虽是不精，译文虽是不确，然而他的文章却是流利明畅，吸收了不少的读者，对于中国当日的文坛，自然会发生一种力量，至少是改变了中国士大夫轻视欧美文学的旧观念。

　　经过了上面这一个时期，到了一九一一年，浪漫主义的精神，在政治上得了具体的表现，那便是有名的辛亥革命。这一次的革命，我们可以说是封建的贵族政治的崩溃，民主政治的建立。可是革命的成绩，只换得了一个形式上的改革。共和政府刚一成立，北洋军阀立即成了坚固的集团，对于急进的民党，施了残酷的压迫。当时北洋政府对于民众的屠杀，其残暴远胜于满清政府。最伤心的，是那一次轰轰烈烈的民族革命，结果是替袁世凯一个人造了机会，促成了北洋军阀的联合。那几年的政治，几乎比满清政府更要腐败。当日民众所希望革命后的利益和解放，一点没有实现。加之东西帝国主义者，更加紧他们的经济侵略，社会生活的压迫，一点没有解除，于是全体的民众，由光明的希望里，重陷于黑暗绝望的深渊。民国四年五年，袁世凯的帝制运动，更使民众感到极大的愤慨与动摇。使得当日青年的心里，都感到对于社会，非有一个彻底的改革不可。专从政治上的形式革命，是永远没有希望，没有光明的前途的。这种浪漫主义的精神，由启蒙时代渐渐地走到了意识明确、对象明确、条理明确的时期。一部分头脑健全的青年，那时候正在欧美日本留学。这些青年所学得的西洋知识，已经不像梁启超那样，只从日本书里，学得了一点皮毛，他们都是系统的专门的研究。这些青年，便做了第二期浪漫主义运动的斗将。

民国四年九月十五，《新青年》第一期在上海出版，这是中国近代文化史上一件最可纪念的事。这一个划时代的纪念碑，将在中国的文化史上，永远地放着灿烂的光辉。这杂志的编者，是当时一位寂寂无闻的安徽青年陈独秀。他的国学根底很深，后来又学会了英文和日文，他可以自由地在外国文的书本上，吸收许多新奇的知识。苏曼殊同他学过诗，穷困的时候，译过法国雨果的长篇小说《哀史》，尤其对于西洋的哲学社会学，发生浓厚的兴趣。他在第一卷第一期的卷头，就发表了那篇题名为《敬告青年》的热烈明快的论文。这是一篇对于当日青年极有刺激性煽动性的文字。他对于新青年，指示了下面六个要点。

（一）自主的而非奴隶的。

（二）进步的而非保守的。

（三）进取的而非退隐的。

（四）世界的而非锁国的。

（五）实利的而非虚文的。

（六）科学的而非想像的。

他以这六条作为纲领，用梁启超式的文调写成了一篇有系统、有热情、有力量的好文字，对于当日的社会，无异投了一个巨大的炸弹。看他在第一节里说：

"破坏君权，求政治之解放也。否认教权，求宗教之解放也。均产说兴，求经济之解放也。女子参政，求男权之解放也。解放云者，脱离奴隶之羁绊，以完成其自由自主之人格之谓也。我有手足，自谋温饱。我有口舌，自陈好恶。我有心思，自崇所信。绝不认他人之越俎，亦不应主我而奴他人。盖凡自认为独立自主之人格，一切操行，一切权利，一切信仰，唯有听命各自固有之智能，断无盲从隶属他人之理。非然者，忠孝节义，奴隶之道德也。轻刑薄赋，奴隶之幸福也。歌功颂德，奴隶之文章也。拜赐封爵，奴隶之光荣也。丰碑高墓，奴隶之纪念物也。以其是非荣辱，听命他人，不以自身为本位，则个人独立平等之人格，消灭无存。其一切善恶行为，势不能诉之自身意志而课之以功过，谓之奴隶，谁曰不宜。"

其次，他介绍欧洲近代文明的时候，提出了人权说、生物进化论、社会主义三个特征。他对于新教育的理想，提出了现实化、惟民化、职业化、个性化四种主义。他觉得中国的腐败思想与奴隶道德，都是愚民的忠孝观念所养成，因此他对于孔教提出了反抗。他在第六期《吾人最后之觉悟》一文里，对于这一点，发出了激烈的言论。

"伦理思想，影响于政治，各国皆然，吾华尤甚。儒者三纲之说，为吾伦理政治之大原。共贯同条，莫可偏废。三纲之根本主义，阶级制度是也。所谓名教、所谓礼教，皆以拥护此别尊卑明贵贱制度者也。近世西洋之道德政治，乃以自由、独立、平等之说为大原，与阶级制度极端相反，此东西文明之大分水岭也。吾人果欲于政治上采用共和制，复欲于伦理上保守纲常阶级制，以收新旧调和之效，自家冲突，此绝对不可能之事。存其一，必废其一。倘于政治否认专制，于家庭社会，仍保守旧有之特权，则法律上权利平等，经济上独立生产之原则，将破坏无余。自西洋文明输入吾国，最初促吾人之觉悟者为学术，相形见绌，举国所知矣。其次为政治，年来政象所证明，已有不能抱残守缺之势。继今以往，国人所怀疑莫决者，当为伦理问题，此而不能觉悟，则前之所谓觉悟者，非澈底之觉悟，盖犹在徜恍迷离之境。吾敢断言曰，伦理的觉悟，为吾人最后之觉悟。"

这些浪漫主义的理论在谭嗣同、梁启超的著作里大半早已有过，到了新青年时代，变得更为具体，更为明确，更为有力量。其中有一部分如现实主义社会主义的思想，表面似乎是离开了浪漫主义的范围，但在中国当日贫弱的文化界，只能唤起或加强青年浪漫主义者的精神。这一点我们万万不能忽略。关于陈独秀后日思想的转变，留待后面再说，其实他在这时候，已经怀了胎。

这时候，中国有一群优秀的青年，正在美国埋头读书，胡适之、任叔永、杨杏佛、秉志……我们不必多举了。这些青年，有学文学、哲学的，有学科学的。在他们的头脑里，一面愤慨中国社会的腐败，一面醉心欧美的文化。新青年的言论，由上海传到辽远的美洲的时候，这一群青年，立即寄予了热烈的同情。在他们这一群里，虽说人数不多，却酿成了文学革命与科学研究两个大运动。五四以后的人士们，对于胡适之的文学革命，无论赞成或是谩骂，总没有人不知道。可是，对于任叔永他们所提倡的科学运动，注意的人似乎不多。这也难怪，文学运动轰轰烈烈，是动的，是宣传的，是急性的。科学运动沉沉寂寂，是静的，是实在的，是慢性的。正如有人谈到欧洲的文化，总是滔滔地叙述法国革命，而忽略产业革命是一样的情形。不过，我在这里要请注意中国近代文化活动的人，不要忽略这个科学运动。我们只要看中国近二十年来自然科学的成绩，便不能否认科学社在中国文化界的地位。民国十二年科学与玄学的论战，正是科学精神反映在中国文化运动上的一个大证明。

还有两位人才，我们万不可忘记。那便是周氏兄弟周树人与周作人。一个学医一个学海军，不知怎的后来都转到文学方面来。住在日本维新以后采用西洋文明的环境里，由英文或是由日文，得到了丰富的近代知识。当时看了《新青年》的言论，感着同情与喜悦，便成为那杂志两个有力的拥护者。

民国六年（1917）是胡适之新露头角的时期。他那时还只廿七八岁，真是一个十足的青年。他先前虽在《甲寅杂志》上发表过翻译的小说，却没有引起社会人士的注意。到民国六年一月在《新青年》上发表了那篇《文学改良刍议》，才在中国文化界引起了反响。首先响应的，是陈独秀在二月号登出的那篇《文学革命论》。接着胡适之又发表了《历史的文学观念论》《建设的文学革命论》好几篇重要的文字。在那一年的《新青年》里，有许多讨论文学的通信，钱玄同、刘半农诸人，都参加了战线。于是新文学运动，在中国的读书界，燃起了熊熊的火，胡适之高举着这面大旗。

在现在看起来，胡适之当日的论调，实在陈腐不堪，并且还有缺点（或许这些缺点，到现在还没有修正）。看他说：

> 文学者随时代而变迁者也。一时代有一时代之文学……因时进化，不能自止。唐人不能作商周之诗，宋人不当作相如之赋。即令作之，亦必不工。逆天背时，违进化之迹，故不能工也。（《文学改良刍议》）

> 居今日而言文学改良，当注重历史的文学观念。一言以蔽之曰：一时代有一时代之文学。此时代与彼时代之间，虽有承前启后之关系，而决不容完全抄袭。其完全抄袭者，决不成为真文学，愚深信此理，故以为古人已造古人之文学，今人当造今人之文学。（《历史的文学观念论》）

"一时代有一时代之文学"的理论，其实袁宏道、顾炎武、袁子才、焦循、黄公度、王国维诸人早已说过了，或者说得还要透彻，还要痛快。若是不信，请看明朝万历年间袁宏道的论调。

> 诗文至近代而卑极矣。文则必欲准于秦汉，诗则必欲准于盛唐。剿袭模拟，影响步趋，见人有一语不相肖者，则共指以为野狐外道。曾不知文准秦汉矣，秦汉人曷尝字字学六经欤？诗准盛唐矣，盛唐人易尝字字学汉魏欤？秦汉而学六经，岂复有秦汉之文，盛唐而学汉魏，岂复有盛唐之诗。唯夫代有升降而法不相沿，各极其变，各穷其趣，

所以可贵，原不可以优劣论也。（《叙小修诗》）

昔老子欲死圣人，庄生讥毁孔子，然至今其书不废。荀卿言性恶，亦得与孟子同传。何则？见从己出，不曾依傍古人，所以他顶天立地。今人虽议讪得，却是废他不得。不然，粪里嚼渣，顺口接屁，倚势欺良，如今苏州投靠家人一般。记得几个烂熟故事，便日博识，用得几个见成字眼，亦日骚人。计骗杜工部，囤扎李空同。一个八寸三分帽子，人人戴得。以是言诗，安在而不诗哉？（《与张幼于书》）

这些论调，是不是要比胡适之说的更要透彻、更要激烈呢？并且我们还要知道，袁宏道要比胡适之早生三百多年，在三百多年前，他对于文学就有这种论调。他并没有到外国去留过学，也没有学过英文，完全是他自己对于文学观念的一种觉悟。再如顾炎武、袁枚、焦循、黄公度、王国维他们，都也发表过同样的意见，我在这里也不必多抄了。至于胡氏所提出的八不主义，几乎全部是前人的论调，他不过是旧货翻新，换了一个商标而已。因此，我们知道他当日所发表的新文学理论，实在一点不新奇。

进一步，我要指出他对于新文学认识的错误，以及主张白话反对文言的理论的不健全。请读者先看他的意见。

（一）"一九一六年以来的文学革命运动，方才是有意的主张白话文学。这个运动有两个要点与那些白话报或字母的运动绝不相同。第一，这个运动没有他们我们的区别。白话并不单是开通民智的工具，白话乃是创造中国文学的唯一工具……"

（二）"古文死了二千年了，他的不肖子孙瞒住大家，不肯替他发丧举哀。现在我们替他正式发讣文，报告天下。古文死了，死了两千年了。你们爱举哀的请举哀罢。"

胡适之把文学革命看作是文学形式或是文体的革命，这是他的第一个大错误。他觉得能从文言变成白话，这革命便成了功。因此他提出来的"白话文学"，"白话乃是创造中国文学的唯一工具"这两句口号，都有极大的毛病，我们不得不在这里加以修正。文学要用白话写作，只是新文学理论中的一部分，不是全部分。我们不能说白话是创造中国文学的唯一工具，只可以说白话是创造中国"新"文学的唯一工具。为什么呢？因为在胡适之的白话文学运动以前，在中国长期的文学领域里，还有不少的非白话的好文学。我们只可以说那种文学不适合于现在的时代，但是不能因为他们是文言写的，就否认他们文学的价值。不能武断地说他们不是白话写的便不是文学。我们要批评那些作品，不能专以形式或以文体为攻击的武器，还有比这个重要得多的问题在。在古代文言的文学里也有好作品，在今日白话的文学里也有不好的作品，这是一种明显的事实。说白话是创造中国文学的唯一工具，这种抽象的空虚的论调，如何能使当日死抱着文言不放手的老头子心服呢？

其次，他只注意文言白话的死活问题，没有注意到近代文学复杂内容的表现问题，这是他第二个大错误。他的意见，是说古文学死了二千年了，所以我们要作白话文学。其实古文学并没有死，在封建时代特殊知识阶级的眼里，是活泼泼的。他举出汉代皇帝的一条命令，那证据非常薄弱。我们要注意汉代承受秦始皇焚书坑儒的大灾难，教育不发达，那种现象是必然的。如果现代各级学校一律停止，连三民千字课也不教人读，那末就是《水浒》《红楼》也变成死文学了。陶渊明的诗是不是好诗呢？李后主、李清照的词，是不是好词呢？袁宏道、张宗子的散文是不是好的散文呢？然而他们都不是用白话写的，我们可以武断地说文言文的作品，都是死文学吗？再进一步说，谭嗣同的《仁学》，梁启超、陈独秀的论文，都是用文言写的，在社会上并不因此减少他们的力量。就是胡适之自己的《文学改良刍议》《历史的文学观念论》，也是用文言发表的。既然文言是死了，为什么自己要用死文字来写呢？我们并不能肯定文言的《文学改良刍议》是死的，白话的《建设的文学革命论》是活的，我们实在一点也分辨不出来，对于我们一样有生气，有力量，有影响。那末他的缺点在什么地方呢？我可以简单地回答，便是他忽略了新文学复杂内容的表现问题。这一点是主张白话反对文言的一个稳固的基础。

在这里我可以提出我的具体意见，来补正当日文学运动的理论。如果有人问新文学运动是什么一回事呢？为什么一定要用白话呢？我回答他说：

（一）文学观念的改变。中国向来把辞赋古文，看作是文学的正统，我们现在要反抗这个旧观念。我们认为小说戏剧是文学中最优美的代表。小说是要屠克涅夫、莫泊桑式近代小说，戏剧是要易卜生、萧伯纳式的近代戏剧。中国的新文学，便是世界新文学的一部分。要表现这样的新文学，惟有用白话才能达到这个目的。

（二）文学内容的改变。中国古代的文学，有的专是咬文嚼字，毫无内容。有的是表现鬼神思想，有的是表现旧伦理的观念，有的是表现善恶报应。女人的指甲，可以作一首古诗，一双三寸的小脚，可以作一首长词。这种内容的文学，不是我们这个时代所需要的。我们处在这个生存竞争的社会里，情感丰富，思想复杂，争斗激烈，生活压迫，无论在那方面，都起了激烈的动摇。新文学的内容，自然要改变一个方向。妓女，车夫，教员，离婚的女人，失业的劳动者，苦于思想动摇的青年，都是新文学的材料。所谓平凡的日常生活，都得在文学里反映出来。要把这种复杂的紧张的近代人生表现在文学里，惟有用白话才能达到这个目的。

（三）文学地位的改变。从前的文学，是上等知识阶级的专利品。创作不容易，了解也不容易，可以说是封建的贵族文学。新文学则不然，要从特殊阶级的手里，还到民众的手里。从前文学里面所表现的，是特殊阶级的意识，生活，情感与趣味。新文学里要表现民众的意识，生活，情感与趣味。扩展文学的范围，使他与民众接近。要达到这个目的，不能用文言，只能用白话。

（四）文学体裁的改变。从前作文，讲义法，讲起承转合。作诗讲对偶、讲韵脚。作词讲阴平、阳平。无处不束缚或是限制我们的思想和情感。我们现在要自由地创作，要自由地歌唱，所以这些旧的格律和形式，不得不全部推翻。在这种情形之下，自由的散文与新诗，自然适合了新文学的要求。

新文学的理论，要这样根基才稳固。拥护白话，反对文言，要这样的理由，才能克服敌人们的反攻。但是，胡适之的新文学运动，毕竟骚动一时，白话得到了意外的胜利。这是什么原因呢？一言以蔽之，时代的需要。如果胡适之在四十年前提出这种文学革命的口号来，恐怕谁也不理，只要林琴南一篇文章，就可以把他推倒的罢。民国六七年的社会，真是一个动摇得厉害的社会，正是期待新文学革命的时代。社会生活的压迫，政治的极度腐败，西洋新学说的输入，从梁启超到陈独秀诸人新思想的鼓吹，旧信仰旧道德旧家庭都在崩溃，一般苦闷彷徨的青年的心里，都激动着狂热的怒潮，并且这些青年，都在中学、大学里读书，能形成一个大力量。文学革命的口号一提出来，这种新起的思潮，立刻得了青年的同情，这广大的一群，便全部倒了过来，于是反对派的阵容，便成了一支孤立无援的军队。如新潮社，少年中国学会，创造社的兴起，都是促成文学革命成功最有力量的援军。

中国的文学革命与西方文学有直接关系的事，我们是不能否认的。因此这运动一开始，西方文学的介绍，便成为一种重要的工作。易卜生、王尔德的剧，莫泊桑、屠克涅夫、托尔斯泰、都德他们的小说，大批地介绍过来。这种介绍虽无系统，但比起林纾时代的翻译，要进步得多，对于文学的影响也极大。鲁迅的小说，周作人的散文，胡适之的新诗，都指示着新文学前途的光明。至于创造社初期的作品，虽说时代稍迟，也是浪漫主义的产物。

　　民国八年的五月，巴黎和会传到中国外交失败的消息，北京的学生，发生了空前的流血事件，这便是有名的五四。这次的运动，对于中国的政府发生了很大的效果，证明了青年学生团的力量。我们可以说五四运动，是浪漫主义的精神最高度的表现。由理论的个人的斗争，走到实际行动的集团的斗争。这次的事件，替中国学生界，留下一个永久的光荣。

　　说到这里，我们可以知道文学革命与五四运动，都是浪漫主义运动中的一部分。跟着这两个具体的运动，妇女解放，伦理解放，婚姻解放，思想解放，以及各种新思潮，都在社会上热狂地奔流。这一个伟大的浪漫主义运动，实在是中国历史上一件最可纪念的事。把中国的青年，变成世界的青年，把中国的学术思想，变成世界的学术思想，一切要与世界合流。这一个时代青年的心情，非常纯洁，非常单纯，大家都集中力量，对于旧势力一致反抗。民国八年以后，中国的思想界慢慢地转变了方向，文化运动的领袖们起了分裂，青年方面也起了斗争，从此就失却了浪漫主义时代的统一精神。我们注意中国近代文化潮流的人，可以在这里分一个段落。

十月二十夜于成都

文艺与现代生活*

要了解文艺与现代生活的相互关系，必须先从文艺的本质讲起。文艺是一种艺术，所以又叫做文艺，它有种种不同的形式：最重要的诗歌、小说、散文和戏剧。文艺是作家苦闷的象征，人生葛藤的表现，而感情则为文艺的灵魂，思想则为文艺的基础。当一个作家在最痛苦最悲哀的时候，他的感情的火焰在内心燃烧得最激烈的一刻，也就是要表现文艺的欲望达至最强烈的时候。

文艺是由文字造成的艺术，虽然有着各种不同的形式，但是表现人生反映社会的目的总是相同的。

人生的苦闷与葛藤，在文学的历史上所表现的，我们可看出三个时期：

（一）人与神之争——可以但丁的《神曲》为当时的代表作品，《神曲》所表现的是人与神的斗争，因为这时候神权高于一切，人们都以为神力是不可抗的，一切都逃不了神的安排，所以这时代的文学表现了人类的失败和神权的胜利。

（二）人与运命之争——莎士比亚的作品可说是这一时期的代表作，就像他在名著《柔密欧与朱丽叶》中所表现的那样：柔密欧与朱丽叶应该是世界上最幸福最美满的一对，他们诚挚的热爱着，满以为他们可以结为永久的爱侣，但是，但是为什么他们不能达到目的，终于怀着炽烈的情焰双双殉情了呢?！是为了他们二家是世仇，为了人不能与命运相抗违。于是，结果，在这种情形之下，人只好倒下去，向命运屈服了。

（三）人与社会之争——这就是我们的世纪。易卜生、萧伯纳、高尔基

---

* 本文原刊于《沪江文艺》创刊号（1949 年 1 月 1 日），题"暨南大学文学院院长刘大杰讲，戴光晰记"。

等都是这时期的代表作家，他们的作品表现了人与社会的斗争，但是，人依然无法抗拒社会的压迫，人终于又失败了。在一切的失败中，造成了许多伟大的悲剧。

凡在生活平静的时候，人类的感情也是很静止的，只有在颠波激动的生活中，艰苦奋斗的生活中，人生才会有不寻常的起伏的感情的波涛，才能激起表现的欲望，以完成伟大的文艺作品。

文学是表现人生，反映社会的，文学是同一面镜子，是以真实为贵的。但文学家表现的态度，也可分为浪漫主义与写实主义二派。浪漫主义企图超过现实的人生，而造成美丽的理想的社会；写实主义是以暴露社会真相为贵的，像鲁迅的作品就是社会生活的写真。我们可以说文学表现人生愈深，反映社会愈真的话，那么它的力量也就愈大。

其次要说明的是文学与时代的关系，文学不能与时代脱节，一个时代应该有一个时代的文学。譬如《红楼梦》，这是清代君权极盛时期贵族家庭生活的反映。贾宝玉——这个懦怯，贪乐，而带有几分女性的娇弱的多情种子，整天在脂粉群中混，过着象牙塔里的生活，这正是贵族家庭公子哥儿的典型。《红楼梦》的价值，便在把那一时代的生活状态，表现得真实，描写得深刻。我们今日读了，好像回到了三百年前的封建社会。虽然，《红楼梦》这本书在现在看起来，已离开我们很远了，然而作者实践了把握时代所反映现实的任务，在文学史上得到了不朽的地位。

因此，无论是研究文学或创作文学，首先必须了解的必然是时代的背景与现实的正视，这样才不致会落伍，违背时代的潮流。

文学是应该表现大众的情感，因为文艺原是大众化、普遍化的：歌德的名著《少年维特的烦恼》是作者热情的升华，当他写这书的时候，他简直不能控制内心炽燃的热情，他的血液澎湃着，全身的血管像是要爆裂了，他运用他的笔，把沸腾的热情倾注似的泻流到纸上，一气呵成地完成了伟大的杰作《维特的烦恼》。在当时，这本书曾疯魔了无数的青年男女，与其说他们在同情维特的遭遇，还不如说他们感到与维特同病相怜。于是，当时一般失恋的青年们，造成与维特相同的悲剧——自杀的，简直是不计其数，每一个自杀青年的口袋里，差不多总藏着一本《少年维特的烦恼》。由此可见文学感人的力量，因为《少年维特的烦恼》能表现当时大多数青年的情感，所以它才能得到多数人的拥护，因为那时正是德国浪漫文学最盛时期，那就是有名的狂风暴雨运动。

说到这里，我们知道文学是离不开时代的了。那么我们今日的时代是什么时代呢？我们的生活是什么生活呢？我们过的是人吃人的时代，是贫富不均的时代，是人民争自由争平等的时代。因此我们的文学应该表现这一时代的影子，应该表现这一时代下各种各样人生的生活。极盛时代过去了，"五四"时代过去了，抗战时代也过去了，我们不要迷恋过去，我们要扬弃个人主义和艺术至上主义的心情，来表现这黑暗的时代。

只有伟大的作家才能走在时代的前面，只有伟大的作品，才能获得大众的爱好与共鸣。

在没有真理的社会中，只有文学才能负上唤起真理的责任，而现代的文学家是应该表现社会，暴露社会的形态，最好的作品是应该有最优美的笔调及真实的内容来表现社会的。

教育的力量是教化，文学的力量则是感化，所以文学对人类的影响比教育更大，因为侧面的情感更易使人感动，更易使人发生同情。

文学是表现人生，反映社会的，贵乎表现大多数人的情感与生活，而最主要的应该是内容的真实，因为世界上只有最真的才是最善最美的。

责任编辑:宰艳红

封面设计:石笑梦

图书在版编目(CIP)数据

刘大杰集/蔡亚平 编. —北京:人民出版社,2022.8

(暨南中文名家文丛/程国赋,贺仲明主编)

ISBN 978 - 7 - 01 - 024283 - 5

Ⅰ.①刘… Ⅱ.①蔡… Ⅲ.①中国文学-当代文学-作品综合集
Ⅳ.①I217.2

中国版本图书馆 CIP 数据核字(2021)第 257153 号

刘大杰集

LIU DAJIE JI

程国赋　贺仲明　主编　蔡亚平　编

人民出版社 出版发行

(100706　北京市东城区隆福寺街 99 号)

北京盛通印刷股份有限公司印刷　新华书店经销

2022 年 8 月第 1 版　2022 年 8 月北京第 1 次印刷
开本:710 毫米×1000 毫米 1/16　印张:19.25
字数:245 千字

ISBN 978 - 7 - 01 - 024283 - 5　定价:70.00 元

邮购地址 100706　北京市东城区隆福寺街 99 号
人民东方图书销售中心　电话 (010)65250042　65289539